MOISSONS
NOIRES

Créé et dirigé par Romain Naudin

www.gesteditions.com

MEURTRES EN CUISINE

Charlotte Auduc en Périgord Noir

Philippe Bouin

MEURTRES EN CUISINE

Charlotte Auduc en Périgord Noir

MOISSONS NOIRES

Avertissement de l'auteur :

Les personnages de ce roman
ne ressemblent qu'à eux-mêmes.
Mais puisque chacun a droit
à sa part d'imaginaire,
libre à vous de les comparer
avec qui bon vous semble.

Chouette

Le Périgord Noir était plus noir que d'habitude. En décembre, le ciel éteint ses lumières de bonne heure, et, au prologue du deuxième jour de ce mois frisquet, la campagne dormait dans un calme absolu.

1 h 27 aux pendules des églises, des mairies et des particuliers.

La Dordogne coulait doucement dans les cingles[1]. Les châteaux-forts sommeillaient sur leurs rochers et les châteaux moins forts au milieu de leurs parcs. Les noyeraies savouraient un vent léger, les fraisiers grimpants profitaient de la fraîcheur.

Mais dans une nuit sans lune.

Seules les chouettes repéraient leurs proies dans cette obscurité. Les mulots, les souris ne le savaient que trop qui planquaient leurs moustaches. Au Moyen Âge, une chouette était estampillée oiseau de mauvais augure. On la disait ser-

1 Cingle : partie d'une rivière en forme d'épingle à cheveux.

vante des sorcières, des moinillons lubriques et des suppôts du diable.

Entendre son cri, affirmait-on sur le même air idiot, annonçait votre mort. Un hululement et couic! direction le cimetière. Sinon que la chouette mâle ne hulule que pour séduire une belle. Voire pour marquer son territoire. À chaque espèce sa frontière. Pour la délimiter, les chiens urinent, les chouettes hululent, les hommes s'entretuent.

1 h 28. Un hululement retentit au fond d'une truffière.

Était-ce l'annonce d'un mauvais présage, comme le croyaient les Anciens?

Bah! que pouvait-il arriver de grave dans cette campagne endormie, sur cette terre calcaire abondante en calcium?

Question stupide de citadin, les producteurs locaux connaissent la réponse: l'intrusion d'un pillard, d'un sale voleur de truffes. Décembre est l'un des meilleurs mois pour la récolte des truffes. Ici, on dit *pour le cavage*, du verbe *caver* qui a pour sens se baisser et creuser pour en ramasser une. La truffe est surnommée le diamant noir, or un diamant vaut de l'argent, beaucoup d'argent. Il n'y a donc qu'à se baisser et creuser pour en gagner beaucoup dans les truffières des autres.

L'exploitation où se perchait la chouette s'étendait sur dix hectares. Vaste domaine planté de rares noisetiers et de chênes blancs pubescents, c'est-à-dire couverts des poils qui les caractérisent. Les poètes apprécient que les naturalistes aient opté pour *pubescents*, plus élégant que *poilus* pour les répertorier.

Entre ces milliers d'arbres, la chouette aperçut une forme monstrueuse. Elle ne douta pas qu'elle fût humaine, non sans se demander de quelle origine. Plus bizarre encore, elle distingua de drôles de couleurs sur son corps. Que fichait cet intrus dans la truffière? Il ne se baissait pas pour creuser comme un pillard qui se respecte.

1 h 29. Crissement de pneus sur le chemin vicinal.

Le physique de l'auteur de cet arrêt brutal, Jocelyn Sarrazignac, était comparable à un chêne pubescent.

Quinquagénaire, grand, fort comme un bœuf, poilu comme le yéti, aimable comme un ours, Sarrazignac gara son 4X4 le long de la truffière en maugréant.

1 h 30. Puisque ce malabar en était le propriétaire, la chouette s'étonna moins de sa présence que l'heure choisie pour sa visite. Il sortit de son tank polluant en hurlant comme un grizzli furieux, fit profiter la nature d'une bordée d'injures sans originalité (salaud, enfoiré, ordure, d'une banalité crasse), puis ouvrit le coffre de son char. La chouette le vit en extraire deux objets qu'elle reconnut aisément. Le premier était une torche utile aux écumeurs nocturnes. L'autre, qu'elle ne voyait que trop en période de génocide légal, n'avait guère sa sympathie. Il s'agissait d'un fusil, et, pour être précis, d'un Beretta SV10 Perennia 1, calibre 20. Le top du top du tromblon de chasse, pas du tout, du tout à la portée de toutes les bourses. Pour dégommer la faune comestible, Sarrazignac y avait mis le prix. Mais l'homme en avait les moyens, car, outre cette truffière, il possédait une noyeraie et quelques métairies. On le disait fort en affaires. Piètre définition : c'était un requin blanc.

1 h 33. Il alluma la torche, inséra des cartouches dans la chambre du fusil, puis se mit en marche en criant à tue-tête :

— Je sais que tu es là, vermine! Je vais te faire payer tes ravages!

Et pour prouver qu'il ne plaisantait pas, l'ours tira deux coups de feu en l'air.

Sa colère était fondée, le vol étant moins grave qu'un saccage. Le vandale – il ignorait son nom –, y allait à coups de bêche pour déterrer ses truffes. Or, c'est en grattant le sol avec un petit piolet, nommé cavadou, qu'on en récolte à peu de profondeur, lentement, et avec précaution. Sarrazignac soignait sa terre et ce gougnafier la retournait comme avec une tractopelle.

1 h 37. Par habitude, Sarrazignac se dirigea vers le sud. Son surmoi ignorait pourquoi ce tracé avait sa préférence. Sans doute parce qu'il lui permettait de balayer de son regard les deux côtés du terrain. Après tout, cette méthode en valait bien une autre, car, à l'ouest comme à l'est, on ne distinguait pas grand-chose.

La portée de sa torche ne lui permettant pas de voir à plus de six pas, ce fut à l'oreille que Sarrazignac chercha à localiser le pillard.

Depuis quelques instants, la chouette avait perdu l'intrus peinturluré. Par où était-il passé ? Elle eut beau chercher, elle ne le retrouva pas. Pourtant, au milieu de ces arbres alignés au cordeau, il était difficile de se cacher. Mais, tout à coup, elle entendit une drôle de plainte, une sorte de râle, mi-miaulement, mi-raclement de gorge. Le geignement venait de sa droite. Dotée d'une rotation du cou de 270 °, elle n'eut pas à bouger le corps pour repérer non pas l'intrus, mais une curiosité.

Sarrazignac l'entendit également. Pas d'erreur possible, le pillard s'était réfugié vers des piloselles qui attendaient le printemps pour refleurir. Aussitôt, il tira deux nouveaux coups de feu en beuglant :

— Je sais où tu es, connard ! Prépare tes fesses, j'arrive !

Puis il vira de bord, lampe en avant. Il n'eut d'ailleurs que peu à marcher pour découvrir ce qui, pour la chouette, était une curiosité : un grand sac en toile de jute, un vulgaire sac à patates posé au pied d'un noisetier truffier.

— Ah ! jubila l'ours ! Tu t'es barré sans ton butin, pétochard de mes deux !

À quoi bon le poursuivre ? Le trouillard ne reviendrait plus.

Restait à estimer ce qu'il avait volé.

Sarrazignac posa son fusil contre un tronc et s'agenouilla. En rigolant, il plongea sa main droite à l'intérieur du sac pour en retirer ce qu'il contenait… et la retira vivement en hurlant de douleur.

La mort s'avança alors très vite. Il n'eut subitement plus la force de bouger. Son cœur se mit à battre à deux cents pulsations minute, ses membres se raidirent et, lui sembla-t-il, ses yeux gonflèrent comme des bulles de savon. Il sentit qu'ils allaient se fermer pour toujours. Mais avant qu'il ne se voilent à jamais, il eut le temps de voir le salaud qui l'avait piégé.

Un poisson-clown.

Le salopard s'était déguisé en poisson-clown, la tête enveloppée dans un masque intégral – reproduction tip-top de celle de Nemo –, le corps affublé d'une combinaison multicolore, les mains protégées par des gants couverts d'écailles métalliques, et les pieds enserrés dans des bottes en forme de nageoires.

Le premier geste du poisson-clown fut de refermer le sac.

Puis il s'accroupit devant Sarrazignac et dit, la voix déformée par son masque :

— Je vois que tu as fait connaissance avec Médor.

Sarrazignac, de plus en plus en plus faible, fit un effort pour lui demander :

— C'est qui Médor ?

— Médor est un taïpan australien, le serpent le plus mortel du monde. Sa morsure est vingt-cinq fois plus toxique que celle d'un cobra. Une seule dose de son venin peut tuer cent hommes. Tu comprendras donc que je le laisse dans son sac, je ne voudrais pas qu'il s'échappe, même si je ne crains pas ses crochets grâce à ma combinaison.

Les écailles du poisson-clown effleurèrent les joues de Sarrazignac.

— La mort peut être très rapide, la durée de l'agonie dépend du sujet.

Il haussa les épaules à la mode *désolé*.

— Ah, là, là ! dommage que tu n'aies pas rédigé ton fichu mémoire. Tu vas partir sans que personne ne comprenne ce qui t'est arrivé. Sauf moi, bien sûr, que tu commences sérieusement à faire chier. En quelque sorte, tu meurs pour rien. Reconnais que c'est ballot.

Sarrazignac comprit qu'il s'était fait piéger. Ce type n'était pas un pillard. C'était un fou, un meurtrier, un désaxé qu'il ne connaissait que trop.

Ses yeux se fermèrent lentement. La fin du parcours était proche.

Combien de temps lui restait-il à vivre ? Quelques secondes, pas davantage.

Mais c'était suffisant pour qu'il s'en aille en beauté. Il emmagasina le peu de souffle qui s'apprêtait à le quitter et le relâcha à petites doses pour prononcer ces mots :

— Je l'ai écrit, ce mémoire… Ton gars me l'a volé… Il l'a gardé pour lui… T'es foutu, pourriture… Il va te faire danser.

Puis il rendit, sans que l'on sache à qui il l'avait emprunté, ce qu'il est convenu d'appeler son dernier soupir.

Sa prédiction avait tétanisé le poisson-clown.

Qui hurla d'une rage à effrayer la chouette.

AIGLE

Le soleil prenait son temps pour illuminer Fronsac. À la campagne, on n'est jamais pressé, il ne se pressait donc pas. Sortie de son lit avant qu'il ne se pointe, Charlotte regardait sa rondeur se dresser au-dessus du vignoble, songeuse et contrariée.

Fronsac, commune du département de la Gironde, numérotée 33, est un haut lieu de la viticulture bordelaise. C'est un village charmant, agréable, de mille deux cents âmes, où coule la Dordogne, *rivière* pour l'administration, *fleuve* pour les organismes régionaux – interminable débat où d'aucuns s'interrogent sur ce qui est *estuaire* et ce qui est *affluent.* Que d'eau aura coulé quand la question sera tranchée !

Charlotte s'était pris d'amour pour le Fronsadais. Il avait fallu que Jacques y acquière de la vigne pour qu'elle le découvre.

Pendant ses vacances, quand elle œuvrait au RAID, elle partait à Corfou se parfumer les idées. Ce qu'elle voyait sur le terrain les empuantissait.

Après *son accident*, comme elle le définissait, à savoir la perte de sa main gauche en sauvant la vie du super grand sachem de la rue du Faubourg-Saint-Honoré, elle n'avait plus quitté Paris. D'abord pour s'y faire soigner, rééduquer. Le susdit grand sachem lui avait offert une main myoélectrique à dix mille euros la phalange (plus le pouce avait ajouté le fabricant). Puis pour y reprendre le chemin de la connaissance. Le même, reconnaissant, l'avait bombardée commandant de police, mais à condition qu'elle replonge dans le Dalloz… Un minimum de droit étant nécessaire pour porter quatre galons.

Cette formalité remplie, Charlotte avait décidé d'exercer à Limoges. Elle eut choisi Tahiti, on l'y aurait envoyée. Mais non, elle avait voulu le Limousin pour l'extravagant motif qu'elle était Limousine.

Au cours d'une enquête, elle avait rencontré Jacques. Un homme pour qui il fallait réinventer l'adjectif *séduisant.* Un homme qui l'avait trouvée belle quand elle se trouvait moche. Un homme qui lui avait redonné le goût d'aimer.

Mais un homme qui n'existait pas – ni son cousin Adriel qu'elle n'avait jamais vu.

Charlotte avait pu se procurer leurs dossiers. Deux pièces d'anthologie ! L'un était caviardé et l'autre était vide ! Pan sur le moral ! Un coup de massue l'aurait fait moins souffrir que l'imposture de Jacques. Qui étaient Jacques et Adriel Biderman ? Qu'avaient-ils fait pour que, en bas-lieu, on ait gommé leur existence ?

Jacques bénéficiait de la double nationalité franco-israélienne. À l'écouter, il avait fait la guerre dans les rangs de Tsahal, était biologiste et avait étudié l'œnologie avant d'acheter son vignoble.

Qu'y avait-il de vrai dans ce blabla sucré ?

Le jour était presque total, la lumière entrait dans la maison attenante au chai. Debout au milieu du salon aux pierres apparentes, Charlotte tira la langue à un miroir altéré. Les mensonges de Jacques l'affectaient au point de ne plus croire à ses compliments. Et ce sale menteur n'en était pas avare !

— *Belle dame*… Pff… Il se fout de ma gueule, le Pinocchio sans papiers.

Elle empoigna ses cheveux en prenant Rap à témoin :

— Vise-moi cette tignasse, le chien, un vrai balai portugais. Une horreur. Un désastre. Je ressemble bien plus à la fée Carabosse qu'à la princesse Aurore.

Le beauceron arlequin ne daigna pas ouvrir un oeil, trop occupé à terminer sa nuit sur un tapis douillet. La hiérarchie de Charlotte lui avait adjoint Rap pour palier son handicap. Charlotte aimait son chien et détestait ce motif. Comme elle détestait ce que lui renvoyait le tain décati du miroir.

— Et ça, plissa-t-elle le front, ce n'est peut-être pas des rides ? Et mon cou, quand je tire dessus, il n'y a pas comme un surplus de peau qui n'y était pas avant ?

Elle remonta sa poitrine.

— Les doudounes sont encore fermes, mais pour combien de temps ? Les fesses ont l'air d'être encore lisses, tapa-t-elle dessus. Bah ! simple supposition, je n'ai pas pour habitude de me reluquer le cul.

Puisque Rap s'obstinait à dormir, elle interrogea la psyché amochée.

— Miroir, mon beau miroir tout foutu tout terni, dis-moi qui est la plus moche dans ce royaume républicain. Allez ! un peu de courage, ça restera entre nous.

Bien sûr, il ne lui répondit pas. Et quand bien même, il n'aurait pas prononcé son nom. À l'entrée de la quarantaine, Charlotte jouissait d'un corps moulé par l'exercice. Elle n'avait pas eu d'enfant, absence qui contribuait à son élasticité. Son visage, qu'elle critiquait à tort, était plus qu'agréable, et, bien qu'elle en doutât, Charlotte avait du charme, énormément de charme. La perte de sa main l'avait persuadée qu'elle n'était plus séduisante. Jacques lui avait prouvé le contraire. Mais, de nouveau, elle n'y croyait plus.

— Parce qu'il m'a menti, ce Judas, s'adressa-t-elle à Rap qui persistait à sommeiller. Pourquoi m'a-t-il raconté des craques ? Et son soi-disant cousin, l'invisible Adriel, le superman de la finance, que fait-il pour gagner son caviar ?

Elle caressa Rap qui consentit enfin à ouvrir les yeux.

— Je veux des réponses claires, et tu sais quoi, mon chien ? *In coda venenum*, je les obtiendrai quand il s'y attendra le moins.

Et pourquoi pas ce matin, avec le retour d'un Jacques en sueur, surpris de la trouver dans le salon ?

— Déjà levée ?! Tu ne fais pas la grasse ?

— Non. Je déteste dormir comme un loir, même en RTT. Je vais d'ailleurs t'imiter, un footing me fera le plus grand bien.

— Alors dépêche-toi, dans dix minutes, ce sera plié.

— Qu'est-ce qui sera plié ?

— L'illusion, belle dame. Nous sommes le 2 décembre, le soleil se lève sur la vigne gelée, il ne manque plus que le vol d'un aigle pour qu'elle soit complète.

— Un aigle… Quel aigle ?

— L'aigle impérial, voyons !... C'est l'anniversaire d'Austerlitz.

— Ah oui, Austerlitz, fit-elle, indifférente. Ben, prépare le gâteau, je vais chercher les bougies. On trouvera bien un grognard pour en souffler plus de deux cents.

En la suivant dans la cuisine, Jacques hocha la tête, déçu par son je-m'en-foutisme.

— Navré que tu t'en fiches.

— Crois-tu que je sors de mon du lit en me disant : « Tiens, aujourd'hui je vais fêter Marignan » ? La première chose à laquelle je pense, c'est retrouver la cafetière.

— Moi aussi. Mais c'est quand même Austerlitz.

— Wah ! mais tu mérites le César des dinosaures ! Il n'y a plus que des fanas de ton espèce qui s'intéressent à l'histoire. Les gens s'en contrefoutent, beau brun. Pour la majorité, Henri IV est le fils de Henri III et Marengo est une race de veau.

Jacques en convint mollement, et Charlotte remercia Napoléon. Austerlitz allait lui permettre de confondre ce menteur hors-série.

— C'est amusant que tu parles de notre histoire avec autant de passion, toi qui as combattu dans les rangs de Tsahal.

— Je te rappelle que je suis né à Cayenne, département français.

— Oui, je le sais. En revanche, je n'ai pas compris à quel moment tu es entré à la fac : avant ou après avoir rejoint l'armée israélienne ?

— Avant, fit-il, laconique, troublé par sa question.

— Mm… Le bac à 18 ans, le master II cinq ans plus tard, compta-t-elle sur ses doigts, ça te mène à 23. Tu t'engages alors en Israël où ne distribue pas les galons comme la Légion d'honneur. Bon, admettons que tu sois devenu lieutenant deux ans après parce que tu es doué… mais là, ça n'est plus raccord.

— Qu'est-ce qui te perturbe ? grinça-t-il.

— Les dates, beau brun, elles ne collent pas. Tu m'as dit avoir commandé un peloton pendant la deuxième Intifada.

— Ce que je confirme, où est le *hic* ?

— Dans ta date de naissance. Il y a comme des années blanches dans ton CV.

Jacques lui tournait le dos. Charlotte regretta de ne pas voir son visage. Grimaçait-il ? Souriait-il ? Elle n'entendit que sa voix chargée de colère :

— Qu'est-ce qui te prend de me cuisiner comme un gangster ?

— Tu ne vas quand même pas m'en vouloir de m'intéresser à toi, répondit-elle sur un ton d'amoureuse. Cela fait à peine quatre mois qu'on se connaît, il est normal que j'en sache un peu plus sur toi.

Il se retourna, souffla, puis l'approuva calmement :

— Hum, tu as raison… Alors voilà… J'ai décroché mon bac à 16 ans, je suis parti à Tel-Aviv après ma licence et j'ai achevé mes études à mon retour en France. Ma réponse te satisfait ?

Cette chronologie, plus logique, ne lui convint pas mieux. Charlotte douta de sa réalité. Les questions se bousculèrent dans sa tête, mais aucune ne parvint sur ses lèvres, soudain bloquées par le bip de son smartphone.

Un visage de comique attaché à un nom apparut sur l'écran : Eneko Subibehere, un Basque pur jus, au parler franc, notoirement privé d'humour. Subibehere était l'adjoint discret du nouveau superpréfet de la région Nouvelle-Aquitaine. Un adjoint qu'elle appréciait peu. Ce qu'il allait lui annoncer était prévisible, Jacques allait le détester. Aussi, plutôt que de lui répéter son propos, préféra-t-elle actionner le haut-parleur.

— *Commandante* Auduc, bonjour, monsieur.

Il n'y avait qu'avec Subibehere qu'elle féminisait son grade. Ce gros macho méritait qu'elle l'énerve.

— Mes respects, *commandant*, entama le bonhomme d'une voix rude. Je suis heureux de constater que je ne vous réveille pas.

— Je suis toujours matinale, même en RTT.

— Eh bien justement, à la demande de monsieur le préfet de région, j'ai le regret de vous prier de les interrompre. Il y a une heure, nous avons été avertis de la disparition de Jocelyn Sarrazignac, tragiquement emporté au cours d'une ronde de nuit.

— J'en suis bouleversée, monsieur, mais je le serais davantage si je savais qui est le regretté disparu.

Un grondement lui confirma que le Basque détestait plaisanter.

— Sarrazignac était exploitant agricole dans la région de Sarlat. À ce titre, il présidait un syndicat de producteurs. Sa parole pesait lourd dans les élections locales. D'autant qu'il était haut gradé dans la franc-maçonnerie. Sa disparition risque donc d'alimenter la machine à ragots. Monsieur le préfet souhaite que vous vous assuriez qu'elle ne se mette pas en marche.

— Je comprends. Et de quoi est-il mort, Jocelyn Sarrazignac ?

Un soupir précéda un aveu plein de regrets.

— D'un infarctus. En raison de sa notoriété, il est préférable qu'un officier de confiance valide ce constat. Pour monsieur le préfet, cet officier c'est vous.

— J'en suis très honorée.

— Vous allez donc vous rendre séance tenante dans le Périgord. Les gendarmes sont sur place depuis l'aurore. Ils vous attendent avec ordre de ne rien déplacer sans votre accord. Je vous envoie le plan de route sur votre portable. De Fronsac, comptez deux petites heures en voiture jusqu'au lieu du drame.

Plutôt une heure trente pour Charlotte qui pilotait plus qu'elle ne conduisait.

— C'est la deuxième fois qu'un macchabée me flingue mes congés. En quoi ce trépas d'origine improbable, qui, dites-vous, n'est pas un meurtre, me vaut réellement, je dis bien *réellement*, d'interrompre mes RTT ?

La peste soit de cette entêtée ! Ah ! si l'homme (important) pour qui les sondages étaient défavorables ne la protégeait pas, il lui aurait volontiers fait ravaler ses remarques !

— À quatre-vingt-dix-neuf pour cent, Sarrazignac a été terrassé par une crise cardiaque, seul, en pleine nuit, et en marchant dans sa truffière. La presse doit s'en tenir à cette vérité. Monsieur le préfet compte sur vous pour qu'elle ne dérape pas.

— Voui... Mais si c'est le *un pour cent* qui dit « je suis responsable de sa mort », je le musèle comment ? L'envoi aux galères ou la peau de banane ?

Subibehere en eut assez, cette joute l'exaspérait.

— Écoutez-moi bien, *commandant*, on vous confie le gouvernail parce que vous avez la confiance des médias. Vous avez le chic pour les contrôler. Mais si, par malchance *un pour cent* il y a, ce qui est totalement impossible, tenez- vous-en au silence pour le bien-être de la République. À ce sujet, monsieur le préfet me charge de vous rappeler que vous êtes

OPJ itinérant, à un niveau où les impairs sont inacceptables. Des gens se sont plaints de votre vocabulaire… Changez-en et bon courage.

Charlotte fulmina en coupant le bidule de dernière génération désenchantée: jamais elle n'avait cherché à contrôler un média. La presse était libre, comme elle l'était de flinguer les charognards. Ou de coopérer avec des journalistes dignes de leurs cartes de presse.

Elle releva la tête. Jacques paraissait tourmenté.

— Tu vas à Sarlat? fit-il, étrangement troublé.

— Affirmatif, je rembauche plus tôt que prévu.

— Tu y resteras longtemps?

— Ça dépendra du cadavre qui me dira de quoi il est mort. Il a intérêt à me répondre d'un infarctus, version officielle, sinon je l'écrabouille.

— J'ai du mal à comprendre: on t'expédie à Sarlat pour constater qu'un type est bien mort d'une crise cardiaque?… Toi, un officier de ton niveau?

— Oui, beau brun, ces messieurs ne savent plus comment gaspiller l'argent du contribuable.

Jacques parut soulagé.

— Alors tu reviendras ce soir à Fronsac?

— *Kto mozhet predskasat budushcheye*?[1] comme disait ma Russe de mère.

Elle soupira:

— Probablement.

Au fond du fond d'elle-même, Charlotte n'y tenait qu'à moitié.

1 Qui peut prédire l'avenir ?

Oies

Cependant, dans le Périgord Noir, sur la Route de la noix, la camionnette rouge et or du Cirque Étoilus filait le long de la Dordogne, *rivière* pour l'administration, *fleuve* pour les organismes régionaux – interminable débat où d'aucuns s'interrogent sur ce qui est *estuaire* et ce qui est *affluent*. Que d'eau aura coulé quand la question sera tranchée !

La camionnette était isotherme. Équipement singulier pour un véhicule de cirque. Mais, l'affirmaient ses deux propriétaires, cette bizarrerie était due au fait qu'ils l'avaient achetée d'occasion à un prix sympathique. Ils n'avaient vu qu'un avantage à ce qu'il produise du froid en prime. Explication qu'ils ne donnaient à personne puisque personne ne leur demandait quoi que ce soit.

Excepté le custom flashy de leur camionnette, les compères passaient inaperçus sur les routes et les chemins. Ils roulaient à 80 km/h quand la vitesse était limitée à 80 km/h, et à 30 quand elle était comprimée à 30. De fait, ils ignoraient la couleur d'une prune, respectueux du code, à se demander si ces martiens étaient réellement français.

Or, bien qu'on eût pu en douter, les deux hommes l'étaient depuis leur naissance, comme ils étaient d'excellents artistes.

Sur le siège passager, Boris Saggaz, grand, baraqué, allure de baroudeur, jouait avec des petites balles. Boris était jongleur et bègue. Terriblement bègue. Sauf quand il jonglait, d'où son choix pour cette discipline. Concentré, il écoutait religieusement ce que racontait son cultivé camarade :

— Au matin du 2 décembre, quand le soleil s'est levé sur Austerlitz, Napoléon a dit qu'il ferait chaud et que ça ferait fondre la glace. Ce qui lui a donné une idée.

Au volant, Matthias Trolley, longue asperge, couvert de cicatrices, se piquait, à tort, d'être un brillant historien. Ses cicatrices ? Il se les étaient faites dans La Malle diabolique, Le Sarcophage maudit et Les Clous maléfiques. Pas mal de magiciens meurent en répétant leurs numéros. Ceux de Matthias l'avaient conduit à l'hôpital.

— Grâce à ses rayons qui l'ont inspiré, l'Empereur a eu le génie d'ordonner à ses troupes de descendre du plateau de Pratzen.

— Pra, Pratzen co, comme la, la, la bière ?

— Oui, c'est polonais.

— Et, et a, alors ?

— Ces cons d'Autrichiens s'en sont vite emparé. Voyant ça, les Russes, qui en voulaient un morceau, ont franchi un lac gelé pour les rejoindre.

— Qui, qui qui co-commandait les, les, les Ruskofs ?

— Euh… Un nommé Smirnoff ou un truc en off façon vodka, je ne m'en souviens pas bien. L'important est de savoir que Napoléon a fait bombarder le lac pendant que les Popovs le traversaient.

— Ah ouais ! sursauta Boris, dont le siège de la mémoire venait de se redresser. J'ai, j'ai vu le film quand, quand, quand j'étais gosse. La, la, la glace a, a cédé, ils, ils ont tous plon, plon, cou, coulé dans, dans l'eau glacée.

— Absolument ! Et l'Empereur a gagné la bataille en noyant ses ennemis.

Cette version de l'événement était contestable : il n'empêche que Boris l'apprécia en chauvin viscéral. Les Français étaient vainqueurs et c'était l'essentiel.

— On est bientôt arrivés, reprit Matthias.

— Je, je, je vois ça. Tant, tant mieux, je vais pou, pouvoir pi, pi, pi. pi...

— Pisser ?

— Non, pi, pi, pi, piquer un cent mètres. Je suis an, ky, ky, kylosé.

L'endroit où il allait se dégourdir les jambes était un château en partie délabré. Une ferme au toit de lauzes le précédait, au bord d'un étang piqué de joncs et de roseaux. Des dizaines d'oies arrogantes s'y dandinaient comme des cocotes de la soi-disant Belle Époque. Le propriétaire de l'ensemble, Odilon Devieilletoile, avait dissociés les lieux en attribuant un nom propre à chacun. Référence faite aux oies, la ferme s'appelait Le Capitole et le château, référence faite au seigneur qui l'avait bâti, s'appelait Castelbrac. Depuis le XIIIe siècle, il n'en avait pas changé.

Odilon avait acheté cette propriété sur un coup de cœur, un coup de tête, un besoin de revanche. Pour trois francs six sous d'avant l'euro, il l'avait acquise dans un état de décrépitude avancée. Une folie ! Mais une folie volontaire pour venger les siens. Secret de famille à peine gardé, son arrière-grand-mère avait été la compagne du baron de Castelbrac qui l'avait congédiée après l'avoir mise en cloque. Si son bisaïeul avait été un homme, Odilon se serait appelé Castelbrac. Certes, Devieilletoile sonnait vieille France, mais privé d'une particule, ce patronyme manquait d'une noblesse qu'il revendiquait par principe.

En quelques décennies, Odilon avait retapé la ferme et pansé les plaies de son château. Mais panser n'étant pas guérir, il multipliait les actions pour financer sa reconstruction. Aux beaux jours, Odilon organisait des spectacles consacrés aux arts du cirque. Les autres châtelains se concurrençaient dans la reconstitution médiévale. Lui se distinguait du lot avec des jongleurs, des magiciens et des clowns. Son cirque éphémère avait pour nom Étoilus, une étoile filante qui disparaissait à l'automne.

Et puis il y avait ses oies qu'il vendait aux grands chefs étoilés, des oies que ces derniers se disputaient pour la qualité de leur chair. Dans le Périgord, la gastronomie est une religion. Odilon la servait dignement.

La camionnette de Matthias et de Boris s'engagea sur une longue descente bordée de chênes verts, de frênes et de robiniers.

Â, les oies…

Au bas de la route étroite, ce sont d'abord elles qu'ils rencontrèrent, libres de se déplacer dans un espace grillagé. Les renards faisant partie du paysage, il était nécessaire de les protéger de leur appétit. Matthias ralentit pour mieux les voir. Les oies, hautaines, le regardèrent d'un œil suspicieux. Il leur tira la langue puis accéléra. La camionnette mangea encore du coaltar avant de déboucher sur une prairie bordée par des rochers, une forêt automnale et un ruisseau chanteur. Un coin d'Éden immense où, comme à chaque fois, les deux artistes s'émerveillèrent.

— C'est tou, toujours trop, trop beau, bégaya Boris.

— Moyenâgeux, répondit Matthias en pensant que c'était un compliment.

Sur leur gauche, s'élevait le château en partie délabré. Il avait été bâti contre la roche dont il épousait la pierre, majestueux malgré les blessures que le temps et les reîtres lui avaient infligées. De chaque côté, sur ses flancs, s'ouvraient les larges bouches de grottes millénaires. Face à elles, les ruines de constructions diverses parsemaient un terrain verdoyant. L'une avait été une écurie, une autre une glacière, une dernière une prison.

La silhouette d'Odilon apparut sur le perron. Svelte, élancé, il dégringola les marches avec l'agilité d'un jeune homme. Soucieux de son image, il pratiquait le yoga et se teignait les cheveux pour dissimuler son âge. À bientôt 60 ans, il n'en avait aucun de gris, décidé à séduire jusqu'à son dernier souffle. Si son bisaïeul ne lui avait pas transmis son titre, il lui avait inoculé le virus d'une passion maladive pour les femmes. Passion purement physique où l'amour se cantonnait aux frontières du charnel. L'argent que lui rapportait le cirque ne bénéficiait que rarement aux pierres de son château. Et pour cause : des jeunes filles aux caresses tarifées passaient souvent la nuit à Castelbrac.

La camionnette s'arrêta devant lui, les deux compères en descendirent et les politesses crépitèrent.

— Bonjour, messieurs, la route a été bonne ?

— Comme d'hab, monsieur Vieilletoile, pas de pandores, pas de bouchons.

— Tout, tout, a été co, co, correct et la, la marchandise est impe, pe, peccable.

— Il me tarde de la voir. Vous me la montrez ?

— Avec plaisir, monsieur. Venez derrière, on vous ouvre le frigo.

Tout en marchant, Matthias demanda :

— Et de votre côté, quoi de neuf?

— Un grand malheur, marmonna-t-il sombrement. On vient de m'apprendre la disparition d'un de nos amis.

— Qui, qui, qui ça ?

— Jocelyn Sarrazignac. Quelqu'un, je ne sais qui, l'a découvert étendu dans sa truffière. Il aurait eu une crise cardiaque.

— Oh ! merde.

— Vous ne pouvez pas si bien dire, Matthias, sa mort risque de nous mettre dans l'embarras.

— Comment ça, monsieur ?

— Méticuleux comme il l'était, il a peut-être noté des choses qu'il ne devait pas noter.

Boris ouvrit les portes du frigo.

Odilon inspecta le chargement et en fut satisfait.

Vampire

L'estimation de Eneko Subibehere vola en éclat. Charlotte ne mit que 1 h 22 pour atteindre la truffière. Les mensonges de Jacques l'avaient énervée. Le pied au plancher, elle s'était efforcée de ne plus y penser. Mais comme elle ne pouvait qu'y penser, le pied s'était fait lourd. Un radar n'avait pas vu son pied. En revanche, il l'avait flashée à plus qu'il ne fallait rouler sur une départementale.

Ce parcours dans une campagne radieuse n'avait pu la calmer. Tant pis pour les Périgourdins, ce fut une Charlotte survoltée qui débarqua sur le lieu de la supposée crise cardiaque. Après l'avoir dépêchée à Pétaouchnok-sur-Dordogne pour valider un infarctus, que lui demanderait-on de cocasse ? D'enquêter sur un chien écrasé, un vol de trottinette ? Et quoi encore ! Pour qui la prenait-on ? Pas question de s'attarder dans ce coin, aussi beau fût-il. En deux coups les gros, elle allait scanner le cadavre, l'expédier chez le pompeur funèbre, chez sa mère, chez sa femme, sa maîtresse, au paradis ou à la rôtisserie des damnés. À lui d'avoir gagné sa place sur un nuage moelleux. Ou, à défaut dans un chaudron. Quant aux médias, ils pondraient un œuf à leur convenance, la presse était encore libre de le faire cuire ou de le faire gober.

Les habituels curieux battaient la semelle aux abords de la truffière. Dès qu'elle descendit de sa Peugeot, un presque plus jeune homme eut l'audacieuse idée de s'approcher d'elle. Vivien Badigeon, 29 ans, était journaliste. Et très laid. Pour décrire son visage, on ne pouvait que se référer à des choux, des patates et des poireaux. Il suffisait de le comparer avec *Le Jardinier* d'Arcimboldo pour lui trouver des ressemblances.

— Bonjour, commandant, se présenta-t-il d'une voix assurée, Vivien Badigeon de *Sud-Ouest*, édition de Périgueux.

— Je suis heureuse pour vous que vous ayez un emploi, il faut bien gagner son pain, rétorqua-t-elle en ne s'arrêtant pas.

— Ça va, je ne me plains pas, je mange à ma faim. Il n'empêche que je suis toujours partant pour un rab d'informations.

— Du genre ragots croustillants et soupes de fesses ?

— Non, le buzz dégueu n'est pas mon trip. Je suis de l'école « on vérifie d'abord et on publie après. » Les fakes, je les estoque, fit-il semblant de manier une épée.

Charlotte n'avait ni le temps ni l'envie de lui consacrer un moment. Et puis à quoi bon s'attarder avec ce brave échotier ; dans même pas une heure, elle regagnerait le chemin des RTT.

— Je vous en félicite, mon cher Zorro, et vous salue… Peut-être à une autre fois ? Je n'ai pas de scoop à offrir à votre âme pure et vengeresse.

Un petit comité de gendarmes l'attendait dans la truffière. Près d'eux, un drap recouvrait une forme humaine. Sauf erreur, il ne pouvait cacher que celle de Sarrazignac.

En découvrant le lieu où il avait perdu la vie, Charlotte se demanda ce qu'il lui avait pris d'y rôder en pleine nuit.

Traits figés, lèvres cousues par l'amertume, le trio de pandores qui l'accueillit dissimula mal son hostilité. Qu'avait-on eu besoin de faire appel aux lumières de cette nana ? On leur avait même expressément ordonné de ne pas toucher au cadavre. La super flic de l'Ouest se chargerait d'interroger ses os. Toutefois, malgré leur déception, ils la saluèrent dans le respect de la hiérarchie.

— Lieutenant Angélique Bouchenoire, se présenta la supérieure du groupe, une trentenaire brune, mince comme une accro du fitness. Ce qu'elle était passionnément. Tapis de course, rameur, vélo elliptique, stepper à résistance magnétique motorisée, le tout servi par le top des programmes et le must des capteurs, Bouchenoire s'en gavait la masse musculaire. Dans les années soixante, les ados s'accrochaient aux flippers ; Bouchenoire, c'était à ces engins.

— Adjudant Julien Harpillard, se présenta le plus âgé des trois en bombant le torse.

Charlotte lui trouva une ressemblance avec Croquignol. Menton anguleux, nez allongé comme la pointe du Raz, toison jaune paille, on eût dit le cousin d'un nasique à la mode de Bretagne.

— Brigadier David Cocault, salua le plus jeune aux rondeurs haltérophiles.

De petite taille, le bonhomme ne pouvait gommer un sourire mutin. D'autorité, Charlotte le rangea au rayon des comiques. Intuition incomplète, Cocault maniait aussi le calembour d'arrière-boutique.

Vint le tour de Charlotte de décliner son patronyme et ses galons. Mais pourquoi faire puisqu'ils savaient déjà tout ça. Alors, histoire de varier les plaisirs, elle commença par caresser son chien.

— Rap, beauceron, auxiliaire de police.

Peu formé aux civilités, Rap préféra lever la patte plutôt que de saluer la troupe.

Puis, Charlotte enleva le premier gant de sa main gauche, de pécari, puis le second, en latex.

— Je vous présente *La Chose*. C'est myoélectrique, français et garantie à vie.

Estomaqués, les gendarmes en haussèrent les sourcils jusqu'aux racines des cheveux. Performance surprenante chez Bouchenoire qui les avait courts.

— Que vous est-il arrivé ? s'empressa Cocault.

— Une grenade offensive. Un pas gentil l'avait lancée sur un homme important. Ma réception a été jugé digne de recevoir un *golden glove award*, l'Oscar suprême du base-ball qui fait boum.

— Elle vous a explosé dans la main ? se désola Bouchenoire.

— Presque, je l'ai jetée dans une rivière pour éviter qu'elle ne tue des gens, mais le temps de la renvoyer, juste une *demi-seconde* trop tard.

— Pas de pot, fit Harpillard, sincèrement navré pour elle.

— C'eût pu être pire, adjudant, parce que, à *une seconde* trop trad, je ne serais pas là pour en parler.

Elle renfila ses gants.

— Sur ce, allons voir ce que devient ce pauvre M. Sarrazignac.

Fin des présentations. Ils négligèrent les chênes blancs pour s'arrêter près des noisetiers. Charlotte s'agenouilla puis, aidée par Bouchenoire gantée réglementairement, découvrit la dépouille de Sarrazignac. Le temps étant froid, les lèvres du bonhomme avait bleui, image paradoxale sur un visage de marbre.

— Pas de coups, pas d'ecchymoses, il n'a pas été frappé.

— C'est pourquoi j'ai diagnostiqué un infarctus. Pour le peu qu'il l'a examiné, le docteur Legrand est prêt à délivrer un permis d'inhumer.

— Pas si vite, lieutenante, peut-être a-t-il été assommé. Aidez-moi à examiner l'arrière de son crâne.

— Sans problème si vous m'appelez *lieutenant*, je n'aime pas qu'on me donne du *lieutenante*.

— OK, bien reçu. Moi, ça reste *commandante* pour emmerder un Basque. Mais entre nous, vous direz *commandant*.

Elles le retournèrent pour constater que sa nuque était intacte.

— Si je puis me permettre, commandant, vous ne verrez aucune trace de sang sur son corps.

— L'auriez-vous déshabillé avant mon arrivée ?

— Je parle des taches : on en aurait vu sur son pull quand on l'a recouvert.

— Dites plutôt *dissimulé* aux yeux des nécrophages. Ils sont partout pareils. N'empêche que je vais quand même le regarder de près.

Charlotte demanda aux gendarmes de lui servir de paravent, puis, dissimulée par un cordon d'hommes en bleu, fit glisser le drap jusqu'aux hanches du défunt, souleva son pull, son maillot de corps, et confirma le diagnostic de Bouchenoire.

— Absence de coups et de blessures sur le ventre et dans le dos. Pour l'instant, l'hypothèse de l'infarctus remporte le premier prix.

Constat qui la ravit. Dans une heure maxi, elle repartirait à Fronsac. Ou peut-être chez elle à Limoges. Sa décision dépendrait de son humeur.

— D'après vous, lieutenant, pourquoi Sarrazignac est venu se perdre ici en pleine nuit?

— Je suppose qu'il a voulu surprendre des pilleurs de truffes. On a trouvé son fusil à côté de lui. On a même ramassé quatre cartouches.

— Quatre! Il aurait tiré sur un voleur?

— Ou en l'air, pour l'intimider.

— Avez-vous relevé des gouttes de sang entre ces arbres?

Bouchenoire esquissa un sourire narquois.

— Nous avons reçu l'ordre de ne pas bouger en vous attendant. On n'a donc rien relevé.

— Mouais... Y a-t-il des caméras de surveillance sur ce terrain?

— À infra-rouge? Non, Sarrazignac projetait d'en installer.

Charlotte avait rhabillé le défunt. Il ne lui restait que ses bras à éplucher. Elle releva ses manches, retourna sa main droite et, stupéfaite, s'écria:

— Fichtre! Regardez-moi ça! C'est quoi, ces boursouflures?

Autant surprise que Charlotte, Bouchenoire découvrit deux vilains trous dans son poignet droit, deux trous larges comme des têtes de clous, deux trous curieusement proches, deux trous rouges cernés par une couronne blanche.

— M'est avis, lieutenant, que notre client ne s'est pas fait mordre par un râteau.

— Peut-être par un chien.

— Vous connaissez une race de chien dont les canines remplacent les incisives... ? Moi pas.

— Vous en déduisez quoi ?

Qu'elle tombait dans le *un pour cent* redouté par Subibehere.

— Qu'une autopsie s'impose. J'appelle le proc pour qu'il m'autorise à envoyer le corps à Bordeaux. Quant à vous, lieutenant, faites boucler le périmètre et contactez les TIC. Je veux que tout ce terrain soit ratissé. Une petite voix me dit que Sarrazignac n'a pas gâché des cartouches pour flinguer un mulot.

Souple comme une chatte, la « fitnesseuse » se releva par la force des pieds.

— À vos ordres, c'est vous qui commandez.

Son ton acide déplut à Charlotte.

— Je me trompe ou vous doutez que cette mort soit louche ?

— Bizarre, elle l'est, commandant, mais je ne penche pas pour un crime. Or, vous procédez comme si c'en était un.

— Qui a tort, qui a raison, l'IML nous le dira demain. En attendant, une courte enquête ne fera de mal à personne. Mais rassurez-vous, je m'en occupe.

— Alors je vous souhaite de passer un agréable moment dans la région. Le Périgord Noir est superbe et le foie gras succulent.

En d'autres termes, comprit Charlotte, Bouchenoire pensait qu'elle tenait à s'adonner aux plaisirs du tourisme payés par le contribuable.

Elles se séparèrent sur un vague salut pas du tout réglementaire.

Par qui, par quoi et par où commencer ?

Mais pourquoi se compliquer la vie ? S'entretenir avec le petit journaliste lui sembla être un bon départ. Ce garçon devait savoir une foule de choses sur les uns et les autres. Les échotiers sont les mieux renseignés sur les citoyens d'un canton. Parfois même, mieux que les gendarmes.

Charlotte ne s'étonna guère de le retrouver où elle l'avait laissé : tout près de sa Peugeot où il l'attendait de pied ferme.

— On dirait que vous guettez mon retour, señor Zorro.

— On ne peut rien vous cacher, commandant.

— Alors continuez sur cette voie : comment avez-vous su que je venais ici ? Vous avez intérêt à me le dire ou je ne vous cause plus.

— Mm.... D'accord, saisit-il l'opportunité de l'interviewer, mais promettez-moi de ne pas punir le coupable.

Ce qu'elle promit sans hésiter parce qu'elle se fichait de connaître son nom. La vraie question était de savoir si ce grand laid serait loyal.

— Je suis allé au lycée avec le brigadier Cocault. C'est un excellent ami.

— Comme c'est bon d'avoir des amis de cette qualité.

— J'en ai profité pour me renseigner sur votre parcours. J'avoue qu'il m'a ébloui.

— J'espère que vous avez mis des lunettes en parcourant ma bio.

— Non, mais je m'en suis tiré avec des gouttes de collyre.

Ce petit Badigeon ne manquait pas d'esprit de repartie. Charlotte l'apprécia et apprécia que Rap lui fasse des grâces. Ce chien avait la truffe pour détecter les perfides. Mais avec ce grand moche, c'était le coup de foudre.

— Vous repartez ou vous restez pour enquêter ?

Ah! le brave gars! Sa curiosité lui épargnait la position solliciteuse.

— Cela dépend de ce que nous allons trouver. J'ai remarqué deux incisions sur le poignet de Sarrazignac. Je veux juste savoir s'il les doit à un vampire.

— Il n'y a pas de vampire dans le Périgord, commandant, il n'y a que des oies cannibales.

— Alors ne l'écrivez pas. *A contrario*, vous m'obligeriez en rapportant que des examens seront pratiqués sur le disparu, mais au simple motif que c'est la procédure. Parlez d'un probable infarctus, et si cela vous amuse, je vous autorise à me citer.

Hosanna au plus haut des cieux ! Badigeon n'en crut pas ses oreilles en forme de feuilles de chou.

— Puis-je en déduire que vous m'offrez l'exclusivité de vos infos ?

— Oui, mais gagnant-gagnant : vous me livrez les vôtres.

— Le marché me convient… Que voulez-vous savoir ?

— Sarrazignac… Tout sur Sarrazignac, le plus sordide en particulier.

Badigeon rassembla ses idées et, par précaution, demanda :

— Sa carrière, sa fortune, ses opinions, j'en parle ou je passe ?

— Sautez la case gros sous, j'ai déjà eu droit au topo. Je sais qu'il était un requin en affaires, que ses prises de position lui ont attiré la haine des mécontents, et patati et patata. Ce qui m'intéresse, c'est ce qui a pu lui arriver ces derniers temps.

Les lèvres de Badigeon, quarts de potimarron, formèrent un semblant de sourire triomphal.

— J'ai !

— Vous avez ?

— Oui ! Du nanan !

— Alors *nananisez*, j'écoute.

Il ne se fit pas prier.

— La nuit d'avant cette nuit, la maison des Sarrazignac a été cambriolée. Jocelyn a refusé de porter plainte. Sa femme ignore pourquoi.

— Palpitant… Comment avez-vous appris ce forfait lupinesque ?

— Sur ce chapitre, pas de problème, je peux vous citer mes sources. Du moins, ma jolie source : je l'ai su par ma copine.

— Votre copine ? ne put-elle s'empêcher de sourciller en détaillant sa laideur.

— Ou ma compagne, à vous de choisir. Joëlle est infirmière, elle soigne Aurélie Sarrazignac à domicile. Une sciatique sévère. La dame en bave pour se déplacer.

— Normal… Et consternée par l'omerta de son mari, la médusée s'est épanchée sur l'épaule de votre amie Joëlle ?

— Oui. Il fallait qu'elle en parle à quelqu'un.

À cet instant, une voix retentit entre les voiture garées n'importe comment. Celle de Bouchenoire, étonnée de la retrouver en compagnie de Badigeon.

— Oh ! Vous n'êtes pas encore partie, commandant ?

Charlotte secoua la tête, une tête furibarde.

— Mon Dieu, mais je suis maudite ! Pour une fois que je me fais draguer par un beau garçon, il faut qu'il y en ait une qui me casse le coup… Allez, viens Rap, je suis écœurée, on va pécho ailleurs.

La Peugeot démarra dans un crissement de pneus.

Carpe

La bastide de Domme, acropole du Périgord, aux remparts aussi longs que la Grande Muraille – ou un peu moins –, surplombe la vallée de la Dordogne. La cité médiévale servit autrefois de prison. Soixante-dix templiers arrêtés par les soldats de Philippe le Bel y croupirent pendant onze ans. Pour occuper leur temps, ces reclus gravèrent des signes étranges dans les pierres de leurs geôles – signes toujours visibles et incompréhensibles. Bien que leur signification fasse débat, des affidés de sectes fumeuses affirment que ces gravures indiquent l'endroit où les emprisonnés ont caché leur fabuleux trésor. Mais pourquoi les en blâmer ? *Audaces fortuna juvat*, la fortune sourit aux audacieux. Au pays de la Française des jeux, il est permis de rêver.

C'était dans la vallée que Gerbert Poumerol avait décroché ses deux étoiles. Son restaurant, *La Dordonia*, s'étendait à une distance respectable de la montée de Domme. *S'étendait* est le terme adéquat à la grandeur de son terrain. Sa propriété, héritée de père en fils, était une sorte de bastidon privé de remparts. Outre un grand bâtiment qui abritait le restaurant proprement dit, s'y dressaient des communs, d'anciennes écuries converties en salle de banquet, et une grange transformée en salle de conférences. Au fond du parc, Poumerol avait créé un potager qu'il bichonnait avec passion. Au-delà du potager, vestige du Moyen Âge, il entretenait une minuscule chapelle dont l'architecture offrait un intérêt passable.

Dans une heure, midi sonnerait. Les premiers clients débarqueraient, la gourmandise au ventre. *La Dordonia* affichait complet pour le déjeuner. Poumerol n'avait pas à se plaindre, son affaire tournait rond. Il devait sa réputation à son art de mitonner les oies depuis que les critiques s'accordaient à le désigner comme « La » référence dans ce domaine. Poumerol les cuisinaient de cent façons. Il venait d'ailleurs d'en concocter une nouvelle : la carpe au confit d'oie, aux truffes et aux appoints secrets.

— On accélère, ça dort là-dedans ! beugla-t-il en faisant sursauter sa brigade. Hubert, la sauce, tu la remues avec vigueur ! Et toi, Clémentine, les fèves, c'est pour demain ? Germain, ne baille pas au-dessus du four, ça l'endort ! Allez, du nerf, on s'active ! C'est compris, les artistes, vous m'avez tous bien reçu ?

— Oui, chef ! répondirent-ils tous en chœur.

Un chef herculéen comme le *Diadumène* de Polyclète – admirable statue –, à la différence que Poumerol avait toujours ses mains alors que Diadumène a égaré les siennes. Poumerol, comme autrefois Bocuse, Robuchon et autres magiciens des fourneaux, avait fait ses classes à la vieille école, celle des gueulantes et des corvées. Par réaction, Poumerol formait en douceur des amoureux du goût, des jeunes qui prenaient du plaisir à cuisiner et à en donner aux autres.

Sous la même toque porte-bonheur qu'il portait depuis ses débuts, ses cheveux avait blanchi. Sa voix était plus faible, ses joues débordaient sur son menton.

L'oie devant partager la vedette avec la carpe, il en saisit une grosse par ses branchies. Mais son couteau ne découpa rien, même pas une nageoire. James, le maître d'hôtel stylé, à l'accent londonien, entra en trombe dans la cuisine :

— Chef! Les fous sont de retour, ils tournent autour de la chapelle.

— Quoi ! Ils ont osé revenir ?

— Tous les trois, ils prennent des photos.

Scandalisé, outré, Poumerol se précipita vers la porte sans relâcher la carpe.

— *Ah Da* ! Je les ai virés sans leur en ficher une, mais cette fois, ils vont se prendre une *tourlousine*.

— Vous voulez dire une *correction* ? reprit le maître d'hôtel stylé qui n'entendait rien au patois régional – le gentleman était Anglais, circonstance atténuante.

— Pied au cul, baffes dans le nez, c'est ça, une tourlousine.

Il était déjà dehors, fonçant comme un bolide, le majeur et l'index de sa main gauche fichés dans sa carpe. James, qui l'y avait suivi pour récupérer le poisson, tenta de l'en débarrasser.

— Sauf votre respect, chef, je me permets de vous faire remarquer qu'une carpe se balance au bout de votre main. Puis-je vous suggérer de me la remettre ?

Mais Poumerol ne l'entendit pas, les oreilles fermées par la colère.

C'est ainsi que, bouillant de rage, une méga-carpe pendue aux doigts, suivi par un James préoccupé par le sort du poisson, Poumerol fonça sur les tricards. À la vérité, les indésirables ne faisaient rien de répréhensible, concentrés qu'ils étaient sur des inscriptions latines. Le trio se composait d'une jeune femme d'apparence sportive et de deux hommes charpentés comme des lutteurs. L'un des deux portait une barbe poivre et sel. Poumerol savait que ce barbu était le leader. Ce fut donc à ce dernier qu'il s'adressa, brut de fonderie :

— Vous vous fichez de qui, Zoumboum ? Je vous ai déjà dit de ne plus remettre vos sales pieds chez moi.

L'homme, aussi serein qu'un bonze, lui renvoya un sourire navré.

— Ce n'est pas Zoumboum, monsieur Poumerol, c'est Zumbrunn, Gildas Zumbrunn.

— M'en fous, dégagez de là, Zumbrunn Zoumboum, vous et vos tordus du bulbe ; je vous interdis de toucher à ma chapelle.

— Les tordus du bulbe, monsieur Poumerol, sont des universitaires.

— C'est ça, oui, équipés comme des pilleurs de sarcophages.

— Nous ne faisons que photographier des inscriptions, se défendit Zumbrunn en exhibant un Nikon de compétition. La dernière fois que nous sommes venus, nous n'avions pas le matériel adéquat.

— Ni tout ce bastringue, fit Poumerol en pointant des instruments qu'ils portaient en bandoulière. Il sert à quoi ce matos ?

— À mesurer, à sonder, à définir… La datation façon papy est dépassée, l'électronique nous offre des résultats plus précis.

Le roi de l'oie mitonnée exécra son explication. Avec l'âge, il détectait les mensongères. Il souleva la carpe bien haut, au-dessus de sa tête, et, de son autre main, indiqua la sortie :

— Dehors, dehors tous ou je vous en colle une sévère !

— Je vous assure, monsieur, plaida Zumbrunn, que nos intentions sont scientifiques.

— Ben voyons ! dont le but est de dénicher le trésor des Templiers. Mauvaise nouvelle, il n'est pas ici, il est ailleurs s'il est encore quelque part, et vous ne toucherez pas à ma chapelle pour voir s'il ne serait pas sous ses dalles.

— Je vous donne ma parole que nous ne cherchons pas ce trésor qui n'existe pas.

— C'est ce que me répondent les fêlés de votre espèce. J'ai l'habitude, je connais la chanson. Allez, fichez le camp ! fit-il en avançant d'un pas.

Aussitôt, le deuxième homme se positionna près de Zumbrunn pour parer à l'attaque. Mais il n'y en eut pas, leur camarade sportive apaisa les esprits.

— Venez messieurs, insister desservirait nos intérêts.

— Mm... Tu as raison, l'admit le deuxième homme, d'autant que nous savons ce que nous voulions savoir : ces inscriptions sont sans intérêt.

Zumbrunn les approuva, rangea son Nikon et donna le signal du départ :

— Au revoir, monsieur Poumerol, ce fut un plaisir.

Ce ne fut que lorsque le trio eut disparu que Poumerol regagna ses casseroles et que James s'autorisa à revenir à la charge :

— Puis-je vous débarrasser ?

— Me débarrasser de quoi ?

— De la carpe que vous tenez dans vos doigts.

— De la carpe ? (*Il la regarda, un tantinet ahuri.*) Ah ! Elle était donc là ? Je me demandais où je l'avais fourrée. Ben non, je ne vous la donne pas. Maintenant que je l'ai retrouvée, je la garde.

Une fois de plus, James se dit que Poumerol était plus excentrique que le plus excentrique des Anglais. Et que c'était pour cela qu'il aimait travailler chez lui.

Le grand ballet du service de midi allait bientôt se jouer.

Avant qu'on ne frappe les trois coups, Poumerol vérifia le contenu des marmites, la température du four, la cuisson de chaque plat. Le résultat le satisfit, son équipe était prête à donner le meilleur.

Ce fut à cet instant de grand bonheur que Sophie Modeste vint le déranger, un combiné téléphonique à la main. Pour tout le personnel, Sophie était une énigme. Poumerol l'avait engagée comme serveuse alors qu'elle ne connaissait rien à ce métier. Pourquoi ? À cause de sa jeunesse, de sa fraîcheur, de son joli minois ? Et pourquoi la logeait-il près de son appartement ? En était-il tombé amoureux ? Était-elle sa maîtresse malgré leur grande différence d'âge ? Non, ce n'était pas le genre du chef qui n'avait rien d'un pervers. Ni celui de Sophie dont l'attitude ne laissait guère supposer qu'elle fût une gourgandine. Alors quoi ? Qu'y avait-il entre eux ? Mystère. D'autant qu'ils se tutoyaient.

— Pour toi, c'est urgent, murmura-t-elle en lui tendant l'appareil.

— Qui est-ce ?

— Un anonyme pas drôle du tout. Il est sérieux, tu devrais le prendre.

— Encore un taré, envoie-le sur les roses.

— Non, il vient de m'apprendre que Sarrazignac a été tué.

— Sarrazignac ? reprit-il avec une intonation moins cassante.

— Oui, je ne le sens pas, ce type ; va dans ton bureau, écoute ce qu'il a à dire.

Intrigué, Poumerol fit ce qu'elle lui conseillait. Il entra dans son bureau dominé par l'essence de bois de gommier, suivi par Sophie qui referma la porte. La touche haut-parleur n'avait pas été activée. Mais le volume du récepteur était assez fort pour qu'elle entende la voix de l'autre, une voix traînante, une voix épuisée.

— Poumerol. C'est quoi le problème ?

— Jocelyn est mort. Il devenait gourmand et il écrivait trop.

Poumerol ferma les yeux.

— Paix à son âme… Et alors ?

— Si tu as son mémoire, je te conseille de le brûler.

— Il ne me l'a pas donné. Mais pour ton info, moi aussi j'ai écrit.

— Quoi exactement ?

— Mes dernières volontés. J'en dis des choses dedans.

Rire débile à l'autre bout du sans fil.

— Remballe tes exigences. L'épisode *y a plus d'oies* devrait te faire réfléchir.

Rire franc en retour du double étoilé.

— Écoute-moi bien, Dugland : je réclame ce qui m'est dû ; des oies, j'en ai trouvé ailleurs, tu ne me fais pas peur et je t'emmerde.

Lion

Charlotte avait fait l'impasse sur son déjeuner. Tout passager de la vie entend une petite voix au fond de son inconscient, une voix intime qui l'alerte et le conseille. La sienne ne mettait pas de fleurs aux verbes. En apprenant que Sarrazignac s'était fait cambrioler, elle lui avait balancé, directe comme à son habitude :

— Elle sent le pâté, cette affaire, et ce n'est pas du foie gras. Laisse tomber le compte en banque du défunt, va interroger sa veuve.

Mais que lui raconter ?

— Ce n'est pas à toi de lui parler du temps qu'il fait, c'est à cette femme de t'apprendre des choses. Question politesses, condoléances et tout le tintouin, je te fais confiance, tu connais le catéchisme.

La petite voix avait raison, sur ce plan-là, Charlotte était parfaite – une grande fille modèle, la comtesse de Ségur l'eût citée en exemple. C'était ensuite que ça se gâtait.

— Dans le cas présent, fais gaffe à ton vocabulaire, tu n'enquêtes pas sur un crime. Vas-y piano avec la Sarrazignac, fais preuve de compassion et elle te confiera tout ce que tu veux savoir. Sûr et certain. Parole de voix intime.

Avant de couper le contact, cette dernière avait ajouté :

— Priorité à l'action, tu te gaveras ce soir. Et puis, ça ne te fera pas de mal de sauter un repas. Tu as vu l'aiguille sur ta balance ? Un kilo de plus ! Et l'autre Tartuffe qui persiste à t'appeler belle dame… Pff ! quel bonimenteur çui-là ! Pis qu'un camelot de foire.

Le paysage avait mis un frein à sa conduite sportive. Charlotte ne connaissait de la Dordogne que les grands axes qui la traversent. Et là, sur ordre de superpréfet qui l'y avait expédiée pour une mission débile, elle découvrait une région féérique. Les falaises succédaient aux forêts, les troglodytes succédaient aux châteaux, et parmi les châteaux, elle vit enfin celui de Salignac-Eyvigues. Il se repérait de loin avec ses grandes tours. C'était dans cet écrin que Jocelyn Sarrazignac avait vécu et que son épouse vivait encore.

Leur demeure avait du caractère. Imposante, séculaire, elle réunissait lauzes et pierres blondes dans la pure tradition régionale. Charlotte supposa qu'un jardin devait se trouver derrière ses murs interminables, des murs orbes qui protégeaient ses occupants des regards malsains.

Elle gara sa Peugeot à côté d'une petite Fiat. Un caducée d'infirmière ornait son pare-brise. Se pouvait-il que la copine de Badigeon fût à l'intérieur ? Voilà qui était intéressant ! Non pas pour l'enquête, mais pour découvrir à quoi elle ressemblait. Curiosité stérile. Curiosité stupide. Curiosité féminine. Elle paria pour un cageot.

Une porte s'ouvrit dans le mur en pierre de Mauzens. Une jeune femme en sortit. Suspense. De quoi avait-elle l'air ? D'une chaisière ou d'une sardine ? … Perdu, zéro pointé ! La demoiselle qui avança n'était ni une poufiasse ni un laideron, mais une bimbo des Caraïbes.

Rap courut la saluer pendant que sa maîtresse se frottait les yeux. Ce n'était pas Dieu possible, cette créature superbe ne pouvait être la copine de Badigeon !

— Bonjour ! Commandant Auduc, BSA, Brigade Spéciale anticriminalité, se présenta-t-elle au nom d'un Service qu'elle venait d'inventer. Je présume que vous êtes l'infirmière de Mme Sarrazignac.

— Oui, madame, je viens de lui faire une piqûre.

— Et vous êtes ?

— Joëlle Espinasse.

Joëlle... Charlotte avait tout faux. Néanmoins, sa perplexité exigea d'en avoir la preuve avant de s'avouer vaincue.

— Votre nom ne m'est pas inconnu. Un journaliste, Vivien Badigeon, l'a prononcé devant moi. Vous le connaissez ?

— Fort bien, Vivien est mon fiancé, nous allons nous marier.

Plus de doutes, vive l'amour aveugle ! Charlotte en conclut que les princesses aimaient toujours les Riquet à la houppe, et que la morale de cette histoire était que le cœur se fiche des apparences. Morale naïve mais appropriée à cette union.

— Félicitations, j'en suis ravie pour vous.

— Merci, fit Joëlle en ouvrant le coffre de sa Fiat.

— Pas de quoi... Sinon, comment va Mme Sarrazignac ?

— Aussi mal que le mal peut faire mal. La mort de son mari l'a ratatinée.

— Le contraire m'eût étonnée. Que de malheurs soudains, la pauvre les collectionne.

Tout en fermant le coffre de sa voiture, la bimbo plissa les yeux.

— Pourquoi mettez-vous son malheur au pluriel ?

— Parce qu'elle a récemment souffert d'un cambriolage.

— Comment se fait-il que vous soyez au courant ? fit-elle, méfiante.

— Brigade *spéciale*, ai-je précisé, on ne peut rien nous cacher. Je sais que son mari n'a pas voulu porter plainte, ce qui l'a – comment dire ? – *perturbée*.

Puisque cette flic savait tout, Joëlle ne vit aucun intérêt à mentir.

— Oui, je suis au courant, ce vol l'a cassée, son chagrin m'a coûté deux paquets de mouchoirs. Mais c'est curieux que vous le sachiez, je n'en ai parlé à personne.

Sauf à son fiancé en qui elle avait toute confiance. Par conséquent, elle en déduisit que la langue de la bonne avait battu Twitter.

— En revanche, j'ignore ce qui a été volé, reprit Charlotte. Vous avez une idée de ce qu'on leur a dérobé ?

— Pour le peu qu'Aurélie m'a confié, des objets de valeur.

— Des bijoux ?

— Non, le couple les gardait dans leur chambre. Mais c'est surtout la pagaille qui a brisé Aurélie.

— Tiens, tiens, c'est curieux, ça. Un monte-en-l'air fait toujours attention à ne rien casser. Surtout la nuit, les bruits sont amplifiés.

— Bah, *pagaille* est peut-être exagérée. En fait, il n'y a que le bureau de Jocelyn qui a été mis à sac. De ce que j'ai pu en voir, des papiers jonchaient la moquette, des tiroirs avaient été retournés, la bibliothèque avait été vidée. Mais le coffre-fort était intact. Je suis incapable de dire ce que le voleur a emporté.

— Ou ce qu'il cherchait.

En s'installant dans sa voiture, Joëlle leva un index en l'air :

— Je m'en souviens tout à coup : il manquait un petit lion en argent sur le bureau de Jocelyn. Il était du signe du lion, ce lion était son porte-bonheur. Un cadeau d'Aurélie, m'a-t-il confié un jour.

— Vous alliez souvent dans cette pièce ?

— Seulement pour percevoir mes honoraires, Jocelyn me réglait par chèque. Et son chéquier, réalisa-t-elle d'une voix blanche…

— A disparu ?

— Oui, il m'a payé en liquide.

Probabilité qui encouragea Charlotte à ne pas lâcher le morceau. Après ce qu'elle venait d'entendre, ce vol n'était peut-être pas un simple vol. Mais puisque les victimes n'avaient pas porté plainte, elle devait avancer dans la discrétion.

Pour commencer, décida-t-elle, le lieutenant Rudini, à Limoges, allait regarder de près la direction que le chéquier avait prise. Sec, l'air gitan, l'homme au physique de voleur de poules était son bras droit, son joker, son sous-marin, son agent secret, son ombre indispensable.

Elle lui téléphona avant de sonner à la porte des Sarrazignac.

Colombe

À Fronsac, dès que Charlotte s'était lancée comme un V1 vers la truffière, Jacques avait bondi sur son smartphone.

Il était indispensable qu'Adriel comprenne ce qui s'était passé, ce qui se passait et ce qui allait se passer.

Leur échange avait été succinct. Le cerveau d'Adriel était alimenté par des piles atomiques. Il comprenait tout ce qu'on lui disait et entendait tout ce qu'on ne lui disait pas. À savoir, quelques heures plus tôt :

— Charlotte vient de partir à Sarlat pour confirmer un décès par infarctus.

— Je le sais, Jacques, du moins je l'ai su trop tard. Ta camarade de jeu était la dernière qu'il fallait envoyer là-bas. Le nouveau grand préfet a cru faire le bon choix en lui confiant cette mission.

— Décision déplorable guidée par la flatterie. Charlotte est une protégée de Qui-tu-sais, il tient à lui être… *agréable*.

— Que veux-tu y faire, mon petit vieux, les gens haut placés ont la détestable habitude de vouloir plaire au prince.

— J'espère pour lui que Sarrazignac est bien mort d'un infarctus. Sinon, je lui prédis une vache de pluies d'emmerdes dans le Périgord Noir.

Le silence d'Adriel indiqua qu'il validait sa prédiction.

— Rien d'autre à part cette inquiétude ?

— Si, la défiance de Charlotte.

— À propos de quoi ?

— À propos *de qui*, cousin : de moi, de toi, des Biderman. Elle doute de tout, même de ma date de naissance. J'ai eu droit à un interrogatoire déguisé. Par chance, l'appel d'un fonctionnaire m'a sorti d'embarras.

Adriel grogna.

— OK, je t'arrange le coup. À midi, je te rappelle.

Et il avait raccroché – expression erronée pour désigner le glissement d'un doigt vers une icône rouge.

Ce même doigt, à midi pile, en effleura une verte.

— Je reviens vers toi comme promis. J'ai la solution au problème.

— Et c'est ?

— La colombe de la famille : Éva Biderman, notre cousine d'Argentine en villégiature à Bordeaux. Elle sera à Fronsac ce soir. Tu ouvres tes oreilles ?

— En grand, mon cher cousin, en immensément grand.

Papillons

« Veuillez me suivre » l'avait conviée la bonne, de l'espèce sapiens-revêches-trapues, en l'entraînant à travers un dédale de pièces aux murs dorés.

Autant que la présence d'un jardin derrière la maison, le décor intérieur ne surprit pas Charlotte.

Elle s'attendait à du classique, voire à du presque ancien, et elle découvrit du presque ancien moyenâgeux-cynégétique-commun.

Presque ancien moyenâgeux pour des copies de tapisserie, des fac-similés de parchemins, des reproductions de dagues, d'épées, de hallebardes pendues aux murs.

Cynégétique pour des têtes de sangliers et de cerfs triomphalement accrochées dans la salle à manger.

Et *finalis*, le tout disposé avec un goût d'avant-goût de purgatoire.

Anachronique, une grande partie du salon était dédiée à la lépidoptérophilie, ou, en langage gaulois, à une impressionnante collection de papillons. Le grandiose étalage en comptait des centaines, la majorité épinglés dans des boîtes, les plus colorés mis en scène dans des globes.

Aurélie était assise devant eux, prostrée, rêveuse, comme si les contempler l'aidait à se vider de son chagrin. Élancée comme une tige d'orchidée, Aurélie devait être encore jolie. La réserve était de circonstance : les larmes qui avaient ravagé son visage ne laissaient le champ libre qu'à une supposition.

— Cette dame souhaite vous causer, lui chuchota la bonne en présentant Charlotte, elle est commandant dans la police spéciale. Vous sentez-vous de force de la recevoir ?

Pas un mot pour donner son accord, juste un signe de tête affirmatif.

— Alors, je vous laisse, madame. Appelez fort si vous avez besoin de moi, je suis dans la cuisine. Je prépare un confit de porc. Un bon *enchaud* vous requinquera.

Sur ce, la bonne, dont Charlotte ne connaissait toujours pas le nom, se retira sur la pointe des pieds.

Les secondes s'écoulèrent dans un silence que la demeure n'avait pas encore eu l'occasion d'apprécier. Il était pesant. Il était triste. La demeure ne l'aimait guère.

— Ne sont-ils pas magnifiques ? émergea Aurélie d'une voix monotone.

Elle parlait, bien sûr, de ses papillons immolés sur l'autel d'une passion discutable.

— Absolument, fit Charlotte à court de compliments.

— J'aime beaucoup ces trois-là, en pointa-t-elle des grands d'un bleu métallique. Ce sont des Morpho didius originaires du Pérou.

— Admirables, certes.

— Et celui-là, le Graellsia isabellæ, l'un des géants d'Europe, n'est-il pas imposant ? Il est nocturne et vit dans les montagnes espagnoles. Son prix est abordable, à peine une centaine d'euros. Son index en désigna un autre déplié dans un globe.

— Regardez cet Uranius ripheus, on dirait qu'il va s'envoler. J'adore l'harmonie de ses teintes. Ce merveilleux spécimen nous arrive de Madagascar.

Charlotte réalisa subitement que ces insectes avaient un prix, sans doute élevé pour certains... qu'on lui avait peut-être volés.

— Vu la richesse de ses nuances, il doit valoir des sous.

— Non, commandant, une cinquantaine d'euros, pas plus. Nous sommes loin des records atteints pour acquérir un Ornithoptera allotei de Papouasie. Le dernier en date s'est vendu à plus de dix mille euros.

— Ah oui, quand même !

— Le Perisama Timéné équatorien, l'un des plus rares au monde, le concurrence en prix, mais on parvient à en trouver.

Elle leva le menton vers un cadre dans lequel était exposé un papillon aux couleurs veloutées.

— Jocelyn m'en a offert un pour nos vingt ans de mariage. Il est le joyau de ma collection.

Alors, puisque cette rareté était toujours présente dans son cimetière, il fallait en conclure qu'on ne lui en avait volé aucune.

— Mais qu'importe ce que ça coûte puisque c'est magnifique.

Charlotte l'approuva faussement en se demandant quel plaisir lui procurait le spectacle de bêtes mortes. Pourquoi pas des chiens empaillés, pendant qu'elle y était ? Ou des blaireaux – c'est mignon un blaireau.

— Je suis sidérée par vos connaissances. Où avez-vous appris à distinguer ces papillons ?

— À la fac où j'ai suivi un cursus d'entomologiste. Un soir, j'ai rencontré Jocelyn dans un bar d'étudiants. Nous nous sommes plu et nous nous sommes mariés. Ce qui ne m'a pas empêchée d'achever mes études.

Fin du prologue. Le moment était venu pour Charlotte d'entrer dans le vif de l'histoire. Mais avec délicatesse, lui reconseilla sa voix intime.

— Je vous en félicite, madame, et vous prie de m'excuser de changer de sujet. Avec mes condoléances, je dois vous expliquer les raisons de ma présence..

— Je vous écoute, se redressa Aurélie.

— Quand une personne décède dans des circonstances inhabituelles, la loi nous oblige à l'autopsier. Voilà pourquoi votre mari est chez le légiste, il ne vous reviendra que dans trois jours. Je répète que c'est la procédure et que je ne peux m'y opposer.

— Ah bon ?... On m'a pourtant affirmé qu'une crise cardiaque l'a terrassé.

— Votre mari avait emporté son fusil. On se demande pourquoi ? Vous connaissez la réponse ?

— Un réflexe.

— Sauf qu'il a tiré on ne sait contre qui. Quatre cartouches, ça fait beaucoup pour dégommer un rat.

Aurélie se retassa sur son Voltaire.

— Dites-moi la vérité : a-t-il été blessé ou...

— Non, l'interrompit Charlotte, ni blessé ni assassiné. En revanche, on a relevé deux morsures bizarres sur son poignet droit.

— Des morsures ? Il n'en avait aucune, je les aurais vues.

— C'est pourquoi les docteurs ès morsures vont les analyser. Néanmoins, j'aimerais comprendre ce qui lui a pris d'aller la nuit dans sa truffière, armé comme un artilleur ? Il craignait quoi ?

Ses questions tombaient rapidement, Aurélie mit une main en avant pour la prier de ralentir. Aussitôt, Charlotte joignit la sienne à *La Chose* pour lui demander pardon d'aller trop vite. Déstressée, rassérénée, Aurélie répondit calmement.

— Jocelyn a reçu un appel à minuit et demi sur notre ligne fixe. Un homme, un anonyme, l'a prévenu qu'un pillard ravageait notre truffière. Jocelyn n'a fait ni une ni deux, il s'est rhabillé, il a pris son fusil et a filé comme une fusée. Je n'ai pas pu le retenir, il était fou furieux.

— Votre mari était sanguin ?

— Non, plutôt réfléchi.

— Alors pourquoi n'a-t-il pas prévenu les gendarmes ?

— Pourquoi faire ? ricana Aurélie. La dernière fois que nous les avons appelés pour coincer des pillards, ils sont intervenus au petit matin.

— Qu'est-ce qu'ils ont fabriqué ?

— Ils ont dû s'arrêter en route pour secourir des blessés – des jeunes qui roulaient trop lentement.

— Mouais, pour avoir abusé des jus de fruits.

Les paupières d'Aurélie se fermèrent.

— Nous avons deux enfants. La vie d'un gamin est plus importante que le sauvetage d'une truffe.

Elle les rouvrit.

— Pour en revenir à la vérité, Jocelyn était devenu parano. À sa décharge, les problèmes qui s'accumulaient avaient de quoi l'énerver.

— Financiers ?

— Non, côté argent ça va, c'est un ensemble de faits qui lui grillaient les nerfs.

— De quel ordre, ces faits ?

Aurélie hésita avant de lâcher :

— Bah ! autant que vous le sachiez : nous avons été cambriolés dans la nuit d'avant-hier. Je suis persuadée que le voleur connaissait les lieux.

— Pourquoi en êtes-vous sûre ?

— Parce qu'il est passé par le jardin, qu'il a forcé la porte de la cuisine et que nous n'avons rien entendu.

— Vous avez porte plainte ? demanda-t-elle en faisant mine d'ignorer qu'ils s'en étaient abstenus.

— Non, Jocelyn a refusé.

— Quoi ! s'indigna Charlotte, se taire, c'est permettre à des voyous de recommencer.

— J'en suis consciente, je n'ai d'ailleurs pas approuvé sa décision. Mais comme le voleur s'en est uniquement pris au bureau de Jocelyn, je n'ai pas eu mon mot à dire.

— Que lui a-t-il volé ?

Aurélie fit de vagues cercles avec ses mains.

— Des petites sculptures en argent qui représentent des animaux sauvages, et cinq pistolets anciens qui valent plusieurs milliers d'euros.

— Eh bé, il ne s'est pas déplacé pour rien. Quoi d'autres ?

— Un coffret façon argenté de la taille d'un carton à chaussures. Ce coffret n'a aucune valeur, mais c'est sa disparition qui a le plus affecté mon mari.

— Il contenait quoi ?

— Ses souvenirs, des photos, des cartes postales, des lettres… Le voleur s'en est tenu à ces objets, probablement parce qu'il ne pouvait en porter plus.

Le cerveau de Charlotte lui fit remarquer qu'Aurélie occultait la mise à sac du bureau. Pourtant, lui avait confié la bimbo sarladaise, Aurélie en avait pleuré toutes les larmes de son corps. Quand un voleur renverse des tiroirs et fouille des dossiers, c'est qu'il cherche un truc précis. Alors, que cherchait-il ? Qu'il avait peut-être trouvé sans s'attaquer au coffre-fort. Pas claire, cette embrouille, grinça la voix intime.

— Vous m'avez parlé d'un ensemble de faits, reprit Charlotte.

— Oui, qui ne sont que des gamineries, marmonna Aurélie. Aussi vieux soient-ils, les hommes restent des gosses.

— J'en ai à un la maison, je connais le problème.

— Â, ces hommes qui se fâchent avec leurs amis pour des histoires idiotes. Le mien s'est récemment brouillé avec les siens.

— Je peux savoir qui sont les *brouillés* ?

Aurélie hésita à décliner leurs noms. Mais pourquoi les cacher puisque tout le pays était au courant de leur querelle ?

— Devieilletoile est le plus ancien de la bande. Le « de » n'est pas une particule. Odilon Devieilletoile est le propriétaire du château de Castelbrac, un château non classé qu'il retape en élevant des oies et en cultivant des *bournettes*.

— Des *bournettes* ?

— Euh, pardon : des châtaignes. Il produit aussi des spectacles de cirque. Ce cirque, qu'il a baptisé Étoilus, ne fonctionne qu'aux beaux jours.

— Et quel est l'objet de la fâcherie ?

Les mains d'Aurélie décrivirent de nouveaux cercles dans l'espace.

— Jocelyn n'a pas apprécié que Devieilletoile plante Poumerol à la veille d'un banquet important.

— Le plante comment ce Poumerol que je ne connais pas ?

— Gerbert Poumerol est un chef étoilé. Son restaurant, *La Dordonia*, se situe en bas de Domme. Sa spécialité est l'oie au foin, aux truffes et à l'armagnac, plat qu'il devait servir à cent vingt congressistes. Le mois dernier, Devieilletoile devait lui fournir ces oies, mais il a préféré les livrer à un autre chef, David Peruque, ex-ami de Poumerol devenu son pire ennemi.

— Pourquoi est-il devenu son pire ennemi ?

— Peruque a mis de l'oie aux truffes, au foin et à l'armagnac sur sa carte. Poumerol l'accuse de lui avoir piqué sa recette. Le détournement de cette livraison n'a pas arrangé les choses, ils en sont venus aux mains. Néanmoins, Poumerol a quand même pu servir de l'oie à ses congressistes.

— Vous êtes au courant de tout, dites donc.

Aurélie ferma les yeux. Les anxiolytiques commençaient à l'endormir.

— C'est Jocelyn qui a mis Poumerol en relation avec un éleveur du Lot. Je vous laisse imaginer comment les deux autres ont peu apprécié son intervention. Ils ont échangé des mots que je laisse à votre discrétion … Fin d'une longue amitié…

Charlotte ne vit pas l'intérêt de poursuivre l'entretien. Elle se leva. Mais avant de la quitter, elle remercia Aurélie d'avoir eu le courage de la recevoir et, c'était la moindre des choses, s'engagea à lui communiquer le rapport de l'autopsie. Belle sortie de scène pleine d'humanité. La voix intime, soufflée, l'en félicita.

12 h 43. Puisqu'elle sautait un repas, Charlotte avait le temps de rencontrer les acteurs de l'embrouille dite « des oies ».

Le coup de fil anonyme qu'avait reçu Sarrazignac excitait sa curiosité.

Lièvre

Que de superstitions avait-elle entendues dans son Limousin natal ! Entre autres croyances singulières, Charlotte avait retenu qu'il y avait urgence à se sauver à la fin d'une cérémonie de mariage. Phénomène implacable, le dernier sorti de l'église est assuré de mourir le premier. Ou que quand un lièvre bondit devant votre voiture, c'est pour vous prédire une mauvaise nouvelle. *Et cetera. Et cetera.* Les superstitions limousines n'ont rien à envier à celles du *Petit et Grand Albert*, best-seller du paranormal depuis 1668.

Charlotte avait quitté Salignac-Eyvigues et s'apprêtait à traverser la Dordogne. Le ciel était clair et la route dégagée.

Rien derrière sa Peugeot, rien à l'horizon. Elle était seule sur les lacets d'une jolie départementale. Dans ces conditions, lui murmura son mauvais génie, autant en profiter pour accélérer.

Ce qu'elle fit prestement.

Pour freiner brutalement.

Et jurer furieusement.

À cinquante mètres de sa voiture, un lièvre irréfléchi traversait la chaussée sans se presser.

— Crétin à poils ! Bouquin suicidaire ! hurla-t-elle en ouvrant sa vitre. Tu as du pot que j'aie de bons réflexes.

Le coup de frein avait bousculé Rap couché sur la banquette arrière. Il s'était relevé et aboyait des ouah-ouah bien sentis en direction de l'inconscient.

Le lièvre disparut dans un fourré. La voiture ayant eu la bonté d'éviter de caler, Charlotte enclencha la première et repartit *piano*… pour de nouveau s'arrêter avant de passer la deuxième. Son smartphone vibrait, l'écran affichait la photo de Buster Keaton (1895-1966), l'homme qui ne riait jamais.

— Oui, le chien, c'est le pas-rigolo. Bon, ben je suis obligée de lui répondre.

Elle se gara très mal près d'un fossé, actionna les warnings…

— Je hais ce lièvre porte-poisse…

Et effleura la touche « *on cause.* »

— *Commandante* Auduc. Que se passe-t-il, monsieur Subibehere ?

— C'est à vous de me le dire, *commandant*, grinça le discourtois. On vous a demandé d'expédier Jocelyn Sarrazignac au cimetière… et vous l'avez envoyé à l'IML.

— Bah ! pour lui ça ne change pas grand-chose, dans l'état où il est, il s'en fout.

— Monsieur le préfet condamne fermement votre navrante initiative. Que vous-a-t-il pris de réclamer une autopsie d'un homme foudroyé par un infarctus ?

Charlotte, qui attendait ses remontrances, se fit un plaisir de les pulvériser.

— Vous m'objecterez, monsieur, que nous mourons tous d'un arrêt du cœur, et vous aurez raison. Mais là, votre certitude me sidère: pourquoi affirmez-vous que Sarrazignac a eu une crise cardiaque? Auriez-vous disséqué ses coronaires?

Déconcerté par sa riposte, le Basque en balbutia presque.

— Je… Le rapport préliminaire des gendarmes a mentionné une crise cardiaque, je retiens donc cette version que monsieur le préfet tient pour officielle.

— Attendez au moins le résultat de l'autopsie pour l'annoncer à la presse. Ou alors, courez le risque de vous couvrir de pipi. Je me permets de vous rappeler qu'une tache d'urine sur un CV vous bousille une carrière.

— Ridicule! Que voulez-vous qu'il soit arrivé de pire à Sarrazignac?

— Peut-être rien, ce qui m'étonnerait. Mais si vous voulez l'info en temps réel, je vous invite à l'IML. Vous verrez, le découpage d'un cadavre est très instructif.

Subibehere grogna. L'ironie de Charlotte lui sortait par les pores de la peau. Charlotte était la seule qu'il ne pouvait pas recadrer. *Primo*, parce qu'elle n'était pas sous ses ordres, *deuzio*, parce que le 06 du Très-Haut figurait dans la mémoire de son smart. Eh oui! la vie est ainsi faite que, contre un 06 de cette puissance, il ne pouvait que s'incliner.

Mais le vent tournait, l'affaire Sarrazignac lui offrait l'occasion de lui rabaisser son caquet.

— Au nom de quoi avez-vous pris cette décision, *commandant*?

— Au nom de l'article 81 du code pénal. Sa mélodie vous revient-elle?

—Vaguement… rappelez-m'en l'essentiel.

— L'essentiel… Eh bien, en substance, ce bon 81stipule que la mort douteuse d'une personne dont la dépouille est trouvée dans un lieu insolite, dans un contexte étrange, et portant des traces singulières, donne obligation de l'autopsier.

— Sarrazignac ne répond à aucun de ces critères.

— Oh que si ! À moins que vous ne considériez qu'une truffière est un endroit normal pour mourir, admettez que le lieu est inhabituel pour gagner le paradis. Sinon, je retiens l'appel d'un anonyme qui l'y a attiré en l'avertissant qu'il se faisait piller. À plus de minuit, on peut se demander ce que fichait ce vigilant dans sa truffière. Voilà pour l'étrange. Par ailleurs, Sarrazignac a usé de son arme à quatre reprises, et pas pour dégommer des faisans. Enfin, j'ai relevé deux trous suspects sur son poignet droit.

Pugnace comme l'est un Basque, Subibehere banalisa cette découverte :

— Ces marques sont certainement dues à de l'antibiothérapie, Sarrazignac devait souffrir d'arthrose.

— Non, monsieur, Aurélie Sarrazignac à qui j'en ai parlé…

— Vous avez rencontré Mme Sarrazignac ? l'interrompit-il, offusqué.

— Oui, et elle m'a affirmé que le poignet de son mari était intact. Ce qui donne à penser qu'on ne peut exclure une injection létale. Au labo de nous le dire.

Au silence qui suivit, Charlotte devina que Subibehere cherchait une parade. Mais comme son cerveau ne lui en suggéra aucune, il reserina la version officielle :

— Enchaînement de faits dû au hasard. Votre acharnement à prouver le contraire est quelque peu bizarre.

Charlotte reprit ce mot pour lui botter l'esprit :

— Ce qui est *bizarre*, monsieur, c'est que vous m'avez missionnée pour accréditer la thèse d'un infarctus. Mais j'ai compris pourquoi, c'est du vachement tordu.

— Qu'avez-vous encore imaginé ? fit-il d'une voix lasse.

— Je n'imagine rien, je raisonne. Vous avez estimé que j'expédierais l'affaire en dix secondes, que personne ne discuterait ma décision, pas même le médecin local. Vicieusement subtil ce plan, car qui oserait contredire une flic protégée par Dieu le père ? Un détraqué, bien sûr, une folle ou un toubib incapable.

— Vous délirez, *commandant*.

— Cessez de vous ficher de moi, *monsieur* : pour quelle raison *réelle* m'avez-vous expédiée à Sarlat ? Qui était Sarrazignac ? Qu'est-ce que vous dissimulez ?

En serviteur de l'État brillamment sorti de l'ENA, Subibehere se refusa de répondre. Son statut lui interdisait de justifier ses actes.

— Vos questions me dépassent, *commandant*, j'en toucherai un mot à monsieur le préfet. Cela dit, à bientôt, je vous recontacterai dès que j'aurai lu le rapport de l'IML.

Charlotte désactiva son smart, un goût amer dans la bouche. Rap, qui sentit monter sa colère, nicha son museau au creux de son épaule.

— Faut faire gaffe au lexique de ce type, mon bon chien. Dans sa bouche « en toucher un mot » signifie qu'il va me tailler un costar.

Rap lui lécha une joue. Elle le caressa, regarda la clé de contact, avança la main pour démarrer, et la retira en rouspétant.

— J'y crois pas ! Encore ce lièvre. Je vais finir par en faire une gibelotte !

Comme précédemment, Rap aboya tout le mal qu'il pensait de ce bouquin, Charlotte l'agonit et son smartphone vibra.

— Décidément, il m'en veut ce bestiau. C'est qui, cette fois, l'emmerdeur ?

Jacques, qui lui envoyait un SMS : « Ma cousine, Éva Biderman, passera à Fronsac ce soir. Je serai heureux de te la présenter. Bonne soirée en perspective. »

Pas vraiment se dit Charlotte qui prévoyait de faire un break à Limoges.

Par ailleurs, elle dut admettre que les Anciens avaient raison : voir un lièvre traverser une route est un mauvais présage.

Coq

Une sorte de diable colossal poursuivait un coq affolé.

C'est le spectacle qui s'offrit à Charlotte lorsqu'elle pénétra dans le parc de *La Dordonia.* Le diable était vêtu en blanc et gueulait – ça coule de source – comme un beau diable :

— Suffit, Vatfer ! Arrête de courir ! Viens ici !

Le volatile, un magnifique coq gaulois doré-saumoné, se fichait des injonctions du balaise. Il se jouait de lui à la manière d'un rugbyman, slalomant entre les buissons, virant à gauche, tournant à droite, allant, venant et voletant sans autre stratégie que d'éviter un placage. Rap, qui regardait la scène d'un œil critique, jugea que le bipède s'y prenait comme un manche. À sa place, il aurait déjà chopé et déplumé l'emplumé.

Mais pas de chance pour le coq, le diable en blanc avait une morphologie supérieure à la sienne. Les bras tendus comme les ailes d'un avion, il l'obligea à se réfugier dans un coin de mur où il n'eut plus qu'à le cueillir.

— Ben alors, bonhomme, on n'obéit plus ?

Charlotte s'était garée pendant que le diable coinçait le coq. Elle s'approcha de lui, curieuse du sort qu'il lui réservait, curiosité légitime puisque la tenue blanche du diable indiquait qu'il était cuisinier.

— Bonjour, monsieur, commandant Auduc, brigade inter-régionale judiciaire, se présenta-t-elle sous ce nouveau label en exhibant sa carte tricolore. Il est bien gros, ce coq, vous comptez le faire cuire dans une lessiveuse ?

— Non, le ramener dans son poulailler. Un de mes gars a vu un renard filer dans le parc. Bec contre mâchoire, Vatfer ne ferait pas un round.

— Vatfer ? haussa-t-elle les sourcils. Pas banal ce nom. C'est local ?

— Non, c'est acerbe. À un con qui se plaint de ses gammes matinales, je réponds qu'il lui *cocorise* Vatfer…

— Stop ! j'ai compris le principe.

Le diable caressa le coq qui recouvrait son calme.

— Moi, c'est Gerbert Poumerol, le seigneur de ces lieux. Je présume que vous venez me voir rapport à la mort de Jocelyn Sarrazignac.

— Pourquoi le présumez-vous puisqu'il n'a pas été tué ?

— Parce que les flics des séries télés enquêtent dès qu'il y a un cadavre… Mais alors, fronça-t-il les sourcils, s'il n'a pas été zigouillé, de quoi est-il mort ce bon Jocelyn ?

— D'un infarctus pour l'instant. Je saurai demain s'il a changé d'avis.

— Comment ça, changé d'avis ? s'offusqua le balaise.

— Votre ami est sous le scalpel du légiste. Procédure normale, autopsie normale, recherche d'informations normale, d'où ma présence chez vous.

— Avec plein de questions normales à me poser ?

— Absolument, dont cette première : quand et comment avez-vous appris sa disparition ?

— S'il n'y a que cela pour vous obliger : le téléphone ne cesse pas de sonner depuis ce matin, les amis de Jocelyn se repassent l'information.

Sophie Modeste sortit à cet instant, inquiète de ne pas voir revenir son boss. Elle poussa un soupir de soulagement en le retrouvant avec Vatfer sous son bras.

— Ah ! tu es là ! Je me faisais de la bile avec ce renard qui rôde.

— Vatfer a fait son galopin, il m'a donné du fil à retordre.

La présence de Charlotte sembla la perturber. Qui était cette inconnue à la main gauche gantée ? Poumerol, qui devina son malaise, se dépêcha de la rassurer.

— Le commandant Auduc de la brigade « je ne sais plus », nous fait l'honneur d'une visite. Commandant, je vous présente Sophie Modeste, ma serveuse préférée.

— Bonjour, madame, la salua Sophie avec un sourire de facture commerciale.

— Le commandant a besoin de me parler. Conduis-la dans mon bureau, s'il te plaît, et apporte-nous deux cafés pendant que je mets ce bon dieu de coq en sécurité.

Il fit deux pas et pirouetta, le visage chiffonné :

— Au fait, je vous ai peut-être vexée. Dois-je dire commandant ou commandante ? On ne s'y retrouve plus dans les grades au féminin.

— Il suffit de mettre un « e » à la fin du mot. Sergente, adjudante, lieutenante, commandante, ce n'est pas plus compliqué que ça. Mais moi, c'est commandant.

— Ah… Est-ce que la règle s'applique pour un tambour-major ?

— Tambour-major n'est pas un grade.

— Eh ben tant mieux ! Tambour-majorette, ça ferait carnaval.

Un léger brouhaha glissait de la salle de restaurant. Le service n'était pas terminé, la moitié des clients entamait la ronde des fromages. Les cuisiniers commençaient à souffler. Ils virent Charlotte filer derrière Sophie en se demandant qui elle était, et finirent par se dire qu'ils s'en fichaient royalement.

Ce ne fut qu'une fois installée dans le bureau que Charlotte reprit la parole.

— Vous êtes parente avec M. Poumerol ?

— Pourquoi me posez-vous cette question, madame ?

— Vous le tutoyez, on ne tutoie que des intimes.

— Avec notre différence d'âges, *intimes* serait mal interprété. Sinon oui, nous sommes parents. Mais, comme dans toutes les familles, c'est assez compliqué d'expliquer par qui nous avons du sang commun.

— Ouh ! j'en sais quelque chose. Ma mère s'est enfuie de l'URSS en 1952. Or, depuis que le pays est redevenu la Russie, je reçois plein des lettres de gens qui affirment être mes cousins, mes cousines, mes tontons, mes tatas. Ils dessinent même des tas de branches familiales, mais sans me préciser sur quel arbre ces fichues branches ont poussé.

— Et vous leur répondez ? demanda la jeune fille, soudain plus détendue.

— *Chto ono ostayutsya tam, gde oni yest!*[1] Non, ma grand-mère et ma mère ne les ont pas fuis pour rien. Elles ne s'entendaient pas sur la notion de liberté avec ces ânes rouges.

1 Qu'ils restent où ils sont !

Son franc-parler plut à Sophie qui, du coup, la regarda avec un zeste de sympathie. Charlotte avait senti une réserve chez elle, un recul instinctif plus dur que de la méfiance. D'habitude, elle captait cette attitude chez les marginaux. Ou chez les blessés de la vie. Mais elle n'eut pas le temps de lui en parler, Poumerol poussait enfin la porte.

— Mission Vatfer accomplie, commandant, que voulez-vous que je vous raconte sur feu Sarrazignac ?

Sophie sursauta en découvrant le motif de sa visite.

— C'est pour M. Sarrazignac que vous êtes ici ?

— Oui. Vous le connaissiez ?

— Un peu, il venait souvent ici. Il était gentil, je l'appréciais beaucoup.

— Vous a-t-on dit de quoi il est mort ? chercha-t-elle à savoir si elle en connaissait la raison.

— Nous l'ignorions, je l'ignorais, s'interposa Poumerol, jusqu'à ce que vous m'appreniez qu'un infarctus l'a envoyé au ciel.

— Un infarctus ? répéta la jeune fille sur un ton gavé de scepticisme.

— Oui, insista Poumerol, *un infarctus*, et, *bis again*, apporte-nous deux cafés.

Sophie quitta le bureau en levant un pouce, geste qui témoignait d'une complicité entre elle et Poumerol.

Mais à quoi bon s'interroger sur la nature de leur relation, Charlotte n'était pas là pour l'analyser.

— J'ai rencontré Aurélie Sarrazignac qui m'a dit du bien de vous.

— C'est aimable de sa part… Comment va-t-elle ? Elle supporte le choc ?

— *Du sourire au soupir, et du soupir aux larmes*, pour parodier Rostand, disons qu'elle papillonne.

— Je comprends, commandant. J'irai la voir ce soir.

— Allez-y plutôt demain, les anxiolytiques l'auront apaisée.

— Entendu, je vais suivre votre conseil.

— Cela dit, pendant notre entrevue, Aurélie m'a parlé de votre affaire d'oies. Est-ce vrai qu'Odilon Devieilletoile vous a lâché à l'avant-veille d'un congrès ?

Poumerol fronça les larges ailes de son nez épaté.

— Il ne m'a pas lâché, il a tenté de m'égorger en augmentant ses prix. Trente pour cent d'un coup ! Je l'ai envoyé paître.

— Trente pour cent ! Mais qu'est-ce qu'il lui a pris d'en exiger autant ?

— Son cirque ne rapporte que des nèfles, je suppose qu'il a besoin de fric.

Charlotte enregistra que le pervers était peut-être aux abois.

— Suite à quoi, m'a dit Aurélie, son mari vous a mis en relation avec un autre éleveur.

— Oui… Jocelyn était toujours présent pour dépanner les amis.

Il fit une pause, visiblement ému en évoquant son souvenir.

— Aurélie m'a de même confié que David Peruque a récupéré les oies que Devieilletoile devait vous livrer. Combien y en avait-il ?

— Beaucoup trop pour ce connard qui va les congeler pendant des mois. Bonjour le goût ! Je souhaite bien du plaisir à ses clients qui boufferont de la merde.

Charlotte s'empêcha de sourire et reprit :

— Il est venu à mes oreilles que vous l'avez boxé. Vous le confirmez ?

— Presque, parce qu'on s'est colletés à la régulière. Moi, je n'ai rien eu, mais cet empafé est reparti avec le pif en chou-fleur.

— Il a porté plainte ?

— Non, David est un copieur, mais il a de l'honneur. Quand on provoque un homme, on ne va pas se plaindre s'il vous en a mis une bonne.

Sophie revint avec les cafés. Sans prononcer un mot, elle posa les tasses sur le bureau et repartit comme elle était venue : discrètement, en silence.

— Vous êtes certain que Peruque vous a volé votre recette d'oie au foin, aux truffes et à l'armagnac ?

— Certain, commandant. L'un de mes cuistots est parti vivre au Brésil quand ce pourri l'a mise sur sa carte. Je suis convaincu qu'il la lui a vendue.

Et tout à coup, comme mu par un ressort, Poumerol bondit sur son fauteuil :

— Attendez, attendez… Mais vous me posez des questions qui n'ont rien à voir avec l'infarctus de Jocelyn ! Que cherchez-vous au juste ?

Charlotte but lentement son jus, puis se leva à son tour.

— Je cherche à savoir contre qui il a tiré quatre coups de feu avant de mourir.

Elle ouvrit la porte.

— À bientôt monsieur Poumerol, merci pour l'expresso. Je suis obligée d'y aller, j'ai un chien qui m'attend.

Souris

Sur une route étroite, au creux d'une forêt dense, une camionnette rouge et or doubla une Peugeot trop lente. La conductrice de la voiture, Charlotte en l'occurrence, longea *in extremis* la bordure d'un talus pour la laisser passer – mais d'un coup de volant dangereux qui libéra ses invectives :

— Kamikaze de cirque ! Trompe-la-mort d'opérette ! Va le planter, ton char à bœufs, qu'on rigole !

Comme tous les chiens intelligents, Rap avait mémorisé trente mots utilisés par sa maîtresse. Or, ceux qu'elle venait d'employer le déstabilisèrent. D'habitude, quand elle s'en prenait à un chauffard, elle hurlait des « enfoiré », des « ducon », des « p'tite bite », mais aucun de ceux qu'il venait d'entendre. Pourtant, elle était en colère. Vieillissait-elle ? Devenait-il hermétique au langage des bipèdes ? La question demandant réflexion, il se rendormit sur son plaid.

À la vérité, événement à marquer d'une pierre blanche, Charlotte s'était laissée bercer par l'envoûtement des lieux. Arbres majestueux, ruisseaux babillards, grottes mystérieuses, rochers millénaires, échos de la préhistoire, la longue descente qui menait au château de Castelbrac était fascinante et elle était fascinée. Elle, dont le quotidien était le crime, n'avait pu résister à l'appel d'un instant de poésie.

Mais c'en était fini de rêvasser, de lambiner ; la manœuvre du chauffeur de la camionnette rouge et or l'avait ramenée dans son siècle.

— Cirque Étoilus, fit-elle en relevant le nom peint sur sa carrosserie. Mais c'est de lui dont Aurélie m'a parlé ! Il me semble que j'arrive à temps pour rencontrer les clowns.

Sur ce, récupérée par son mauvais génie, elle accéléra sur une pente où le trente à l'heure frisait l'excès de vitesse.

En quelques secondes pétaradantes, elle déboucha près de l'enclos des oies, vira, revira dans une vaste plaine, et s'arrêta devant le château ou de ce qu'il en restait. Le tiers de l'ouvrage, l'évalua-t-elle, tenait encore debout grâce au Saint- Esprit, çà et là aidé par des poteaux de renfort. Les deux-tiers attenants attendaient, quant à eux, l'intervention de mortaises et de leurs copains tenons. Toutefois, apprécia-t-elle comme tous ceux qui les découvraient, il émanait de ces ruines un parfum d'autrefois.

La camionnette rouge et or était garée devant l'escalier d'honneur – un escalier rongé par la mousse et l'usure de l'âge. Trois hommes discutaient au bas de ses marches. Quand Charlotte descendit de sa Peugeot, ils tournèrent la tête dans sa direction, l'œil inquisiteur, la mine interrogative.

— Qui, qui, qui, qui c'est cette meuf ? Vous la co, co, connaissez ?

— Non, Boris, jamais vue.

— Oh ! elle a un chien… ça ne craint pas pour les oies, monsieur ?

— Chien ou renard, même grillage pour les protéger. Et puis je ne vais pas heurter cette jolie femme avant d'avoir pris le plaisir de la connaître.

— Vous la trouvez sexy ?

— Mieux que cela, Matthias, elle a le charme d'une femme de pouvoir.

— De, de, de pouvoir ? Ça, ça, ça existe ce, ce, ce genre, de, de charme ?

— Oui, mon cher Boris, il se reconnaît à l'assurance de la dame, et, par mon âme perdue dans la fornication, cette femme en a à revendre. Voyez comment elle marche avec autorité, c'est du haut de gamme féminin. Je la vois bien directrice d'un service du patrimoine.

Mais Odilon ne s'illusionnait guère, c'était le genre de visite qu'il n'espérait plus recevoir. Lassés par ses demandes répétitives de subventions, les Monuments historiques ne prenaient plus la peine de lui répondre.

— Bonjour, messieurs, les aborda Charlotte, je cherche M. Odilon Devieilletoile.

Incontinent, les deux artistes la taquinèrent avec leurs tours.

— Moi, c'est Matthias Trolley, magicien, enchanteur et sorcier, se présenta le squelettique en glissant une main derrière l'oreille de Charlotte. La preuve, triompha-t-il en en retirant une fleur en papier, je cueille des coquelicots sur la tête des jolies femmes.

— Et, et, et moi, c'est Bo, Bo, Boris Saggaz, a, acrobate et jongleur. Le musclé avait sorti trois balles qu'il lança en l'air. Mais quand je jongle, voyez-vous, je ne bégaye plus. Le phénomène est curieux… C'était quoi votre question ?

— Une question sérieuse, enchaîna Matthias en extirpant de sa veste une petite souris blanche. Je vous présente Kiki qui sait tout. N'est-ce pas, ma bonne Kiki ? Allez, sois gentille, réponds à la dame.

La plaisanterie devenait pesante au goût de Charlotte qui s'empressa d'y mettre un terme :

— Moi, voyez-vous, j'ai plus d'un tour dans mon sac, dont un inégalable, vous allez l'adorer, dit-elle en exhibant sa carte de flic. Ce bout de plastique, messieurs, est plus puissant que la baguette de Harry Potter. Grâce à lui, je fais disparaître des vendeurs de poudre péruvienne, des dons juans psychopates, des bradeurs d'existences, bref, des gens qui échouent dans des endroits mystérieux baptisés La Santé et Clairvaux. Mais je ne suis pas bégueule, je fais également disparaître les gros cons qui m'emmerdent. Mon chien est également prestidigitateur. Une souris blanche ? Pouf ! il ouvre la gueule en grand et plus de souris. N'est-ce pas éblouissant ?

Au rythme de sa voix, Rap comprit qu'il devait grogner. Mission qu'il accomplit avec une conviction saisissante. Charlotte l'en félicita d'une caresse et enchaîna :

— En prime, j'excelle dans l'art de pourrir la vie des abrutis qui se foutent de ma tronche. Eh oui ! je dirige une troupe de chicaneurs spécialisés dans les cauchemars. Avec eux, quand il n'y en a plus, il y en a encore. Antidépresseurs garantis.

Assez rigolé ! Odilon comprit qu'il était temps de mettre pavillon bas.

— Je suis celui que vous cherchez, madame, Odilon Devieilletoile.

— Eh bien, nous y voilà ! Sauf que ce n'est pas madame, c'est commandant : commandant Auduc, brigade spéciale d'investigations en Nouvelle-Aquitaine.

— Honoré de vous rencontrer, se courba Odilon, impressionné par l'intitulé de sa brigade – un nouveau qu'elle jugeait plus *smart* que les précédents.

Mais le Casanova n'était pas qu'impressionné, il était enchanté d'avoir devant lui une femme de caractère. Enfin une ! Celles qu'ils fréquentaient disaient oui à tout ce qu'il leur demandait. Même pour expérimenter des fantaisies sadomasos. Odilon eut été hypocrite de s'en plaindre puisqu'il payait leurs câlineries. Toute sa vie, il les avait payées. Y compris durant son adolescence, avec les sous qu'il piquait dans la boîte à biscuits de sa grand-mère.

Il s'était redressé en choisissant les mots qu'il devait utiliser. Cette femme, certes, avait tout pour le séduire, mais, avant tout, elle était flic. Et une flic, on s'en méfie même si croit n'avoir rien fait. Personne n'est à l'abri d'une plainte d'un voisin mal embouché.

— Or donc, commandant, hormis le plaisir de vous accueillir, je serais ravi d'apprendre ce qui vous amène.

— Le décès de Jocelyn Sarrazignac que vous connaissiez bien. Je suppose que vous savez déjà qu'il a rejoint ses ancêtres en surveillant sa truffière ?

— Pourquoi le cacherais-je, commandant ? Mes amis ne cessent de m'appeler pour en parler. Néanmoins, j'ignore de quoi est mort cet excellent Jocelyn.

— L'examen *in situ* répond d'un infarctus. Mais il se peut que le légiste découvre une cause plus dramatique.

Plus dramatique? Les trois hommes en échangèrent des regards interrogateurs. Boris fut le premier à reprendre une parole difficile à sortir de ses lèvres :

— Lé, légiste, ça veut dire qu'on, qu'on le dé, découpe, pa, pa, parce que vous, vous, vous croyez que, que...Croyez que, que... Croyez que, que...

— Qu'il a été tué, acheva Matthias en fréquence outre-tombe.

— La déduction s'impose, paracheva Odilon, *une raison plus dramatique* se traduit par *meurtre* ou *assassinat.* D'autant qu'un légiste n'intervient que s'il y a homicide, mort accidentelle ou singulière.

— Vous semblez connaître le droit, monsieur Devieilletoile.

— Je l'ai étudié dans ma jeunesse, je voulais être commissaire-priseur.

— Et vous êtes devenu châtelain-éleveur.

— Commissaire-priseur d'abord. C'est avec ce que j'ai gagné dans les salles de ventes que j'ai acheté cette ruine, désigna-t-il son château... Pour une bouchée de pain, soit dit en passant. Mais sa réfection me coûte le prix d'une pièce-montée.

La stupeur des deux clowns n'avait pas échappé à Charlotte, surtout celle de Boris qu'elle prit le risque d'interroger.

— Sa mort a l'air de vous toucher. Jocelyn Sarrazignac était l'un de vos amis ?

— Non... Ju, ju, juste une bo, bonne relation. Il, il, il aimait le cirque.

— Il venait souvent nous voir répéter, lui succéda Matthias. L'été, il ne manquait pas d'assister aux spectacles de la troupe. On en change trois fois au cours de la saison, ça donne aux gens l'envie de revenir.

— Jocelyn regardait les numéros avec des yeux d'enfant, conclut Odilon. Je suis certain qu'il aurait adoré ceux que nous préparons.

Le libertin exhala tout le chagrin du monde, puis revint au sujet qui le taraudait :

— Pour en revenir à sa disparition, est-il indiscret de vous demander pour quelle raison l'IML l'autopsie ?

— Pas du tout, monsieur : au nom de l'article 81 du code pénal.

— 81… Très sincèrement, commandant, je ne lui en veux pas de s'être échappé de ma mémoire, mais, présentement, son évasion me gêne.

— Ne rougissez pas, vous avez donné la bonne réponse : mort singulière. D'autant que Sarrazignac avait pris son fusil. Il a tiré quatre fois avant de mourir.

— Qua, qua, quatre ?

— Oui, or deux plus deux, ça pose problème comme l'aurait dit Thalès en pondant son théorème.

Pas fou, intuitif, Odilon anticipa ses prochaines questions.

— Je comprends pourquoi vous êtes venue me voir : quelqu'un vous a informée que nous étions fâchés ?

— Oh. Plus que fâchés : en froid ! à cause d'une histoire d'oies, ou, précisément, d'une augmentation de prix. Trente pour cent m'a-t-on rapporté.

— C'est Poumerol qui a pleuré sur votre épaule ? ricana-t-il.

— Qui voulez-vous que ce soit ?

— Eh bien oui, je lui ai annoncé trente, mais pour plaisanter. Le drame est que cet idiot m'a cru. Il m'a tellement cru qu'il m'a insulté avec des mots que je préfère censurer. Il était si hors de lui que je n'ai pas pu en placer une. Alors, j'en ai eu marre et j'ai claqué la porte.

— Admettons… Vous aviez quand même l'intention d'augmenter vos prix ?

— De trois pour cent. On est loin de trente qui n'étaient qu'une blague. Mon erreur est d'avoir oublié que Gerbert prend tout au pied de la lettre.

Visiblement, Odilon paraissait le regretter.

— La vérité, commandant, est que Sarrazignac n'aurait pas dû se mêler de ce quiproquo. C'est ce bon Samaritain qui a foutu la merde.

— En lui proposant de le mettre en contact avec d'autres éleveurs ?

— Oui, dans l'heure qui a suivi. Poumerol est un sanguin, il a pris son carnet de chèques, son béret et sa voiture pour foncer *ipso facto* dans la vallée du Lot.

À ce stade de l'histoire, Charlotte eût accepté de croire qu'il s'agissait d'un malentendu si ladite histoire n'avait dépassé le malentendu :

— Et vous avez vendu vos oies à Peruque.

— Bien obligé : elles étaient déplumées. Affaire blanche, je n'ai rien gagné dans cette vente. Vous pouvez le vérifier.

Charlotte n'en vit pas l'intérêt.

— Maintenant, rebondit Odilon avec une voix feutrée, si vous désirez savoir où j'ai traîné cette nuit, j'étais dans mon château. Deux charmantes demoiselles vous confirmeront que j'ai quitté la chambre rouge à l'heure de la rosée.

— La chambre rouge ? cilla Charlotte.

Odilon observa sa main gauche avec circonspection. Ce gant cachait son annulaire. Portait-elle une alliance, était-elle mariée ? Bah ! à la guerre comme à la guerre ! Il attaqua en douceur :

— C'est une chambre où vos collègues bien informés savent que j'y organise ce qu'ils nomment des bacchanales. Pour le libertin que je suis, ce sont des jeux où le plaisir est souverain.

Du mode feutré, sa voix passa au mode velours :

— D'ailleurs, si transgresser les interdits vous intéresse, vous y serez la bienvenue.

Charlotte hésita entre éclater de rire et broyer son dentier. Mais, sur le conseil de sa voix intime, elle regagna sa voiture sans s'abaisser à user de la violence.

— Puisque vous êtes là, commandant, reprit-il sérieusement en la raccompagnant, j'en profite pour vous prier d'insister près de la gendarmerie.

— Insister sur quoi ?

— Sur les agissements de pseudo-scientifiques que je leur ai signalés. Ces imbéciles explorent les grottes qui cernent le château, des grottes dont je suis le propriétaire. D'après mon petit doigt, ils pensent y trouver le trésor des Templiers.

— Le trésor des Templiers, fit Charlotte, goguenarde, rien que ça ?

— Oui, des fous de cet acabit pullulent dans la région. Sauf que ceux-là sont des universitaires. Ces grottes fourmillent de dangers, j'en ai fait interdire l'accès, mais ils ont l'air de s'en ficher. Leur chef, avec qui j'ai eu des mots, s'appelle Gildas Zumbrunn. Ce serait sympa que les gendarmes le prient d'aller chercher le graal ailleurs.

Dragon

Retour à la case départ, précisément sur la truffière. Charlotte avait fait le tour de ce dont il convenait de faire le tour, pour le moment du moins, et tenait à rentrer rapidement à Fronsac. Il lui tardait de découvrir la margoulette d'Éva Biderman !... D'où sortait-elle, cette cousine ?... Jacques lui avait parlé de ses grands-parents, de son père, de sa mère, de son oncle dont il avait hérité, de ses autres tontons, de ses multiples tantes, de ses nombreux cousins dont l'évanescent Adriel, de ses foisonnantes cousines, bref, d'une cinquantaine de Biderman, mais jamais de cette Éva.

Bizarre autant qu'étrange, étrange autant que miraculeux. Sauf que Charlotte ne croyait pas aux miracles. En vertu de quoi, Limoges attendrait son retour et la soirée s'annonçait passionnante.

Plus personne. La foule s'était dispersée, seuls les TIC, en combinaison blanche, arpentaient la truffière dans des protège-chaussures.

Pour repousser les fanas du buzz, le brigadier Cocault était resté sur place avec un jeune gendarme, adjoint volontaire au respect de l'ordre.

De temps en temps, des automobilistes ralentissaient pour découvrir l'endroit où Sarrazignac avait trouvé la mort. Les radios locales s'étaient fait l'écho de sa disparition mais pas les réseaux sociaux. D'habitude, même pour un vol de vélo, la Toile dispensait mille avis en dix minutes. Le silence des GAFA était anormal. Cette affaire les intriguait. Que diable cachait-on au public ?

L'haltérophile adorait effrayer ceux qui ralentissaient « pour voir ». Il s'approchait doucement de la portière d'un curieux et, subitement, usait de son sifflet pis qu'un malentendant. Il y mettait tout son cœur et ses poumons. Le siffloté sursautait, suffoqué, paniqué, et Cocault enchaînait, pas commode :

— Allez, ouste, pas d'attroupement ! Articles 431.3 et 4 du code pénal, si vous ne filez pas *illico*, c'est quinze bâtons d'amende.

Un adjectif s'impose pour décrire la suite : *superfétatoire*. Car il est superfétatoire d'ajouter que le curieux décampait à fond de train.

— Rebonjour, brigadier, le surprit Charlotte qui s'interdit d'avouer que son numéro la faisait rire.

— Oh ! vous êtes revenue, commandant ? Je pensais que vous étiez repartie chez vous.

— Chez moi, c'est partout où je me trouve, brigadier.

— C'est grand *partout.*

— Immense, vous n'avez pas idée.

Elle pointa les TIC :

— Il y a longtemps qu'ils sont arrivés ?

— Juste après le déjeuner.

— Ils ont trouvé des indices exploitables ?

— Oui, plein… Vous avez eu du nez de les faire venir.

Il l'entraîna sur un chemin qui bordait la truffière et pila devant un nid de poule. Des cavaliers jaunes et noirs, numérotés, prévenaient qu'il fallait s'en écarter. Une rubalise de la même couleur (le noir n'en est pas une) doublait cette précaution.

— Regardez ça, commandant, ce sont des traces de pas, mais de pas d'un client mal foutu des panards.

Cocault n'exagérait pas. Ce qu'il pointait du doigt était bien des traces de pas, de dimensions normales, mais ornées de griffes palmées à leurs extrémités.

— Qu'est-ce que c'est, ce machin ?! s'exclama Charlotte.

— Les empreintes de la Coulobre, lui asséna-t-il sans rire.

— La Coulobre ? Késako la Coulobre ?

— Notre monstre local. D'après ceux qui l'ont approchée, c'est un bestiau mi-serpent mi-dragon pourvu de crocs de vampire. Avec des mots magiques, un super-druide l'a enfermée dans le limon de la Dordogne. Elle n'en sortira, dit la légende, que si un fou conjure le sort qui l'y retient.

— Otez-moi d'un doute, Cocault, vous ne croyez pas cette connerie ?

— Bah ! je n'en suis pas à une près. Père Noël, vendredi 13, chat noir, vote à gauche, vote à droite, vote au centre, je les collectionne toutes. Mais cette connerie-là est de mon pays, elle ne déçoit personne et c'est pourquoi je l'adore.

Il lui montra d'autres cavaliers qui parsemaient la truffière.

— Madame Coulobre a couru des noisetiers à ce trou plein de boue. Les TIC ont relevé les traces de ses petons sur ce parcours.

— Voui… Et comme c'est près des noisetiers que Sarrazignac est mort, le monstre aux pieds fourchus est reparti par ce trou.

Cocault fit oui de la tête avant de lui annoncer la grande trouvaille du jour :

— Les TIC ont ramassé des plombs à deux endroits différents. Ce sont des plombs de 33.5, de 45 et 56 grammes utilisés pour taquiner le cochon sauvage.

— Je le sais, brigadier, mon père chassait le sanglier. Mais, confidence mise à part, est-ce que vous comprenez ce que ces quatre coups de feu ont annoncé ?

— Non. Mais si vous avez une théorie, je suis preneur pour ne pas mourir idiot.

— Vous n'allez pas mourir et vous n'êtes pas idiot. Ils signifient que Sarrazignac savait qu'un type l'attendait pour le descendre. En tirant deux fois en l'air, Sarrazignac l'a prévenu qu'il venait lui jouer *OK Corral.*

— Sauf votre respect, commandant, vous n'allez pas trop vite en besogne ?

Charlotte lui prit le bras, geste amical s'il en fut.

— Juste une question, brigadier.

— Je vous écoute.

— Vous ou les TIC, avez-vous découvert des traces de pillage ?

Cocault balança la tête de droite à gauche et vice-versa.

— Non, pas de saccage, le terrain est propre.

— J'en déduis que votre serpent-dragon se fichait des truffes comme de son premier feu de gorge. C'est donc à Sarrazignac qu'il voulait s'en prendre.

Charlotte lui relâcha le bras.

— Hum… Logique… Et d'après vous, il l'a tué ?

— Les anges font-ils pipi, mon aïeule avait-elle du poil aux pieds ? Vastes questions. Quand l'IML se prononcera, je vous donnerai ma réponse. Si infarctus il y a, je rendrai mon tablier. Sinon, la chasse à la Coulobre sera déclarée ouverte.

Ils regagnèrent la route principale en changeant de sujet.

— Le lieutenant Bouchenoire vous a chargé de surveiller le terrain ?

— Oui, elle a dû partir avec l'adjudant. On nous a signalé un cambriolage chez des élites locales. Un de plus, ça devient inquiétant.

— À vous entendre, il y en a beaucoup dans votre belle campagne.

— Pas autant que dans les villes. N'empêche que ce petit peu nous vaut des appels de Paris. Nos élites sont vraiment des élites, la longueur de leurs bras ne permet pas d'en douter.

Ces incivilités, comme disent les politiquement corrects, permirent à Charlotte d'embrayer sur Aurélie.

— Au fait, je suis allée présenter mes condoléances à Mme Sarrazignac.

— Vous avez bien fait, elle doit être abattue.

— Énormément, la perte de son mari la démolit. Et puis, elle ne digère pas leur cambriolage. (*Elle fit mine d'avoir commis une gaffe.*) Mais vous n'êtes peut-être pas au courant de ce vol ?

— Oh ! que si, commandant !

— Comment cela se fait-il ? Ils ont refusé d'en parler.

— Mais pas leur bonne, terrorisée, qui nous a téléphoné. On aurait enquêté si ces idiots n'avaient refusé de porter plainte. Vous m'excuserez, commandant, mais des victimes aussi butées mériteraient une amende pour exercice de la connerie.

— Ne vous plaignez pas, leur entêtement vous a évité de noircir de la paperasse.

— J'en noircirais avec joie si je savais ce qu'on leur a volé.

Cocault ne se consolait pas que le couple l'ait empêché de faire son métier. Charlotte se souvenait de tout ce qu'on leur avait pris, la liste dressée par Aurélie était imprimée dans sa mémoire. Elle aurait dû la confier à Cocault, mais sa voix intime lui conseillait de se taire. Remonté comme il l'était, le Zébulon risquait d'affoler une basse-cour où elle marchait sur des œufs.

— J'ai aussi rencontré des amis de Sarrazignac, boucla-t-elle avec eux sa revue de portraits, dont un certain Odilon Devieilletoile… Vous connaissez ce monsieur ?

— Le givré de la braguette ? Pas qu'un peu ! Il vous a dit qu'il organisait des soirées licencieuses ?

— Il ne s'en est pas caché, il m'a même invitée.

— Eh ben ! il n'est pas gonflé le satyre du Périgord !

— Ça va, j'ai géré le coup, il n'a pas insisté. Mais fi donc, comme disait Molière, savez-vous si vos élites amènent leur libido dans ses soirées cochonnes ?

— Il y en a qui s'y défoulent. Mais quoi qu'il s'y passe, personne ne s'en est plaint. Alors, tant que ces gens se feront des câlins entre adultes consentants, et dans un lieu privé, on ne s'en mêlera pas.

L'aspect sulfureux de Devieilletoile ne présentant aucun intérêt, Charlotte en aborda un plus noble.

— Son cirque, Étoilus, a bonne réputation ?

— Affirmatif, il est *clean*. C'est le satyre qui vous en a fait la réclame ?

— Oui, lui et deux de ses adjoints, Boris Saggaz et Matthias Trolley.

— Saggaz de ville et Trolley bus, railla Cocault. Pardon pour les calembours, commandant, mais vous avez causé avec deux gars que j'ai à l'oeil.

— Diantre et palsambleu! comme disait Duguesclin. Que reprochez-vous à ces artistes? De ne pas mettre des sous dans les parcmètres?

— Non, d'avoir des casiers de dix mètres. *Card trapping*, vols de voitures, ventes de faux papiers, ces types sont multicartes.

— Ils ont fait de la taule?

— Un minimum pour bonne conduite. À leur sortie de prison, Devieilletoile les a récupérés pour monter ses spectacles. N'empêche que qui a bu boira, je les surveille.

Mais, par honnêteté, Cocault leur trouva des circonstances atténuantes.

— À leur décharge, ces types sont de vrais artistes. Avant de plonger dans le brigandage, ils se produisaient dans un petit cirque qui a bu le bouillon. Je suppose que ce coup dur leur a fait perdre la tête.

Chemin faisant, l'action reprenant ses droits, leur discussion arriva à son terme. Cocault la salua, puis repartit terroriser les curieux. Charlotte, de son côté, activa son smartphone en regagnant sa voiture.

— Rebonjour Rudini, c'est Auduc... Tout bien réfléchi, j'ai besoin de vous dans le Périgord... Pourquoi faire ?... Pour traquer le monstre de la Dordogne ou Dracula en personne, j'hésite entre les deux.... Oui, rappliquez discrètement... Comme d'hab, bien sûr... Voilà ce que j'attends de vous, notez mes instructions.

Jaguar

Jacques avait mis les petits plats dans les grands.

Charlotte avait enfilé son unique robe des jours de fête.

Et Éva s'était vêtue comme une star prête à fouler le tapis rouge du festival de Cannes.

Depuis son arrivée tardive à Fronsac – conséquence d'ennuis mécaniques de sa voiture de location –, Charlotte savourait les bobards de la cousine miraculeuse. Éva affirmait être plus âgée qu'elle. Mais il lui était difficile de la croire. Élancée, d'une sveltesse à rendre jalouse une reine du mannequinat, la flamboyante avait été choyée par la nature. Son visage oblong était sublimé par des yeux vert Véronèse. Ses cheveux noir bleuté, coupés courts à la garçonne, caressaient son front épargné par les rides. Et de ses lèvres minces s'échappaient un français remarquable. Or la visiteuse était Argentine.

Charlotte n'avait eu que le temps de lui ânonner du *enchantée* classique. Le voyage l'ayant quelque peu éprouvée, la prétendue quadra avait souhaité se rafraîchir. Souhait à traduire par se refaire une beauté et changer de tenue. Demande légitime chez une femme élégante.

Mais l'heure sacrée de l'apéro français avait sonné. Dans le grand salon aux poutres apparentes, le champagne des retrouvailles était débouché, les verres étaient remplis de bulles. Installée dans un fauteuil d'une profondeur abyssale, la cousine miraculeuse ne pouvait plus lui échapper. Aussi, pressée de la bombarder de questions, Charlotte déclencha la canonnade après avoir trinqué à sa santé :

— Où habitez-vous en Argentine ?

D'un aller et retour d'un doigt de violoniste, Éva mit sa réponse en *stand-by*.

— Tt-tt.... Ma chère Charlotte, puisque tu es la compagne de mon adorable cousin, que je suis heureuse de retrouver, vois-tu un inconvénient à ce que nous passions au tutoiement ?

— Aucun, la deuxième personne du singulier fait partie de ma religion.

— Ah ! tant mieux ! éclata-t-elle de rire, parce que dans le clan Biderman tout le monde se tutoie.

— Une grande famille, les Biderman ! s'enflamma Charlotte à la mode gaullienne.

— Aux multiples branches, le houppier est copieux.

— Comme dans toutes les familles dispersées par la force des choses. J'en parlais encore ce matin avec une jeune fille… (*Elle soupira, changea de ton.*) Enfin, peu importe, revenons à ma question : où vis-tu en Argentine ?

Jacques, en maître de maison prévenant, présenta des petits fours. Éva attendit d'en avoir avalé un avant de préciser :

— Dans une région appelée le Gran Chaco. Gran Chaco signifie *terrain de chasse* en indien. J'y vis, mais dans la province de Santiago del Estero, à trente kilomètres de sa capitale éponyme.

— Je ne connais pas cette *capitale.* C'est une grande ville ?

— Oui, de plus de trois cent mille habitants.

— Ah quand même ! Et qui ont pour nom ?

— Comment ça, *qui ont pour nom* ?

— Ou pour gentilé, si tu préfères. À Paris, ce sont les Parisiens, à Marseille, ce sont les Marseillais... Tu comprends ma question ?

— Boh ! Évidemment, suis-je bête ! se frappa-t-elle le front.

Peut-être pas bête, pensa Charlotte, mais embarrassée certainement. D'un coup d'œil fulgurant, Éva sembla chercher du secours du côté de Jacques qui se hâta d'annoncer :

— Les habitants de Santiago del Estero s'appellent les Santiadesterans.

— Tu t'en souviens ? s'esclaffa Éva épatée par sa mémoire. Eh bien bravo, cher cousin, je te félicite ! Allez ! fêtons cela, ressers-nous une larme de ton excellent champagne.

Après ce tir de couverture, Charlotte mit ses questions au repos. Elles retourneraient en première ligne quand elle le jugerait utile. La conversion varia alors de la politique à l'économie, de la chanson au cinéma, du football au football, et, puisque Rap participait aux retrouvailles, des races de chiens à la faune argentine.

— Le Gran Chaco n'est pas qu'une région administrative, commenta Éva, c'est une jungle dangereuse. J'habite dans une *estancia* entourée par des animaux plus ou moins sympathiques. Quand je parcours nos terres en 4X4, il n'est pas rare que je croise un jaguar. Avec eux, je ne risque rien, les fauves craignent les voitures. En revanche, quand je marche dans la forêt, je fais toujours attention où je mets les pieds.

— À cause des serpents ? s'inquiéta Jacques en se dirigeant vers la cuisine.

— Absolument, parce que j'ai le choix pour me faire mordre. Crotales, anacondas, il n'y a qu'à demander, nos forêts en regorgent.

— Quelle horreur ! s'exclama Charlotte. Ça ne te fait pas peur de vivre au milieu de bestiaux qui ne demandent qu'à te bouffer ?

— Non, je connais leurs réactions.

— Eh bien ! je salue ton courage, parce que si des lynx et des najas tournaient autour de ma maison, je quitterais l'Argentine en courant.

— Non, tu t'y ferais comme nous, c'est une question d'habitude.

Entre-temps, Jacques avait disparu pour chercher les entrées. À son retour, les deux femmes se levèrent pour gagner leurs places à table. Charlotte en profita pour complimenter la cousine miraculeuse :

— Je suis éblouie par ta maîtrise du français. Je peux savoir où tu l'as appris ?

— *Hay une principio para todo* : *il y a un début à tout*… D'abord chez moi, en Argentine.

— Ah bon ? Et grâce à qui ?

En s'asseyant, Éva lui expliqua, ou plutôt, jugea Charlotte, *lui récita* un couplet bien écrit :

— Mon arrière-grand-père, Samuel Biderman, était Allemand, de la branche allemande des Biderman. Comme beaucoup de juifs au début des années trente, il a fui le

IIIe *Reich* pour l'Argentine. L'Argentine était alors un pays d'accueil pour les Juifs. Sept ans plus tard, il y a rencontré sa femme, Liliane Averbach, qui, elle, était Française. Alsacienne pour être précise. Le père Averbach, qui commerçait avec les boches, avait compris que le temps allait se gâter pour les enfants d'Israël.

— Mouais… J'en déduis qu'il a transporté sa famille en Argentine où Liliane Averbach, l'Alsacienne, s'est mariée avec Samuel Biderman de la branche allemande.

— Tout à fait, et Liliane a imposé la langue française à leurs enfants qui, à leur tour, l'ont enseigné aux leurs et ainsi de suite. Mais il va de soi que notre langue est l'espagnol. *No es que no quiera mi pais : je n'en renie pas mon pays.*

Elle déplia sa serviette en souriant.

— Néanmoins, j'ai vécu cinq ans en France où j'ai décroché un diplôme d'ingénieure agronome.

— Félicitations… Dans quelle école ?

— Sciences agro Bordeaux. C'est bientôt le vingtième anniversaire de ma promo. Voilà pourquoi je suis là, je m'en serais voulu de le manquer.

Charlotte apprécia le tour de passe-passe. Si elle ignorait qui pilotait la miraculeuse cousine, elle n'en félicita pas moins le conducteur. Ce dernier n'avait rien laissé au hasard. Même l'anniversaire de cette promo était authentique. Les journaux régionaux lui avaient consacré une brève.

En guise d'entrée, Jacques avait apporté une montagne de charcuterie. De la vraie, de la française, cent pour cent cochonaille. Éva ne joua pas les mijaurées, ce fut avec une gourmandise assumée qu'elle remplit son assiette de tranches de saucisson et de jambon de Bayonne.

— Tiens-tiens ! l'asticota Charlotte, je constate que la bonne charcuterie te dispense de respecter les préceptes de la cacherout.

La fourchette d'Éva s'immobilisa entre son assiette et sa bouche :

— De la quoi ?

— Cacherout… À ce que je sache, tu es juive et sans doute pratiquante.

— Évidemment, et après ?

Il n'y eu pas « d'après », il y eut un « tout de suite » amené d'urgence par un Jacques énervé :

— Enfin, Éva, où as-tu la tête ? La cacherout nous ordonne de bannir la viande d'un animal dont le pied est fourchu et qui ne rumine pas.

Il se calma et continua en riant bêtement :

— Mais la Thora nous interdit tant de choses qu'on ne sait plus pourquoi c'est interdit ni ce qui est permis. J'en arrive à confondre ce qui est bon et ce qui est mauvais.

Avec un aplomb prodigieux, Éva se justifia pour les mêmes raisons.

— Moi, ça me file la migraine. Et puis dans le Gran Chaco, le rabbin fait comme tout le monde quand il mange un *asado*. Il tape dans le tas sans chercher à voir si c'est du porc ou du bœuf. Sur ce, je reprends du saucisson. Amen.

— *Barouk ata A-donaï E-lohénou Melekh ha Olam*[1], ajouta Jacques.

— C'est fort possible, le charria Charlotte, mais développe, s'il te plaît.

---

1 Bénis sois-tu, Éternel, notre Dieu, Roi de l'univers.

— Ce sont les paroles sacrées que l'on prononce au début d'un repas. Elles remercient et glorifient Dieu. Je ne les dis jamais. Une fois n'est pas coutume.

À partir de cet instant, Charlotte donna congé à sa curiosité. Puisqu'on parlait de religion, la sienne était faite et sa langue cousue sur les croyances des hommes. La suite du repas fut plaisante, dominée par une dégustation de fronsac. Charlotte présenta *La Chose* à Éva qui, pompette, demanda si elle la gardait dans un rapport biblique. Ce fut Jacques qui s'empressa de la faire rougir :

— Il ne manquerait plus qu'elle l'enlève. Si tu savais tout ce qu'on peut faire avec cet engin, tu jetterais ton exemplaire du *Kāma Sūtra*.

— Ce modèle m'a été livré avec sex-toy intégré, insista Charlotte qui détestait ce genre de question. Comme quoi une prothèse présente des avantages.

Une nouvelle tournée de fronsac permit de changer de sujet. L'un d'eux brûlait les lèvres de Jacques, un grand, qui lui grillait aussi l'estomac.

— Alors, se tourna-t-il vers Charlotte, tu ne m'as pas dit comment s'est déroulé ta mission à Sarlat.

— Bah, il n'y a pas de quoi en pondre un roman. Pour respecter la loi, j'ai envoyé la dépouille de Sarrazignac à l'IML, son infarctus y sera confirmé, sa famille pourra le récupérer et je reprendrai mes RTT.

— Tu en es sûre ?

— Autant que de la sainteté de Jeanne d'Arc.

Ce truisme étant dit, elle sortit son smartphone en s'approchant d'Éva :

— Allez ! On se fait un selfie avant d'aller se coucher.

Clic !…

Petit-duc scops

Agile, de taille médiocre, pourvu d'un physique ordinaire, d'un visage ultra-plat enlaidi d'un nez crochu, Wilfrid Taillefesse était un petit-duc scops, un oiseau de nuit qui n'opérait que la nuit. Comme dans cette présente nuit, planqué, allongé dans le gazon humide de *La Dordonia.*

Wilfrid était fier de son patronyme. Ainsi qu'il l'expliquait à qui voulait l'entendre (et même à qui ne le voulait pas), des Dupont, des Durand, des Martin encombraient les pages jaunes. Mais des Taillefesse, il y en avait si peu qu'ils remplissaient à peine un minibus. Et puis Wilfrid adorait son nom pour une raison professionnelle – si tant est que monte-en-l'air soit une profession. Son activité n'en comportait pas moins l'obligation de se faire respecter dans son milieu vicié. C'est pourquoi prévenait-il haut et fort : « Gare au blaireau qui me la fera à l'envers. Je ne taille pas que des fesses, je tranche aussi des gorges ! »

Sa menace était du bois dont on fait les pipeaux, puisqu'à ce jour, ou cette nuit, il n'avait encore égorgé personne.

À quatre heures pile, il passerait à l'action. Par conséquent, dans moins de dix minutes il entrerait dans le restaurant, n'y volerait rien de ce qui est fourgable et chercherait un mémoire dont il ignorait l'apparence. C'était soit un gros dossier ou une clé USB. Il ne savait même pas ce que racontait ce fichu texte, ni même si des photos l'illustraient. En revanche, il savait que ce document lui rapporterait un paquet de thunes.

Wilfrid s'était cassé les dents chez Sarrazignac. Pourtant, il n'avait négligé aucune possibilité. Pépito également, qui l'avait surpris par son sang-froid. Un brave garçon, ce Pépito, très efficace. C'était son premier cambriolage. Wilfrid l'avait facilement convaincu de l'accompagner. Pépito détestait Sarrazignac autant que l'on peut détester. Tout le mal qu'il pouvait lui faire lui faisait le plus grand bien.

Cette nuit, Wilfrid opérerait seul. Pépito ne lui était plus utile. Et quand bien même, le jeune homme ne l'aurait pas suivi chez Poumerol. Mettre le bazar chez Sarrazignac lui avait permis de se défouler, mais l'esprit d'Arsène Lupin ne hantant pas le sien, sa complicité avait pris fin après ce cambriolage.

Comme pour chacun de ses mauvais coups, Wilfrid avait relevé la topographie des lieux. De même avait-il noté les habitudes de ceux qui y vivaient.

Le personnel logeait dans les communs situés à l'entrée du domaine. *A priori*, ils dormaient tous ou cherchaient le sommeil après une journée bien remplie. La logique l'inclinait à le croire puisque plus aucune lampe n'y brillait.

Poumerol, lui, occupait une partie du deuxième étage de son restaurant. Son appartement donnait sur le versant est. Les cuisines, au rez-de-chaussée, s'étendaient du côté sud. À part Poumerol et la petite Modeste, personne n'habitait dans cette énorme bâtisse.

Le moment de foncer se rapprochait. Wilfrid avait attendu 4 heures pile pour agir, au motif ésotérique que quatre était son chiffre porte-bonheur. À quoi tient une stratégie ? Et à quoi tient la chance qui vous évite de rencontrer un monstre d'une galaxie hostile ? Parce que, à 4 h moins six secondes, Wilfrid resta cloué à terre.

Suffoqué.

Terrifié.

Tétanisé par ce qu'il entrevit dans la pénombre : Ultron sorti par enchantement d'une soucoupe invisible ! Fichtre du golem, de Béhémoth et du Léviathan ! Sa culture étant sélective, ce fut à l'univers de Marvel que Wilfrid se référa pour décrire la créature. Laquelle passa à quelques pas de lui. La trouille au ventre, Wilfrid s'aplatit autant qu'il le put dans le gazon mouillé, la respiration en sourdine, le regard fixé sur l'androïde. Il constata alors que cet alien n'était pas un robot, mais une espèce de poisson inclassable. Il remarqua aussi qu'il avait la tête de Nemo, le poisson-clown de Disney. Il en conclut enfin, puisqu'il avait deux jambes, que ce robot était un homme déguisé en poiscaille coloriée. À quoi jouait ce taré du citron ? Et pourquoi portait-il un gros sac ? À part des tableaux et des statues intransportables, il n'y avait rien de valeur à voler dans le restau.

Dans sa chambre au décor moyenâgeux-moderne, Poumerol ne parvenait pas à fermer les yeux. La mort de Sarrazignac le bouleversait plus qu'il ne le laissait paraître. Néanmoins, une raison plus grave l'empêchait de dormir. La menace qu'il avait reçue la veille ne lui faisait pas plus d'effet que les crimes de Fantômas. Il était de taille à se défendre contre ce branquignol. Le maladroit avait déguisé sa voix, mais fort mal, Poumerol l'avait reconnu en trois secondes.

Pour un type qui fréquentait des artistes, son numéro était lamentable. Comble de la bêtise, ce crétin avait évoqué l'épisode de *y a plus d'oies*. Or, personne d'autre que Devieilletoile ne pouvait lui parler de ce différend. Cette affaire ne regardait qu'eux.

En fait, c'était le mémoire de Sarrazignac qui le tracassait. Que racontait ce bon Dieu de texte ? Il en découvrait l'existence.

Poumerol se leva, soucieux, et se servit un verre d'eau. Il s'assit et contempla des photos posées sur un guéridon. Il avait mis sa préférée dans l'un des plus beaux cadres. On l'y voyait en tenue de chasseur en compagnie de ses meilleurs copains. Jocelyn, bien sûr, posait au milieu d'eux. Il le fixa longuement, le cerveau en ébullition.

Quelque chose clochait dans son raisonnement. À demimot, Devieilletoile l'avait menacé de lui faire la peau. Or ce n'était pas son genre. Son genre, c'était le cul, pas le sang. L'abject débauché était un gros poltron qui fuyait la castagne. Il n'avait jamais pratiqué le rugby, trop violent à son goût. Il refusait de tenir un fusil de crainte de se péter un bras. En témoignait son absence sur la photo où figuraient ses amis après une partie de chasse. Comble du comble, il confiait l'abattage de ses oies à un tiers. La seule fois où il avait assisté à leur décapitation, le délicat s'était senti mal. Tout le Périgord en avait ri.

Casse-tête, donc, pour Poumerol qui sentit la migraine l'envahir.

Si ce n'était pas Devieilletoile qu'il avait eu au bout du fil, qui était-ce ? Et que redoutait-il qu'on découvre dans ce mémoire ? Bah ! cette façon de réfléchir était stérile, elle l'obligeait à soupçonner n'importe qui. *Erase*, révision du problème sous un angle différent : qu'est-ce que Jocelyn avait bien pu écrire ?

Subite éclaircie ! La réponse lui parut brusquement, tragiquement évidente :

— *Ah, Da*, Jocelyn ! engueula-t-il son portrait, ne me dis pas que tu as écrit ce qu'il ne fallait pas écrire ? Ne me dis pas que tu as tout balancé dans ton foutu mémoire ? Si c'est le cas, le premier cupide qui le trouvera nous saignera tous à blanc.

Il bondit hors de son fauteuil pour s'asseoir devant son secrétaire.

— Ton torchon aura beau être bourré de fautes – l'orthographe n'était pas ta copine –, il nous mettra dans la merde. Et comme tu étais assez con pour l'avoir écrit, faut que j'assure mes arrières *pour le cas où*, et pas plus tard que tout de suite.

Blanc comme sa crème des neiges louée par la critique, Poumerol prit un stylo et du papier… *Mon cher Maître*… en réfléchissant à la justesse des termes qu'il employait.

Cependant.

Wilfrid avait attendu que le poisson colorié pénètre dans le restau pour se relever. De ce qu'il avait pu en juger de loin, ce gars était un méga-spécialiste de la cambriole. En cinq sec, et même en quatre, le type avait crocheté la porte de la cuisine et neutralisé l'alarme. Chapeau bas, c'était du grand art.

Wilfrid l'aurait bien suivi si un sentiment d'une intelligence suprême ne l'en avait empêché : la peur. Eh oui ! Taillefesse, qui ne taillait pas que des fesses pour aussi trancher des gorges, ou qui en trancherait un jour, avait la trouille de l'androïde. Un fou, assurément, qui, comme lui, devait appartenir à l'église des adorateurs de Marvel. Les tenues de Spiderman, de Batman, d'Iron Man étant prises, il avait créé la sienne : un poisson. Poisson Man sonnant faux, Fisher Man rappelant Popeye, Wilfrid essaya Shark. Sharkman tapait bien dans l'oreille. L'emmerdant était que ce requin avait l'aspect d'un poisson-clown. Tant pis, Sharkman ne faisait pas plus l'affaire. Alors, faute d'un nom *qui déchire*, Wilfrid le surnomma Psycho.

Grâce à sa connaissance des lieux, Wilfrid suivit ce qu'il fabriquait à l'intérieur du restau. Son relevé topographique situait les portes, les fenêtres, les lucarnes et les fenestrons. Ces renseignements étaient utiles en cas de repli. Il vit ainsi Psycho se diriger vers le bureau de Poumerol qu'il entreprit de fouiller. Mais avec un respect étonnant pour l'ordre et la méthode. Wilfrid en fut rapidement convaincu : ce fou n'était pas un voleur, il cherchait quelque chose de précis. Plaqué contre le mur de la bâtisse, des sueurs froides en dégoulinèrent sur son front.

— Comment il feuillette les bouquins, ce con ! il les caresse. Putain ! j'ai pigé, c'est le mémoire qu'il veut… Holà, mec, tu piques mon job, je ne vais pas te laisser faire.

Au deuxième étage, Poumerol signa enfin sa lettre. Il la posterait au petit matin. Et puis non, il la porterait en mains propres. Avant midi l'affaire serait bouclée.

Son smartphone joua du cor de chasse. Il adorait les sonneries des sonneurs de La Manche. Surpris, il regarda l'écran et lut ce que personne n'aime lire : « Appel entrant inconnu ». Mais à 4 h passées du matin, il pensa que cet appel n'était pas anodin. Il sentait le pâté. Et quand un chef sent le pâté dans son smart, il l'active derechef.

— Poumerol, j'écoute.

Il s'attendait à entendre la voix du gars qui l'avait menacé. Bonne intuition, il ne s'était pas trompé.

— Tu ne dors pas, Gerbert ? Inquiet, peut-être ?

— Préoccupé est plus exact.

— Par quoi ?

— La façon dont je te péterai la gueule quand je te mettrai la main dessus. Je n'arrive pas à me décider.

L'autre ricana.

— Je vais t'aider à faire ton choix, je suis en bas, devant tes fourneaux.

Poumerol, interloqué, réalisa le danger que représentait sa présence.

— Tu t'apprêtes à mettre le feu dans ma cuisine ?

— Juste sous une grande casserole. Et puis non, je t'en laisse le soin, comme d'accommoder ce que j'ai fourré dedans.

— Qu'est-ce que c'est ?

— Un coq énorme. De son vivant, tu l'appelais Vatfer.

— Tu as tué Vatfer ?

— À tout de suite, grand chef, la gastronomie te réclame.

L'autre raccrocha, et Poumerol, la rage au coeur, dégringola les escaliers.

Dehors, Wilfrid avait suivi Psycho à quatre pattes. Le poisson-clown avait délaissé le bureau pour la cuisine. Recroquevillé dans l'herbe, Wilfrid n'avait risqué qu'un bout d'œil pour voir ce qu'il fabriquait. Il l'avait vu prendre une casserole de quatre-vingt-dix-huit litres, la poser sur le piano, mettre son sac à l'intérieur et remettre le couvercle. Puis il était parti se cacher.

Dubitatif, Wilfrid s'était dit qu'il ferait mieux de se tailler fissa. Le problème était de savoir où. Il n'avait guère envie que Psycho le repère. Mais à force d'attendre, l'indécis laissa échapper une occasion de fuir. Alors, faute de pouvoir s'éclipser en toute sécurité, il s'aplatit derrière une haie de lauriers.

La lumière revint dans la cuisine. Poumerol y déboula, pistolet au poing. Tout, ensuite, alla plus vite que dans un film. Poumerol posa son arme, leva le couvercle de la casserole, y plongea une main, hurla de douleur, et s'effondra sur le carrelage en se tenant le poignet.

Dès qu'il fut à terre, Psycho revint, récupéra son sac, le ferma, et s'agenouilla devant le cuisinier. Déjà, celui-ci ne parvenait plus à le maudire comme la situation l'autorisait à le faire.

— Adieu, Gerbert, le salua le poisson-clown d'une voix étouffée, dans une minute les carottes seront cuites. Belle formule pour saluer le départ d'un grand chef étoilé.

Il se releva.

— Tu n'as pas le mémoire de Jocelyn, je l'aurais trouvé. Alors, puisque tu ne l'as pas, pourquoi t'ai-je présenté Médor, mon taïpan préféré ? Parce que ton tort est d'être aussi gourmand que l'était ton ami. Or je crains les gourmands, ils sont bavards quand ils piquent des colères... Ou écrivent ce qu'il ne faut pas écrire.

Psycho s'aperçut qu'il parlait dans le vide. Médor n'avait pas mégoté sur le venin, Poumerol était déjà parti.

Faute d'interlocuteur, Psycho reprit son sac, sortit et courut vers le bout du parc.

Avec une infinie prudence, Wilfrid décida de le suivre. Ce type avait certainement mis la main sur le mémoire. Concurrence inadmissible ! En tant que voleur prioritaire, il devait le lui reprendre à n'importe quel prix.

À bonne distance, le monte-en-l'air le fila sur un chemin rural. Près d'un bosquet, il le vit s'asseoir dans un 4X4 soigneusement dissimulé, et fit aussitôt demi-tour pour récupérer sa moto. Rattraper le poisson serait facile, un petit écart d'une minute vingt les séparait, à savoir une misère : sa Kawa était plus rapide que le tracteur de ce fou. En habitué du pays, Wilfrid paria qu'il franchirait la Dordogne par le pont de Cénac-et-Saint-Julien. Il y avait deux chances sur trois pour qu'il prenne ce chemin. Et il gagna son pari.

Le 4X4 longea le cours du fleuve qui n'en est pas un, vira et revira dans les cingles, puis remonta dans les terres où il disparut dans la forêt.

Des arbres fantomatiques. Des roches inquiétantes. L'obscurité… Dépité, Wilfrid se promit de revenir pour découvrir l'endroit où Psycho s'était évaporé.

FURET

Bientôt 10 h à l'horloge de bord. Charlotte avait mis trois quarts d'heure pour atteindre Bergerac. Le même radar l'avait reflashée à plus qu'il ne fallait rouler sur une départementale. Pour sa défense, si tant est qu'un juge la convoque, Charlotte invoquerait un cas d'urgence.

Tôt ce matin, Bouchenoire l'avait appelée pour les besoins du service…

— Pardon de vous déranger, commandant, je dois vous informer que Gerbert Poumerol est mort cette nuit.

— Mince… Et où cela, s'il vous plaît ?

— Dans sa cuisine.

— Oh ! dans sa cuisine, comme Molière sur une scène de théâtre – quelle fin splendide, digne d'un artiste. Faites-moi plaisir, lieutenant, ne me dites pas que c'est un meurtre.

— Je n'en sais encore rien, nous venons d'arriver à *La Dordonia.*

Pour lui révéler le reste, la fitnesseuse avait bâillonné son orgueil, un complément qui prouvait que Charlotte avait eu raison et qu'elle avait eu tort :

— Néanmoins, j'ai eu le temps de remarquer deux trous sur son poignet droit, deux trous identiques à ceux que vous avez relevés sur celui de Sarrazignac.

— Fichtre, un *one more time* ! Palpitant, ce doublé, le mystère prend du poids.

— Ce n'est pas tout : ses pouces sont noircis d'encre.

— Noircis d'encre ? Insolite, saugrenu. Sinon, qui vous a prévenus ?

— Sophie Modeste. Il était 6 h 20 quand elle a découvert le corps de Poumerol.

— Ben dites-moi, on embauche à la fraîche dans ce restau.

— Modeste venait boire un café. Elle loge au-dessus de la cuisine, Poumerol lui avait attribué une chambre d'ami. Lui-même habitait au deuxième étage.

Charlotte avait souri, plus vraiment convaincue par ce que lui avait confié la jeune fille.

— Il poussait loin le sens de la famille, ce bon Poumerol.

— C'est-à-dire, commandant ?

— Modeste et lui étaient parents. À quel degré ? On le demandera à un arbre. En attendant, je boucle mon sac et je vous rejoins.

— Vous resterez ce soir ?

— Il y a de fortes chances pour qu'il y en ait plusieurs. Pouvez-vous m'indiquer l'adresse d'un hôtel pas trop snob ?

— Non, commandant, on va le contacter pour vous. Un très joli qui nous fait des prix.

Sur un remerciement, Charlotte avait éteint son smartphone avant de se précipiter dans la salle de bains. Le visage couvert de mousse, Jacques s'y rasait. Pas le temps de tergiverser, elle était allée droit au but :

— Je suis obligée de repartir dans le Périgord, beau brun, il y a un nouveau cadavre en bas de Domme.

Cueilli à froid, Jacques avait failli se couper une joue en l'apprenant.

— En bas de Domme ? Tu en est certaine, c'est validé ?

— Oui, pourquoi ? Ça a l'air de te bouleverser, tu as une voix de châtré. Tu connais quelqu'un là-bas ?

— Non, personne... C'est juste de la déception, j'avais prévu de t'emmener dans une auberge. Bon, s'était-il ressaisi, on remet ma surprise à demain ?

— Plutôt à *sine die*, c'est dans le calendrier. Ou pas. L'avenir nous le dira.

Cette singulière imprécision avait mis son sixième sens en alerte. Devait-il y entendre qu'elle ne reviendrait plus ?

— Peux-tu décoder ce *sine die* ?

— Rien de plus facile, beau brun : je vais dormir là-bas tout le temps qu'il faudra ; je crois qu'il s'agit d'un crime.

Voilà, c'était dit, non négociable, et il souffla, rassuré.

— Qui est la supposée victime ?

— Gerbert Poumerol, un grand chef étoilé.

Jacques lui avait paru soulagé de l'apprendre. Charlotte s'en était étonnée. Mais ce n'était qu'une impression, une perception idiote qui ne méritait pas sa curiosité.

Après s'être douchée, Charlotte avait bouclé son sac, prié Jacques de saluer Éva qui dormait encore, installé Rap dans sa voiture, puis s'était lancée à la conquête d'un rapport distance/temps vicieusement performant. Plutôt que d'emprunter l'autoroute et de redescendre vers Sarlat, elle avait privilégié les départementales. Le chemin est plus court. Mais plus long. Sauf pour le démon de la vitesse.

Bergerac était dépassée.

À présent, elle se dirigeait vers Lalinde en suivant la sinuosité de la Dordogne – *rivière* pour l'administration, *fleuve* pour les organismes régionaux.

Sur sa droite, s'étiraient les dernières étendues du vignoble bergeracois – et, inversement, les premières sur la gauche quand on roule d'est en ouest. Le soleil caressait les milliers de pieds de vigne au repos. Plus de feuilles, plus de raisin à supporter, les ceps avaient gagné le droit de dormir jusqu'au printemps prochain.

Les yeux plongés dans un décor superbe, Charlotte laissait aller sa réflexion. Si d'aventure Sarrazignac et Poumerol avait été assassinés, par quoi débuterait son enquête, lui demanda sa voix intime ? Comme les ceps de vigne, la petite voix pouvait dormir tranquille, elle avait déjà son plan.

— Je commencerai par, dit-elle à voix haute…

Les vibrations de son smartphone lui coupèrent la parole. Une photo apparut sur l'écran, celle d'un grâcieux furet zibeline sable.

— Mercier ! s'écria-t-elle. Allez vite ! le chien, on se gare. (*Elle saisit le mobile, effleura une touche.*) Bonjour Mercier. Patientez un instant, je suis en voiture. Je me range et je vous récupère.

Lui répondit-il de prendre son temps ? Possible, puisqu'elle ne l'écouta pas, concentrée sur une bande de terre en retrait de la route. Elle fonça vers l'îlot, vira, s'y rangea et coupa le moteur. Cela fait, elle s'assura qu'elle ne gênait personne. En se tordant le cou dans tous les sens, Charlotte s'aperçut que ce refuge était balisé par des piliers jumeaux. Tous deux, de chaque côté, bordaient un chemin qui menait à un vignoble.

Une pancarte précisait que celui-ci appartenait à :

Patrick Merlingeas.

Propriétaire récoltant.

Bergerac. Côtes de bergerac.

— C'est bon, Mercier, je suis à l'abri des chauffards.

Son correspondant ricana, amusé par l'épithète.

— Loin de moi de vouloir vous vexer, commandant, mais je viens de faire annuler un PV pour excès de vitesse. Le dixième enregistré en novembre. Vous avez fait fort le mois dernier.

— Vous savez ce que c'est : je roule vite pour les besoins de la cause.

— Je n'en doute pas un instant. Essayez quand même d'aller plus doucement. J'aurais beaucoup de peine à vous retrouver sur un lit d'hôpital.

Charlotte adorait Mercier. Ce haut fonctionnaire de l'ombre était son protecteur secret. *The very man* de la rue du Faubourg-Saint-Honoré l'avait prié de s'occuper d'elle. Charlotte n'avait jamais abusé de sa gentillesse. En revanche, pour ses enquêtes sensibles, elle faisait appel à ses lumières.

— Où êtes-vous en ce moment ?

— Dans le Périgord Pourpre, à quelques kilomètres de Lalinde.

— Oh !… Le hasard est extraordinaire, je suis natif de la région.

— Eh bé ! vous venez d'un beau pays.

— Ravi que vous l'appréciiez. Cela dit, quand vous serez à Lalinde, ne vous approchez pas des berges : la Coulobre a son antre au fond de la Dordogne.

Charlotte éclata de rire :

— Pour l'instant, d'après un brigadier, elle niche près de La Roque-Gageac.

— Alors tant pis, fit-il déçu, je vois que vous connaissez la légende.

— Oui, grâce à ce brigadier qui me l'a fait découvrir.

Exit les préliminaires courtois, Mercier attaqua de front :

— Pourquoi m'avez-vous demandé de vous appeler ?

— Pour vous poser deux questions.

— Si je peux y répondre, ce sera avec plaisir.

— Voici la première : en Argentine rencontre-t-on des lynx et des najas ?

Blanc sur la ligne, Mercier, dubitatif, ne vit pas où elle voulait en venir.

— Je n'en sais fichtre rien, je ne suis pas naturaliste.

— L'ignorance n'est pas un péché et la réponse est non. Le lynx vit en Amérique du Nord et le naja en Afrique. Et voici la seconde : toujours en Argentine, les Santiadesterans sont-ils les habitants de Santiago del Estero ?

Nouveau blanc. Tonalité ironique :

— Merci, commandant, grâce à vous j'apprends qu'il existe une ville nommée Santiago del Estero. En vertu de quoi, je donne ma langue au chat.

— Je l'aurais moi-même donnée avant-hier, je ne le sais que depuis hier. Leur gentilé véritable est Santiaguño pour les messieurs et Santiaguña pour les dames.

— Passionnante leçon que je ne suppose pas gratuite. Qu'attendez-vous de moi en retour de ce cours magistral ?

Charlotte adorait la vivacité d'esprit de Mercier.

— Que vous furetiez dans les milieux interdits aux profanes.

— Mouais, je vois… Comme je ne peux rien vous refuser, que dois-je chercher exactement ?

— Une jeune femme prénommée Éva. Je vous envoie sa photo.

Vingt secondes après, le selfie parvint sur le mobile de Mercier. Cette première phase bouclée, Charlotte maquilla la raison de sa requête. Les Biderman appartenaient peut-être au Mossad. Il se pouvait aussi que la DGSE s'intéresse à eux. Aussi s'exprima-t-elle avec une infinie prudence pour éviter de braquer l'homme de l'ombre. Saine précaution puisqu'il lui promit de lui répondre rapidement. Charlotte le remercia, Mercier lui souhaita bon voyage, et chacun reprit ses activités.

Plus de 10 h à l'horloge de bord, il était temps qu'elle reparte, Domme était à 45 km, soit à trente minutes pour le démon qui guidait sa conduite.

Charlotte mit le contact, s'apprêta à démarrer et ne bougea pas d'un pouce.

Débouchant du vignoble, un véhicule rouge et or s'arrêta devant le nez de sa Peugeot. Elle se frotta les yeux. Cette camionnette était celle du cirque Étoilus. Charlotte reconnut le chauffeur qui scrutait la route : le magicien lourdingue. Son copain le jongleur devait être près de lui. Que diantre fichaient-ils ici ? Et d'où venaient-ils ? Elle se tourna vers la pancarte. De chez Patrick Merlingeas, vigneron, cette question !

Singe

Bien plus haut en Dordogne, Wilfrid et Pépito roulaient vers Périgueux dans une antique R 21 achetée trois fois rien par la terreur du Périgord. Comme prévu dans leur contrat oral, Pépito accompagnait ce dernier. Après l'effort, la récompense. Wilfrid l'emmenait chez un receleur pour fourguer ce qu'ils avaient volé chez Sarrazignac.

— On passe d'abord à Périgueux, j'ai à y faire. Ensuite, on ira à Bergerac voir Vadepied. Tu verras, il est réglo. Je le dis parce qu'il ne m'a jamais entubé. Il évalue, il propose, il paye cash. Ou il ne prend rien, ça peut arriver.

— Marrant ce nom, Vadepied.

— Il en vaut un autre, le mien est bien Taillefesse. Tout le monde ne peut pas s'appeler Penilla comme toi. Sans vouloir te vexer, Vadepied et Taillefesse ont un sens, mais Penilla ne signifie rien.

— C'est espagnol, je ne sais pas d'où il vient.

— Alors renseigne-toi en Espagne, ça veut peut-être dire quelque chose de grandiose. Si ça tombe, Pépito, t'es un cousin du *king*. Ça ne coûte rien de demander.

Ils traversaient les Eyzies-de-Tayac-Sireuil, capitale de la préhistoire. Une capitale semi-déserte. L'été, les touristes se bousculent à l'entrée de son musée, mais, à l'approche de l'hiver, ils songent davantage à skier qu'à saluer Cro-Magnon.

La R 21 dépassa le village, remonta la Vézère qui, elle, est une rivière que personne ne remet en cause. Songeur, le jeune homme admira les enfilades de roches, la forêt sans fin, la magie des lieux, longuement, en silence, avant de refaire surface :

— Je n'ai pas appris l'espagnol, je ne suis jamais allé en Espagne. Je suis français, mon prénom est Michel et j'en ai marre qu'on m'appelle Pépito.

— Tu as tort, bonhomme, c'est affectif, un surnom. Tiens, pour te dire comme c'est sympa, on appelait mon père Whisky rapport à sa consommation. Mais c'était gentil, ses potes l'aimaient beaucoup.

— Tu en parles au passé. Il est mort ?

— Oui, il y a vingt ans, cirrhose du foie, delirium, la totale ; il a eu un bel enterrement, super bien arrosé… Et toi, ton père, tu l'as toujours ?

Pépito se referma comme une tortue, la nuque enfouie dans les épaules.

— Tu n'es pas au courant ?

— Au courant de quoi ? fit Wilfrid, intrigué à n'en plus regarder la route.

— De l'affaire.

— Quelle affaire ?

Le jeune homme se redressa sur son siège, releva le menton :

— Mon père a disparu il y a deux ans.

— Oh ! s'exclama le dur de dur qui manqua de louper un virage. Disparu-disparu ? Ou parti-parti ?

— Disparu pour de bon, sans que l'on sache pourquoi ni comment.

— À cause d'une meuf, peut-être ?

— Non, tout allait bien chez nous, il n'avait pas de raison de quitter ma mère. Il n'avait pas non plus les moyens d'entretenir une maîtresse.

— Qu'est-ce qui s'est passé ?

— Ben… Un matin, comme tous les matins, il nous a fait la bise, il a enfilé son blouson, il est allé au boulot et on ne l'a jamais revu.

— Ouille ! C'est méga chelou, c'truc-là. Et où est-ce qu'il travaillait ?

— Chez Sarrazignac.

Ipso facto, Wilfrid fit le rapprochement entre sa haine et la disparition de son père.

— Ouais… D'accord… Je percute… Tu vomis Sarrazignac parce qu'il a refroidi ton paternel.

— Je ne crois pas qu'il l'ait tué, mais je suis sûr qu'il sait où il se trouve, vivant ou mort. Ce fumier a juré qu'il ne l'avait pas vu ce matin-là. Il a menti, j'en suis certain.

— Les flics l'ont recherché ?

— Oui, ils ont ratissé la région, interrogé plein de gens, et ça n'a rien donné.

Les neurones en grande forme, Wilfrid comprit pourquoi Pépito l'avait aidé à faire ce casse :

— Tu as dû t'éclater à foutre le bordel chez ce con.

— Pour être franc, ça ne m'a pas vengé, mais ça m'a fait du bien.

— Moi, j'aurais aimé voir sa gueule quand il a découvert ce qu'on lui a chouravé. Il n'y a que la boîte argentée qu'on aurait pu lui laisser. Elle est moche, elle ne vaut rien et je n'ai pas pu l'ouvrir. Ça m'étonnerait que Vadepied l'achète.

— Tu l'as quand même emmenée.

— Oui, au nom du « on ne sait jamais. » Je l'ai mise dans le sac posé derrière mon fauteuil. Si ça t'amuse d'essayer de la décapsuler, il n'y a qu'à te baisser pour la prendre.

Puisqu'il n'avait rien de mieux à faire, Pépito la récupéra pour tuer le temps. Il s'agissait d'un coffret de la forme d'un carton à chaussures. Une pellicule argentée la couvrait. Des lettres et un dessin ornaient son couvercle.

— C'est curieux, il n'y a pas de serrure.

— Pas de bouton, pas de charnière, je t'ai prévenu que c'était une merde.

— Marrant, le dessin qui est dessus est un clin d'œil.

— C'est un clin d'œil, le mec en slip qui cause avec un monstre à tête de meuf ?

— Le type, c'est Œdipe et le monstre, c'est le sphinx. Œdipe doit résoudre une énigme proposée par le sphinx.

— Ah ? Ben, j'connais pas ces blaireaux.

— Lesquels nous avertissent que ce coffret est un casse-tête.

— Comme si on ne l'avait pas compris. Bon, alors, tu t'entêtes ou tu capitules ?

Pépito examina les lettres de plus près.

— L'alphabet grec borde les contours du coffret.

— Tu connais le grec ?

— J'en ai fait au lycée.

— C'est beau l'instruction, mais ça me tuerait le cul qu'elle t'aide à ouvrir cette vacherie. Faut un chalumeau.

Le regard fixé sur les lettres, Pépito fit une grimace en les frôlant l'une après l'autre.

— Ce n'est pas dans l'ordre, ça ne colle pas.

— Quoi ? se pencha Wilfrid pour tenter de voir ce qu'il n'avait pas remarqué.

— Le début de l'alphabet, soit quatre lettres, se trouve sur l'un des petits côtés. Celui-là, l'indiqua-t-il du doigt. Pour nous, A, B, C, D démarre la série. Pour les Grecs, c'est alpha, bêta, gamma, delta. Or delta n'est pas là, oméga la remplace.

— C'est grave ?

— Non, curieux : oméga est la dernière lettre de l'alphabet grec… Et d'alpha à oméga, si j'appuie sur ces deux lettres et que je pousse le couvercle.

Ils entendirent un minuscule déclic.

— Il glisse sur des entailles.

La terreur du Périgord en eut l'ego coupé, ce garçon était costaud du chou, bien plus que lui qui se qualifiait de génie.

— Putain ! mec ! j'en reviens pas, t'es malin comme un singe.

Le singe, déjà, fouillait l'intérieur du coffret. Soudain, il s'immobilisa, le visage blanc comme celui de Pierrot :

— Merde… Ce n'est pas possible…

— Qu'est-ce qu'il y a, bonhomme ?

Pépito sortit une photo de la boîte. Elle représentait un groupe d'hommes.

— Là, au centre, souffla-t-il en y posant un index, le moustachu qui sourit..

— Oui, je le vois. Et après ?

— C'est mon père.

Crabe

Ambulance, véhicules de la gendarmerie, berlines de la presse locale, le protocole mécanique était respecté le long de *La Dordonia*.

— Où que ce soit, confia Charlotte à son chien, quand une star trépasse, les mêmes bagnoles repassent. Quoique celle du sous-préfet manque à l'appel.

Elle se gara sous un arbre, à l'abri des regards des journalistes.

— Manquent aussi les curieux, mon bon chien. Je ne comprends pas le plaisir qu'ont ces tarés à poireauter devant des flics qui gardent une porte. Il me dépasse, ce mystère. Ces gens ne sont pas faits comme toi et moi… Surtout moi.

Sitôt libéré, Rap courut se vider sur la pelouse. Charlotte, quant à elle, se dirigea vers l'entrée de service en poursuivant son soliloque.

— Les flics sont encore plus fous. Mais eux, ce sont des fous à qui on cache qu'ils sont masos. Parce qu'il faut être maso pour être flic aujourd'hui.

Les masos ne manquaient pas dans la cuisine. Flanquée de son duo d'adjoints, Bouchenoire interrogeait un jeune cuistot. Recouverte d'un drap, la dépouille de Poumerol gisait sur le carrelage. Tout paraissait en ordre autour de l'ex-grand chef. Les casseroles était bien rangées, le sol luisait, parfaitement nettoyé. Au premier coup d'œil, Charlotte ne releva aucune trace de bagarre entre les pianos. À en croire l'absence de traces, Poumerol ne s'était pas battu avant de mourir.

— Mes respects, commandant, lança Bouchenoire en la voyant arriver. *Elle serra la main du cuistot.* Merci monsieur, vous pouvez partir.

— Pourra-t-on bientôt retravailler? s'inquiéta le bonhomme. On doit accueillir deux séminaires la semaine prochaine.

— Cela devrait se faire. Je vous préviendrai.

— Tant mieux, le spectacle doit continuer pour honorer le chef.

Visiblement rassuré, le cuistot fit le signe de croix devant le corps de feu son boss, marmonna on ne sut quoi – Pater ou Ave –, puis rejoignit ses collègues.

Aussitôt, Charlotte tira le drap qui couvrait la dépouille de Poumerol:

— Je vous remercie, lieutenant.

— De quoi?

— D'avoir attendu que je l'examine avant d'ordonner de l'emmener.

Elle releva les jambes du pantalon du défunt, remonta son maillot, considéra son ventre.

— La peau n'est pas encore bleue. Par conséquent…

— Il est bien mort cette nuit, compléta Bouchenoire. La lividité cadavérique n'apparaît que douze heures après le décès.

— Vous connaissez vos classiques, lieutenant. Le docteur Legrand l'a ausculté ?

— Il consulte à domicile, je n'ai pas jugé utile d'interrompre ses visites.

Charlotte la dispensa de justifier sa décision.

— C'est à cause des trous sur son poignet que vous avez retardé le transfert du corps ?

— Affirmatif, ceux que je vous ai signalés au téléphone. Voyez-vous-même.

— Puisque vous m'en priez…

Charlotte remonta la manche droite du maillot du grand chef. Deux trous larges comme des têtes de gros clous, deux trous rouges cernés par une couronne blanche apparurent sur son poignet, deux trous identiques à ceux relevés sur le poignet de Sarrazignac.

— Voui… Eh bien ! qu'on ne vienne pas me raconter qu'il y a une épidémie d'infarctus dans la région.

L'adjudant Harpillard hasarda :

— On dirait une morsure. Je ne vois pas l'animal qui a pu faire ces trous.

Toujours prêt à se distinguer, Cocault, expert en plaisanteries, s'empressa d'en placer une des plus mauvaises :

— Moi, je le sais : une oie venimeuse.

— N'importe quoi, se fâcha Harpillard, tu ferais mieux de te taire.

— Je t'assure que c'est vrai, il y en avait plein au temps des dinosaures.

— Je suis sûre qu'elles avaient des grandes dents comme la Coulobre, s'immisça Charlotte sur un ton pince-sans-rire.

— Exactement, la pollution a dû en ramener une à la vie.

— Et moi, je vous ramène sur terre, gronda-t-elle, pas commode. Nous avons deux morts sur les bras, un assassin à trouver et un corbeau à dénicher. Ce n'est donc pas le moment de rigoler. Message reçu, brigadier ?

— Cinq sur cinq, commandant, répondit Cocault, rouge de confusion.

La fin du recadrage n'avait pas échappé à Bouchenoire.

— C'est nouveau, ça. D'où le sortez-vous ce corbeau ?

— Du témoignage d'Aurélie Sarrazignac. Elle m'en a parlé hier.

— Vous ne m'en avez rien dit, répliqua-t-elle, mi-déçue, mi-fâchée.

— Parce que, hier, je ne vous faisais pas confiance. Aujourd'hui, c'est différent : j'apprécie que vous m'ayez attendue pour appeler le docteur Legrand.

Elle recouvrit le corps du double étoilé, puis se releva avec souplesse.

— Direction l'IML, je contacte le proc'.

— Et le corbeau ? insista Bouchenoire.

Charlotte la prit par le bras à la manière d'une amie, ouvrit la porte et l'entraîna dans le parc.

— Je vous résume le topo. La nuit de sa mort, un anonyme a contacté Sarrazignac sur son fixe. Il était plus de minuit, m'a précisé Aurélie. Le type l'a prévenu qu'un pillard saccageait sa truffière. Sarrazignac n'a pas cherché à en savoir davantage, il y a filé dare-dare en emmenant son fusil.

Bouchenoire percuta instantanément.

— OK, on va tout de suite interroger les communications reçues sur son fixe.

— Parfait, nous sommes en phase… Et je vous passe les commandes. On se reverra cet après-midi à la gendarmerie.

Elle fit un pas et pila dans le gravier.

— Ah ! mais j'en oublie de vous demander des nouvelles de Sophie Modeste. Elle vous a donné du grain à moudre ?

— Négatif, elle a juré qu'elle dormait. Sans exagérer, la gamine est anéantie. La mort de son patron lui ravage le mental.

— Où est-elle en ce moment ?

— Quelque part autour du domaine, elle se promène pour cacher ses larmes.

— Je comprends. Laissons-la tranquille puisqu'il n'y a pas eu meurtre. Du moins pour l'instant. On avisera plus tard.

À l'autre bout du parc, Rap observait Vatfer. L'orgueilleux protégeait son harem. Le chien exécrait ses manières suffisantes, ce coq arrogant le défiait. Pour qui se prenait-il, l'emplumé ? Qu'il sorte de son enclos et il verrait qui est le chef.

Mais un sifflement l'obligea à quitter le poulailler. Sa maîtresse l'appelait, certainement pour repartir. Il courut à toutes pattes en passant devant les journalistes qui ne le remarquèrent pas. Sauf un. Ce dernier était laid comme un légume moche, laideur qu'il compensait par un don admirable de l'observation et une belle intelligence. Nanti de ces qualités, la course de Rap ne put que picoter sa perspicacité. Ce chien appartenait au commandant Auduc, et s'il cavalait à toute allure, c'était pour la rejoindre. Où ça, turbina son QI ? Derrière le restaurant, bien sûr, à l'abri des regards des échotiers. CQFD les doigts dans le nez. Certain de sa déduction, il abandonna ses confrères.

— Ah ! te revoilà, mon chien ! Où as-tu été traîner, petit brigand ?

Dans le fond du parc, lui firent savoir ses jappements qu'elle ne sut traduire. Mais à quoi bon insister puisqu'elle ne comprenait pas le canin. Rap grimpa dans la Peugeot, Charlotte s'apprêta à partir, et la voix de Badigeon retarda son départ.

— Bonjour, commandant. Je me demandais si vous alliez venir.

— Tiens! Vous ici, comme c'est curieux.

— Ce qui le serait, c'est que je n'y sois pas. Gerbert Poumerol était une figure du Périgord. La gastronomie française lui doit beaucoup.

— C'est ce qu'affirment les gourmets. Moi, je ne peux pas me prononcer, ce que j'ai savouré chez lui se borne à un jus noir.

— J'en déduis que vous l'avez rencontré.

— Oui, mais vous attendrez ce soir pour en savoir plus. J'ai votre 06.

Badigeon s'inclina, flatté qu'elle lui fasse confiance, et heureux par avance de distancer ses confrères.

— Il se raconte que Poumerol est mort d'une crise cardiaque. Pouvez-vous me le confirmer? Si non, je ne publierai rien sans votre accord.

— Jusqu'à 17 h, répondit-elle avec un sourire énigmatique, vous seriez avisé d'éviter d'écrire que Dieu l'a rappelé à Lui à cause d'un méchant infarctus. Passé 17 h, il se pourrait que Dieu nous apprenne qu'Il l'a rappelé pour une tout autre cause. Vous admettrez que ça vous tue un scoop un démenti pareil.

— Je dirai même plus: ça le ratatine. À vouloir être plus rapide que la concurrence, on se vautre parfois dans le ridicule. Je pense d'ailleurs y avoir échappé avec mon article de ce matin.

Charlotte l'avait lu et apprécié. Il n'avait rien écrit de plus que convenu la veille.

Le sujet étant épuisé jusqu'à plus ample informé, le disgracieux s'apprêta à retrouver ses confrères.

— Une question à mon tour, Badigeon, une petite. Connaissez-vous un certain Patrick Merlingeas, viticulteur de son état ?

— Merlingeas ? Je lui ai consacré deux papiers. Il vous intéresse ?

— Je n'en sais rien encore. Que pouvez-vous m'en dire ?

Il gratta les poils de son menton, geste, qui comme tous les hommes le savent, aide à bien réfléchir.

— La quarantaine, amateur d'art moderne, Merlingeas est un vigneron estimé. On l'apprécie dans la région, il a participé activement au renouveau des Côteaux du Céou.

— Éclairage demandé sur Côteaux du Céou.

— Ce sont les vins de Domme, les vins d'ici que je vous recommande sans modération. Néanmoins, Merlingeas s'est autrement distingué dans une assoce qui lutte contre le crabe. Il y est toujours très actif.

— Le crabe ? Vous voulez dire le cancer ?

— Oui, sa femme en souffre depuis des années.

— Pauvres gens, je les plains… Quoi d'autre sur lui ?

— Rien de pertinent, c'est tout ce que j'ai en magasin.

— Je n'ai donc plus qu'à vous remercier.

La Peugeot démarra. Sur la route du retour, Charlotte distingua la silhouette de Sophie Modeste. La jeune fille marchait lentement sur le bas-côté de la route. Elle ralentit, s'arrêta à sa hauteur et lui demanda :

— Bonjour, mademoiselle. Je n'ai pas l'intention de vous embêter, je veux juste savoir si vous avez besoin de quelque chose.

Les yeux rougis, le teint pâle, Sophie la regarda longuement à la mode des zombies.

— Vous êtes bien commandant de police ?

— Oui, pourquoi ?

— Il… Il faut que je vous dise quelque chose d'important. Mais pas maintenant, j'en suis incapable.

— Je comprends. Quand serez-vous en mesure de me parler ?

— Demain ça ira mieux… Demain matin, 9 h, à Sarlat… Si vous en êtes d'accord.

— Je le suis. Et où cela, précisément ?

— Près de la maison d'Étienne de la Boétie. Je vous attendrai dans le café qui se trouve à côté.

Tique

Eneko Subibehere regarda méchamment son combiné téléphonique. Cet appareil ne lui apportait que des mauvaises nouvelles.

— Encore des emmerdes en perspective, dit-il à haute voix dans le secret de son bureau décoré faux Directoire.

Il haïssait cet engin. Pourtant, il fallait qu'il le décroche.

La situation l'imposait.

— Il faut que je décroche, la situation l'impose.

Que faire d'autre, sinon prévenir qui de droit que le temps se gâtait.

— Je dois prévenir qui de droit que le temps se gâte.

Allez! un peu de courage. Il décrocha, composa un numéro, et attendit qu'un « Allo » l'avertisse que l'autre l'écoutait pour activer ses lèvres :

— Subibehere, se présenta-t-il sans l'once d'une civilité

— Je l'ai vu sur mon écran. C'est quoi le flop du jour ?

— Pourquoi dites-vous cela ?

— Vous ne m'appelez que pour annoncer des drames. C'est quoi, cette fois-ci ?

Personne ne lui parlait ainsi. Le Basque eut volontiers bâché ce type s'il n'était intouchable.

— Charlotte Auduc.

— Ouille !… Qu'a-t-elle encore inventé de tordu ?

— Un croc-en-jambe vicieux. Gerbert Poumerol est mort cette nuit.

— Je l'ai appris ce matin. Mais ce n'est pas elle qui l'a tué, de quoi est-il mort ?

— D'un infarctus comme Sarrazignac. Il n'empêche qu'Auduc a envoyé sa dépouille à l'IML avec la bénédiction du procureur.

— Fichtre, merde et *damned* !… Ben, le mal est fait et le procureur n'y est pour rien. En revanche, vos services sont coupables de l'avoir désignée pour cette mission.

Subibehere soupira, contrarié.

— Je vous rappelle que monsieur le préfet…

Le type lui coupa la parole, peu disposé à se fader ses arguments.

— Quelqu'un aurait dû le prévenir qu'Auduc est une tique. Quand cette nana tient un dossier, elle s'y accroche jusqu'au sang. Faut la brûler pour qu'elle le lâche. Et quand bien même, c'est sans garantie.

Demi-pause. Subibehere reprit :

— Que faire maintenant ? On ne peut pas la rappeler sans un motif sérieux.

— Laissez tomber. Nous allons faire gaffe à ne pas la croiser. Qu'Auduc enquête où elle veut, on s'en fiche. Nous sommes payés pour être discrets.

Ils raccrochèrent sans se saluer.

Pieuvre

Charlotte fut frappée par le changement de style. Avec son porche d'entrée Louis le Quatorzième, sa cour d'honneur, son enceinte, la gendarmerie de Sarlat se parait d'un cachet séculaire. En revanche, contraste qui la surprit, l'intérieur était résolument moderne. Comme dans toutes les gendarmeries, elle y vit des bureaux, des ordinateurs et, présence normale, des femmes et des hommes en uniforme bleu. Y trônait aussi une chaise sur laquelle Bouchenoire l'invita à s'asseoir.

— Bonsoir, commandant, démarra celle-ci, votre hôtel vous convient?

— Excellement! merci de m'y avoir réservé une chambre. Le confort est tip-top, mon chien l'a adoré. N'est-ce pas, Rap, que tu as aimé te vautrer sur le tapis?

D'un jappement satisfait, Rap l'approuva à sa manière.

— J'en suis heureuse. Sinon, quoi de neuf? Vous avez pu avancer?

Ni oui ni non, Charlotte dodelina de la tête sans indication marquante.

— Je me suis baladée autour du château de Castelbrac.

— Tiens donc. Qu'est-ce qui vous a incitée à y user vos semelles ?

— La présence d'individus indésirables. M. Devieilletoile, que j'ai eu le plaisir de rencontrer hier, s'est plaint que des foutraques s'infiltrent dans son domaine. Il s'agirait d'universitaires en quête du trésor des Templiers.

— Il nous en a déjà fait part, bouillit Bouchenoire en découvrant que Charlotte enquêtait dans son dos, et nous ne pouvons rien pour lui. Il faudrait poster un homme dans chaque grotte pour repousser ces dingos. Et des grottes, le coin n'en manque pas.

— Ce que j'ai constaté avant de m'intéresser au restaurant de David Peruque.

— Vous y avez déjeuné ? fit Bouchenoire, stupéfiée par son train de vie.

— Trop cher pour ma bourse, je suis flic, pas millionnaire. J'ai simplement tenu à m'assurer que l'oie au foin, aux truffes et à l'armagnac figurait bien sur sa carte. J'ai vu sur le Net qu'elle y était, ce qui me suffit pour l'instant.

Pour la fitnesseuse qui se gavait de laitages, ce plat était une découverte, et la curiosité de Charlotte une énigme :

— Excusez-moi, je ne vois pas le bénéfice de cette vérification.

— Il est que je sais qu'on ne m'a pas raconté de blagues.

— Des blagues ? Qui vous aurait raconté des blagues ?

— Poumerol, que j'ai aussi rencontré hier, m'a confié que Peruque lui a piqué la recette de ce fricot. Il a même ajouté qu'il lui a fichu une râclée pour se venger.

— Parce ce que vous avez aussi interrogé Poumerol ? s'étrangla-t-elle, consternée. Eh bé, vous m'en cachez des choses.

— Que voulez-vous, soupira Charlotte, fataliste, on se connaît depuis peu, on ne se dit pas tout. Mais je suis sûre que bientôt nous nous échangerons des recettes de cuisine.

— Parce que vous cuisinez ?

— Oui. Avec un four à micro-ondes, je réchauffe tout ce que vous voulez.

Sur cette fausse confidence, Harpillard les rejoignit avec la mine réjouie d'un gagnant du Loto.

— Pardon de vous interrompre, commandant, c'est pour la bonne cause : j'ai situé l'appel reçu par Sarrazignac.

— Bon travail ! J'espère qu'il a été passé dans la région, ça m'embêterait de courir à Cambrai pour coincer ce corbac.

— Vous n'aurez pas à aller si loin, la géoloc le situe à Marqueyssac.

Fayrac, Cénac, Beynac, Cazenac, Gageac, Marqueyssac… Perdue dans tous ces noms en « ac », Charlotte chercha le village sur une carte murale. Bouchenoire, qui vit ses yeux rouler en vain, pointa le lieu avec une règle :

— Marqueyssac se situe ici, au-dessus de la Dordogne. C'est un lieu-dit connu pour son jardin d'exception. En roulant gentiment, un quart d'heure le sépare de la truffière de Sarrazignac.

— Génial ! Moins de quinze minutes contre une bonne demi-heure pour Sarrazignac, le corbac a eu le temps d'y revenir pour l'attendre. De quand date cet appel ?

— Minuit douze, précisa Harpillard.

— Vous avez le numéro du mobile ?

— Oui, mais c'est un jetable, par conséquent anonyme et certainement jeté.

Déception générale, les recherches s'annonçaient compliquées.

— Pas de caméra dans le secteur, pas de radar, reprit Harpillard, pas moyen de repérer l'émetteur. Ce type est une pieuvre.

Curieuse affirmation, cilla Charlotte, où diable l'adjudant avait-il pêché qu'il s'agissait d'un homme et, accessoirement, d'une pieuvre ?

— *Un type* ? Qui vous dit que ce n'est pas une femme ?

Le sosie de Croquignol sembla déçu qu'elle ne l'ait pas compris.

— La logique, commandant : une femme ne se promène pas seule la nuit en pleine campagne et dans le froid. Une femme aurait passé ce coup de fil à Sarlat.

— Admettons... Et cette pieuvre, c'est quoi ? Une référence mafieuse ?

Ce fut avec l'aplomb d'un âne qui en sait peu mais sait le placer qu'il traduisit sa pensée :

— Pas du tout, commandant, je suis passionné d'océanographie, et je vous parle de la pieuvre de verre. Cette pieuvre balade sa transparence au milieu de prédateurs qui ne la voient pas, comme ce type qui joue *L'Homme invisible* dans la campagne... Cette explication vous convient pour apprécier l'analogie ?

Quand bien même ne lui aurait-elle pas convenue, que Charlotte n'eut guère envie qu'il la développe. D'autant que Cocault débarquait en agitant des feuilles A4.

— Les résultats viennent de tomber, annonça-t-il d'une voix sombre.

— Les résultats de quoi ?

— Du labo, commandant, pour Sarrazignac.

— Vous êtes tout chose, Cocault, que se passe-t-il ?

— C'est du jargon ardu, je vous laisse les commenter.

— J'en déduis que vous y avez jeté un œil.

— Oui, sans même comprendre les virgules. J'ai fait allemand en deuxième langue, pas biologie moléculaire.

— OK, je vais tenter de vous les traduire correctement.

Au préalable, Charlotte lut attentivement chaque indication. Certaines bénéficiaient d'un éclairage vulgarisateur, précaution qu'elle apprécia : ce laïus était une première dans sa carrière. Certains de ces termes étaient absents de son vocabulaire.

— Bon, je vais droit à l'essentiel. Le cadavre a dit : taipoxine, taicatoxine.

— Super... Je sèche encore plus qu'en cours d'allemand, railla Cocault.

— Toxine, ça va, opina Bouchenoire, on sait ce que c'est. Le reste, c'est du patois d'ailleurs.

— Affirmatif, l'approuva sobrement Harpillard.

C'est une erreur d'abuser d'une victoire, l'orgueil vous vaut des inimitiés. Bien que la suite lui donnât raison d'avoir insisté pour envoyer Sarrazignac à l'IML, Charlotte évita de triompher. Les faits, rien que les faits, elle s'en tint aux faits.

— Dans le cas présent, cette poxine attaque le cœur. Ainsi que cette toxine qui bloque les canaux calciques – de calcium –, lesquels dépendent de la tension artérielle. Bref, à cause de ces vacheries, l'arrêt cardiaque est imparable.

Comme à son habitude, Charlotte avait gardé le meilleur pour la fin.

— Le plus important est le préfixe « tai » qui nous livre l'identité de l'assassin, puisqu'en vérité la science nous le dit : nous avons affaire à un meurtre.

— Le labo est formel ? insista Bouchenoire qui se sentait larguée.

— Sans aucune équivoque. Les « tai » viennent de taïpan, un serpent qu'il vaut mieux ne pas fréquenter. Le cocktail décrit est son suc létal. Le criminel est donc un taïpan et son venin est l'arme du crime. La science l'affirme et moi je la crois.

De nouveau à niveau, la fitnesseuse l'approuva.

— Constat indiscutable. Le prochain rapport du labo sera un copié-collé.

— Exact, ce qui nous fait deux crimes au compteur.

— C'est grand, un taïpan ? demanda Cocault.

— Méga long, méga venimeux, méga agressif, répondit Harpillard qui consultait ce qu'on en disait sur son smartphone.

— J'ai une trouille bleue des serpents. Quand on l'arrêtera, je te laisserai le menotter.

L'heure n'étant pas à l'engueulade, Charlotte fit celle qui ne l'avait pas entendu. Priorité à l'esprit de corps, priorité à l'action.

— Ce serpent n'est pas venu tout seul dans le Périgord. Un fou l'a importé pour tuer, il y a urgence à le coincer avant qu'il ne ressorte son bestiau.

« C'est évident », l'approuvèrent-ils en hochant leurs mentons, « mais où dénicher ce corbeau-pieuvre ? » l'interrogèrent-ils du regard. Prévoir, c'est gouverner ; Charlotte avait déjà un plan :

— Contactez les animaleries. Un taïpan mange des souris, notre gus doit se ravitailler en rongeurs pour nourrir son monstre. Demandez-leur aussi s'ils ont vendu des terrariums et à qui. Par ailleurs, téléphonez aux vétérinaires diplômés NAC : Nouveaux Animaux de Compagnie. Ces bébêtes ont besoin de soins comme les autres. Faites enfin le tour des sociétés herpétologistes, si toutefois il y en a dans le 24, et relevez les noms de leurs membres. Voilà, c'est tout pour l'instant, exécution et bonne chasse.

— Euh, hésita Cocault, c'est quoi, commandant, *hertopélogiste*?

— Herpétologiste, brigadier. L'herpétologie est l'étude des reptiles. Les herpétologues sont des scientifiques. Néanmoins, un grand nombre d'amateurs partagent leur passion.

— Vous voulez dire que des particuliers ont des serpents chez eux?

— Oui, dans un cadre fixé par la loi. Leur nombre est contingenté. À Limoges, où j'habite, un couple d'imbéciles en avait élevé deux cents sans autorisation.

— Ça devait leur coûter un bras.

— Ça peut aussi rapporter gros: la contrebande des serpents est juteuse, le trafic rapporte des milliers d'euros… et trois ans de prison si on se fait prendre, plus une amende gratinée. Moralité de l'histoire, le couple a mangé bon.

Son plan étant compris et accepté, Charlotte passa les guides à Bouchenoire. Elle lui resouhaita bonne chance, fit signe à Rap de ramener ses poils, poussa la porte du bureau et se ravisa en se frappant le front:

— J'oubliais…

— Votre chapeau! s'ingéra l'incorrigible Cocault.

— Le plus important: les relations, l'ignora Charlotte. Je résume l'épisode précédent: ces hommes ont été mordus par un serpent d'une espèce inconnue en Dordogne. Sarrazignac dans sa truffière, Poumerol dans sa cuisine, le jeu s'appelle d'où vient ce taïpan… Clap!… Nouvel épisode, on reprend tout dans les règles : proches, amis, ennemis, je veux tout savoir sur leurs fréquentations et sur leurs perversions. Surtout leurs perversions. Voyaient-ils des prostituées, flambaient-ils au poker, supportaient-ils le PSG ? On ratisse à fond et large.

— Le PSG, berk ! récidiva Cocault. Moi, je suis pour l'OM.

— Et moi pour qu'on en finisse rapidement. À demain, brigadier, dormez bien quand même.

L'horaire d'hiver ayant frappé plus tôt que la veille, il faisait déjà nuit dans le centre de Sarlat. L'obscurité lui conférait un charme différent de celui du jour. Dans les rues, les édiles avaient joliment fait les choses en y installant l'éclairage au gaz. La lueur des lampadaires donnait aux passants l'impression de remonter le temps. Charlotte adora les jeux d'ombre et de lumière sur les façades de l'ancien évêché et de l'hôtel de Maleville. Les vitrines des commerçants étaient toutes éclairées, c'était Noël avant l'heure. La place de la Liberté, cœur de la cité, ne désemplissait pas. L'élégant hôtel de ville s'y était établi. Face à lui, s'élevait l'église Sainte-Marie où, en lieu et place de la messe, les sybarites célèbrent les produits régionaux. Désaffectée depuis un siècle et des poussières, l'église abrite les stands des producteurs de foie gras. Les touristes s'y rendent autant pour faire le plein que pour admirer sa porte monumentale, chef-d'œuvre de Jean Nouvel. À l'extérieur, vis-à-vis de cette porte, un escalier conduit à la place au Oies. Un banc en pierre suit la ligne de cet ouvrage. Les badauds aiment s'y reposer. Charlotte de même, qui s'y posa en sortant son smartphone. Assise à bonne distance de la foule, personne n'entendrait ce qu'elle s'apprêtait à dire.

— Bonsoir Badigeon. Auduc à l'appareil.... Je sais que vous avez vu « appel inconnu » puisque vous n'avez pas mon 06.

— Ce que je regrette.

— C'est stratégique, je vous le filerai plus tard.

Le journaliste en prit note, et elle reprit :

— Votre édition régionale de demain est bouclée ou pas ?

— *Ou pas* l'emporte.

— Alors écoutez-moi attentivement. Le labo a parlé, Sarrazignac a été assassiné comme je le pressentais.

Canonnade de bravos dont elle n'avait rien à fiche.

— Ne m'interrompez plus, voilà ce que j'attends de vous : écrivez que le bonhomme est mort à cause d'une morsure létale, ce qui est vrai, parole de scoute avec un « e » inclusif, et brodez sur la morsure. Supposez n'importe quoi, mais ne parlez pas de serpent... Parce que c'est un serpent qui l'a assassiné.

« Gloups ! » à l'autre bout des ondes.

— Un serpent ? Je ne comprends plus. Sarrazignac n'a pu être « assassiné » que par un être humain.

— Je vous le confirme ! Ce serpent n'a pas rampé du Queensland jusqu'à sa truffière pour le niaquer, ni jusqu'au restau de Poumerol qu'il a mordu le lendemain... Eh oui, mon cher Badigeon, la réalité est qu'un fou l'a transporté pour qu'il leur diffuse son venin... Pour Poumerol ce n'est pas encore officiel... Gardez sa mort pour après-demain.

Au long blanc qui suivit, Charlotte devina que Badigeon cogitait.

— Cela vous conviendrait vampirisme ou lycanthropie ?

— Non… Monstre me convient mieux. Plus ce sera monstrueux, plus le tueur voudra se faire connaître. Un psychopathe a toujours besoin de reconnaissance.

Tombèrent enfin une dernière question et une dernière réponse :

— Oui, Badigeon, vous pouvez écrire que je mène l'enquête, mais pas que je vous ai confié quoi que ce soit puisque vous n'avez pas mon 06. Sur ce truisme, je vous dis à bientôt si Dieu nous prête vie, parce qu'Il nous la prête et qu'on doit la Lui rendre. Je vous souhaite le bonsoir, mon cher Badigeon, à demain.

Charlotte quitta le banc en pierre, s'apprêta à ranger son portable dans sa poche droite, plus facile à fouiller que celle de gauche à cause de *La Chose*, et bloqua son geste pour regarder l'écran qui affichait un nom et la photo d'une poule. Elle activa la réception.

— Où êtes-vous ?

Un rire, une voix amusée :

— Derrière vous depuis que vous êtes sortie de la gendarmerie.

— Je ne vous ai pas remarqué, vous êtes une pieuvre de verre.

— Une quoi ?

— Ne cherchez pas à comprendre. Quand êtes-vous arrivé ?

— Il y a deux heures. J'ai l'adresse de votre hôtel, je vous donnerai celle du mien quand on se verra. J'ai deux mobiles jetables comme vous l'avez demandé. Un pour vous, un pour moi. Où dois-je vous donner le vôtre ?

— Sur le parking de La Roque-Gageac, demain, 10 h 30. Restons discrets, il ne faut pas qu'on nous voie ensemble. Sur ce, bonne soirée à vous.

— À vous également.

Charlotte souffla. Avec Rudini en renfort, il ne lui faudrait pas longtemps pour découvrir ce que Subibehere lui cachait.

En attendant ce moment, puisqu'elle le lui avait promis, elle appela Aurélie Sarrazignac. Quels mots choisir pour lui apprendre que son mari avait été assassiné ?

Esturgeon

Demain serait un autre jour, s'était dit Charlotte pour se dédouaner d'un sentiment de culpabilité. Être à Sarlat sans goûter ses spécialités, sans visiter la cité, eût été une hérésie gastronomico-culturelle. La religion française exige de ses fidèles qu'ils soient de la gueule et amoureux des arts. Aussi, n'étant point hérétique, Charlotte s'était accordé une soirée tranquille avant que ne souffle la tempête.

D'ailleurs, qu'aurait-elle pu faire d'autre que badauder et se goinfrer en cette fin de journée ?

Elle avait donc sillonné les rues et les places de la ville avant d'entrer dans un restaurant. Un très accueillant puisque les chiens y étaient les bienvenus. Effrayée par sa commande, la voix de sa sagesse l'avait prévenue qu'elle allait faire péter son taux de cholestérol. Ce dont elle s'était fichue comme de son premier hochet. Foie gras, magret au miel, pommes de terre sarladaises, gâteau au noix, Charlotte s'était chargée les boyaux pour un mois. Avec, s'il vous plaît, un verre de monbazillac et un de pécharmant. Autant aller jusqu'au bout de ses envies ! Surtout que la principale avait été d'oublier Jacques, Éva, le superpréfet, Subibehere, le taïpan et les crimes. Elle les retrouverait le lendemain.

Une promenade digestive s'était imposée après l'addition.

Dans sa chambre d'hôtel, sa priorité avait été de s'occuper de Rap. Pendant toute la soirée, son chien l'avait vue se gaver sans qu'elle lui file la moindre miette. Il avait faim et réclamait son miam en grattant un sac noir. Sa maîtresse était prévoyante. Ledit sac contenait sa gamelle, son bol pour boire, ses sachets de croquettes et ses boîtes de haricots verts. Plus, auxiliaire indispensable, un ouvre-boîte castor.

— À ton tour, mon bon toutou, je te prépare ton repas.

Rap releva « mon bon toutou ». Charlotte ne le disait que quand elle se sentait fautive. Elle pouvait l'être. D'habitude, elle le servait avant le JT du soir et, d'après la façon de calculer des bipèdes, il était près de 22 h.

Une heure où personne n'appelle.

Sauf qu'une personne appela.

Ce ne pouvait pas être Jacques. Charlotte lui avait parlé avant d'entrer dans le restaurant. Elle l'avait averti qu'elle se coucherait tôt et qu'elle éteindrait son mobile. Alors, qui était cet emmerdeur, cette emmerdeuse, dont il aperçut le portrait flou sur l'écran du portable de sa maîtresse ? Comme tous les chiens, Rap distinguait péniblement les images. Il ne reconnut donc pas la petite tête d'un furet.

— Bonsoir, commandant.

— Bonsoir, Mercier.

— Désolé de vous déranger, mais il faut que je vous dérange avant que vous ne dormiez.

— Vous faites bien, je m'apprêtais à me coucher. J'ai eu une journée chargée et la suivante sera sportive. L'IML a confirmé ce que je pressentais.

— Je suis déjà au courant pour le taïpan australien. La copie du rapport a été transmise à mes services.

— Impressionnant, vous êtes l'homme le mieux informé de France.

— Certes pas, je ne suis qu'un rond-de-cuir des plus communs! Ce n'est que lorsque vous rencontrez un problème que je le décortique comme un œuf.

Depuis le début de leurs rapports, Mercier dissimulait son rôle et sa fonction. Où se situait-il dans l'appareil de l'État? Jamais il ne le lui avait dit, l'homme était secret – où obéissait à une consigne. Peut-être ne s'appelait-il même pas Mercier. Charlotte l'avait compris et n'insistait plus:

— Que ce soit aux archives ou à l'Élysée, l'essentiel est que Marianne vous paye tous les mois. Et beaucoup mieux que moi, je l'espère pour vous.

— Bien que je vous en sois gré, il me semble préférable d'éviter ce sujet. J'en ai un plus brûlant à vous proposer: les Biderman.

Charlotte retint son souffle et l'ouvre-boîte. Elle n'avait toujours pas donné sa pâté à Rap qui l'attendait en bavant.

— Ah!... Mais encore?

— Honneur aux dames, commençons par la cousine. J'ai reçu la réponse de Sciences agro. Ils n'ont pas trace d'une Éva Biderman parmi leurs anciens élèves – enquête basique que vous auriez pu mener.

— Je l'ai fait, Mercier, ils vous ont répondu avant moi.

— Alors vous me rassurez. Sinon, pour Éva, j'ai un joker personnel. Son visage me disait quelque chose. Or, bizarrerie de l'inconscient, j'ai su qui me rappelait ce visage en mangeant du saumon.

— Du saumon… Et?

— Je connais cette femme, je l'ai croisée plusieurs fois chez *Prunier*.

Charlotte blêmit. Jacques s'était bien foutu d'elle.

— Ouh-ouh! gloussa-t-elle pour masquer son désarroi. Ne serait-ce pas plutôt de l'esturgeon que vous avez mangé chez *Prunier*?

— Pourquoi de l'esturgeon?

— La spécialité de *Prunier*, c'est le caviar. On n'y sert même pas une petite frite.

— Vous êtes sûre d'aller bien, commandant? gronda Mercier qui n'avait guère envie de plaisanter.

Charlotte non plus, qui cessa de donner le change, le moral en compote, l'humour aux oubliettes:

— Non, Mercier, je ne vais pas bien. Ce que vous m'apprenez brise mes rêves d'avenir. L'homme avec qui je croyais refaire ma vie est un faiseur de fausses promesses. Un de plus. Je m'en remettrai.

Rap vit que sa maîtresse était près de fondre en larmes. Il en oublia sa pâtée pour poser son museau sur ses genoux. Elle le caressa et dit:

— Mais je vous en prie, poursuivez.

Mercier hésita sur le ton à prendre. Mais puisque en changer ne gommerait pas son chagrin, il garda le même.

— Pour en terminer avec Éva, je l'ai toujours vue en compagnie de politiciens. J'en déduis qu'elle grouillote dans les allées du pouvoir.

— Grand bien lui fasse. Et pour les mâles Biderman, qu'avez-vous de beau?

— Une fiche sur Adriel. Ce monsieur est français et ingénieur des mines.

— Ingénieur des mines ! Pas banquier ? ! s'exclama Charlotte.

— Non, il a d'ailleurs le grade d'ingénieur en chef.

Il la laissa digérer l'information et lui demanda, comme s'il s'agissait d'un jeu :

— Devinez où il habite.

— Au débotté ?… À Pampelune, trois kilomètres au-dessus de la Lune. À moins que ce ne soit… et là, je vous écoute.

— Dans un bourg près de Domme. Il y vit et y paye ses impôts. Ce citoyen est sans problème. Sauf qu'il y a un loup dans sa fiche.

— Loup vient du latin *lupus* qui est une maladie. Quelle sorte de lupus, Mercier ?

— Je présume que vous connaissez l'importance d'un *certain site* à Domme ?

— Je suis au courant que *ce site n'existe pas*.

— Eh bien voilà pourquoi Adriel n'existe pas. Ou plutôt, n'existe plus : il est mort il y cinq ans dans un naufrage. Son corps n'a jamais été repêché.

Le complément était tout aussi prodigieux :

— Pour Jacques Biderman, c'est autrement vicieux. Il existe un dossier à son nom mais, curiosité suprême, le contre-espionnage en a l'exclusivité.

Mercier en arriva à la conclusion :

— Conseil de vieux routier, commandant, votre main droite est intacte. Alors, pour la préserver, évitez de mettre un doigt dans ce bordel.

Vaine recommandation. Charlotte se demandait ce qu'y fabriquait Jacques… et détestait les questions sans réponses.

Chauve-souris

Olivier Bechaderque dormait du sommeil du juste. Tout au long de la journée, l'homme avait exercé son ministère avec honnêteté, probité, intégrité. Exactement comme son grand-père et son père avant lui.

Bechaderque était notaire depuis plus de trente ans.

Exactement comme son grand-père et son père avant lui, Me Bechaderque habitait dans le bâtiment qui abritait son étude. Ledit bâtiment étant une vaste demeure que d'aucuns comparaient à un manoir. Son lieu de vie privé en occupait la moitié. Surface plus que suffisante pour un célibataire endurci.

À 2 h 26, Me Bechaderque ronflait dans son lit à baldaquin. Pas un bruit au-dehors, la campagne périgourdine se reposait dans une pénombre quasi totale.

Exactement comme son grand-père et son père avant lui, au même âge s'entend, Me Bechaderque souffrait d'un abus excessif de foie gras. Goutte, angiome hépatique, gastrite, ces empêcheurs de se gaver le réveillaient plus souvent qu'à son tour. Aussi, pour les mater, prenait-il des somnifères féroces.

Calme, silence, obscurité, assoupissement pharmaceutique, avec ce quarté gagnant, Me Bechaderque était certain de passer une excellente nuit.

Mais le destin en décida autrement à l'heure précisée, à savoir 2 h 26.

Ce destin portait une cagoule, des gants en cuir d'agneau et, dans celui de droite, tenait un Czechmate 9 mm. Un pistolet de haute qualité fabriqué en Tchéquie. Élément aggravant, ce triste destin, aussi vulgaire que peu commode, était un forcené.

— Réveille-toi, gros lard ! Debout et vite !

À demi dans les vapes, Me Bechaderque ne comprit pas ce qui lui arrivait. Dans son souvenir nébuleux, son réveil-matin ne parlait pas du tout.

— Allez ! remue ta graisse ou je t'en mets une.

Son réveil-matin n'associait pas non plus impolitesse et menace. Certes, sa sonnerie lui faisait bondir le cœur, mais ce désagrément était voulu. Sans sa stridence, il continuait à dormir comme un bébé repu.

Subitement, il eut mal. Subitement, il eut peur. Le forcené lui avait saisi les cheveux, les tirait en collant le canon de son Czechmate sur son nez. Me Bechaderque fixa ses yeux sur l'arme, certain que sa dernière heure était arrivée. Devait-il prier ? Recommander son âme à Dieu ? Crier au secours par principe dans une maison vide ? Demander à son agresseur ce qu'il lui reprochait ? Ça, c'était une bonne question ! Mourir sans savoir pourquoi était une fin d'histoire qu'il ne méritait pas. Un au revoir injuste. Ce criminel lui devait un minimum d'explication.

— Qu'est-ce que je….

— Ta gueule! l'interrompit le malappris. Je t'ai ordonné de te lever, alors tu te lèves tout de suite et tu la fermes. Sauf si je t'interroge.

Le pauvre homme sortit de son lit en évitant les mouvements brusques. Son agresseur pouvait croire qu'il cherchait à le maîtriser. L'idée, bien sûr, l'avait effleuré, mais son arthrose avait broyé cette amorce d'intention.

— Tu fais quoi? gronda le vulgaire en le voyant se trémousser.

— J'enfile mes chaussons – par précaution, j'ignore où vous m'emmenez.

— À ton étude. Prends les clés de ton bureau et le bipeur de l'alarme.

Puis il ajouta en rigolant:

— Et remonte ton pyjama, la raie de ton cul est à l'air.

Le malappris ne lui laissa pas le temps de mettre sa robe de chambre. Il gelait dehors. Me Bechaderque y grelota de froid. Son lieu de vie n'étant pas raccordé à l'étude, il dut traverser la cour pour l'atteindre. Mais avant qu'il n'en pousse la porte, le malappris pointa un œil électronique vissé sur le linteau:

— Commande à infrarouge; désactive l'alarme avec ton bipeur. Si ça hurle, je te descends.

Le notaire comprit que son agresseur n'avait manifestement pas envie de le tuer. Il s'exécuta donc promptement, aucune sirène ne fit sursauter la faune, la porte de l'étude émit un léger clac et le malappris n'eut plus qu'à la pousser.

— N'allume pas, je vois mieux dans le noir qu'une chauve-souris.

— Si c'est l'argent que vous cherchez…

— La ferme ! Direction ton bureau, je sais qu'il est au premier.

Ce type connaissait les lieux, enregistra Mᵉ Bechaderque en gravissant les marches, un pistolet dans le dos. Se pouvait-il qu'il fût un ancien client ? Il fouilla ses souvenirs pour savoir où il avait entendu sa voix. Mais, comme sa cagoule la déformait, il ne put y raccorder un visage.

Arrivé à l'étage, le notaire sortit son trousseau de clés, en choisit une puis ouvrit la porte de son cabinet. Aussitôt, le malappris le poussa vers une rangée de livres précieux. Près de ces livres, se dressait un coffre-fort Fichet-Bauche. Exactement comme son grand-père et son père avant lui, le notaire y enfermait ses documents sensibles. Ce coffre-fort pouvait encore servir et le servait sans problème. Il était parfait pour ce qu'il en faisait.

— Ouvre-le, ordonna sèchement le malappris.

— Mais… Il n'y a que des papiers à l'intérieur, l'argent se trouve…

— Fais ce que je te demande.

Puisque cette canaille ne le croyait pas, Mᵉ Bechaderque enfonça deux clés dans les serrures, tourna des boutons numérotés, et s'exclama quand il en eut fini :

— Voyez vous-même, que des dossiers ! Je ne vous racontais pas de blagues, ce coffre ne contient que des dossiers.

— Eh bien ! je ferai avec. Maintenant tourne-toi et ferme les yeux.

Le notaire hésita. Ce salopard allait-il lui loger une balle dans la nuque ?

Non, il se contenta de l'assommer.

Girafes

Bien que de bon matin il fît froid, des cafetiers avaient dressé leurs terrasses devant leurs établissements. Quelques courageux, et insensées, y prenaient leur petit-déjeuner en admirant Sarlat au lever du soleil.

9 h moins deux. Charlotte était exacte au rendez-vous. Son seul souci était de savoir à l'intérieur de quel café l'attendait Sophie Modeste. Près de la maison d'Étienne de la Boétie, avait-elle précisé. Effectivement, dans le café le plus proche de l'historique demeure, Charlotte aperçut sa petite silhouette attablée devant une tasse. Elle y entra avec Rap dont l'aspect effraya le serveur. Un beauceron est naturellement imposant, mais, pour quiconque a peur des chiens, il est d'abord dangereux.

— Wesh… ça craint de ouf, les dents, grinça l'affolé.

— N'ayez pas peur, le rassura Charlotte, il n'est pas méchant.

Le terrorisé, un jeune tatoué au nouveau langage stéréotypé, rentrait les épaules, serrait les poings en fixant Rap.

— J'ai été mordu par un caniche quand j'étais gosse.

— Il a l'air d'un caniche, mon toutou ?

— Non… il est gros.

— Normal, il en bouffe un tous les matins. Pour moi, ce sera un caoua ristretto. Vous me l'apporterez, s'il vous plaît, à la table de cette demoiselle, désigna-t-elle Sophie à qui elle demanda : pour vous, ce sera quoi ?

— Rien, commandant, j'en suis déjà à trois super-serrés.

Le titre de commandant fit bing dans les neurones du jeune. Cette cliente n'était pas n'importe qui :

— C'est parti, fit-il, courtisanesque. Je vous apporte des sucrettes et du sucre.

— Merci, et une petite cuiller, ajouta-t-elle, *con sordino :* même si je ne sucre pas.

Charlotte s'assit devant Sophie qu'elle observa attentivement. La jeune fille avait mis un pantalon rouge assorti à sa doudoune bleu et blanc. L'ensemble n'était pas cocardier puisque l'Union Jack était imprimé sur une manche.

— Vous aimez l'Angleterre ? démarra-t-elle en visant le drapeau de sa main gauche.

— Énormément. J'achète tous mes vêtements à Oxford *Street* pour l'excellent motif que je vis à Londres. Le Périgord est une parenthèse.

Ses cordes vocales étaient rayées, elle avait dû beaucoup pleurer. D'ailleurs, ses yeux rougis le prouvaient, et sa mine défaite témoignait d'une nuit blanche.

— Quelle âge avez-vous, mademoiselle ?

— Je vous en prie, appelez-moi Sophie… J'ai 19 ans.

— Vous avez des parents ?

— Un cancer a tué ma mère au mois de juin, marmonna-t-elle. Elle est enterrée au *Kensal Green Cemetery.*

— Navrée de l'apprendre, je suis désolée pour vous.

Charlotte l'était vraiment. Gamine, elle avait connu son chagrin qui la rongerait longtemps.

— Et votre père ?

Sophie fit un sourire de clown triste.

— Il est mort hier. Il s'appelait Gerbert Poumerol.

Le retour du serveur, apparemment fier de lui, permit à Charlotte de refouler son émotion.

— C'est kif-kif ristretto, lui annonça le cynophobe. Nous n'avons pas la machine pour.

— Ben, comment avez-vous fait ? se pencha-t-elle sur la tasse. Je ne vois pas la différence.

— Truc de pro : on charge la dosette à mort, on appuie, ça coule et on ferme aussitôt. Système D comme délicieux ; à votre service, madame.

Dès qu'il repartit, Charlotte rassembla ses pensées dans le bon ordre. La première était préoccupante : si Sophie disait la vérité, ne risquait-elle pas d'être la prochaine cible du tueur ?

— Gerbert Poumerol savait que vous étiez sa fille ?

— Il l'a su en même temps que moi quand j'ai su qu'il était mon père. Ma mère me l'avait caché comme elle lui avait caché mon existence.

— Elle vous l'a appris sur son lit de mort ?

La jeune fille ouvrit son sac d'où elle sortit une photo aux couleurs délavées.

— Oui, en me remettant ce souvenir. Regardez, ce sont eux il y a vingt ans. La photo a été prise au Kenya. Ma mère y travaillait pour une boîte britannique.

— Comme quoi ?

— Directrice d'un lodge situé à deux pas des réserves. Mon père y a passé ses vacances pour un safari photo. C'est là-bas qu'ils se sont connus. C'est dans la savane qu'ils se sont aimés. Ma mère m'a dit que j'ai été conçue au milieu des girafes.

Elle ferma les yeux, rêveuse.

— Je me souviens très bien du Maasai Mara, j'y ai vécu jusqu'à mes 7 ans, c'était le paradis. Nous en sommes partis à cause des émeutes à répétition. Le Kenya était devenu une pétaudière, ma mère craignait pour nos vies.

— Moi, je retiens qu'elle n'a pas informé votre père de votre naissance.

— Elle ne l'a pas voulu. Pour elle, mon père n'avait été qu'un amour sans lendemain, un peu comme un amour de plage. Et quand bien même, elle tenait à son indépendance. Je ne lui ai jamais connu de liaisons durables.

— Vous êtes revenues en France ?

— Oui, pas longtemps, un palace londonien a proposé un poste à ma mère. Ils voulaient une Française, elle a accepté, et j'ai fait mes études *by the Thames*.

— Vous y avez appris l'anglais, c'est le bon côté de l'aventure.

— Je le parlais déjà au Kenya. L'anglais est la langue officielle du pays avec le swahili.

Charlotte s'en voulut de l'avoir oublié. Son manque de concentration était dû à un affect pour les malheurs de Sophie. Un retour immédiat à l'indifférence s'imposait. À ce stade de l'enquête, la compassion relevait du carton rouge.

Elle avala son succédané de ristretto qui avait refroidi et enchaîna, l'esprit à nouveau neutre :

— La suite de votre histoire a donc été une prise de contact avec votre père.

— Oui, on ne peut plus frontale. Je suis venu le voir sans prévenir.

— Comment lui avez-vous appris que vous étiez sa fille ?

— Brutalement, dans sa cuisine. Il m'a regardée avec des yeux de fou, je lui ai montré la photo que vous avez dans votre main, je lui ai précisé que je n'attendais rien de lui, j'ai saisi une serviette blanche, un couteau, je me suis coupé un doigt, j'ai fait couler le sang sur la serviette, je la lui ai tendue et j'ai dit : « Test ADN. Je veux juste savoir si ma mère ne m'a pas menti. »

— Quelle a été sa réaction ?

Les larmes retrouvèrent leur chemin, les yeux de Sophie en furent aussitôt inondés.

— Il a pris le couteau, hoqueta-t-elle, émue, il a tranché son poignet, il a fait couler son sang près du mien, et il m'a répondu : « J'espère qu'il sera positif. J'ai toujours voulu avoir un enfant. Si tu es ma fille, tu es un cadeau du ciel. »

— Le test a été positif ?

— Oui.

Des clients entraient et sortaient dans le café. Les tables se remplissaient. Et les aiguilles rappelaient à Charlotte que Rudini allaient l'attendre à La Roque-Gageac.

— Puisque vous êtes sa fille, vous allez hériter de lui.

— Hein ? Je n'en sais rien, c'est un sujet que nous n'avons jamais abordé. Mon père savait que je n'allais pas rester en Dordogne. J'avais pour projet de vivre un an avec lui, de partager ses passions avant de reprendre mes études. Je suis admissible à la *London School of Economics*, c'est une chance que je ne peux pas laisser passer.

J'en déduis que vous ignorez s'il a fait un testament en votre faveur.

— Totalement.

Elle sursauta soudain, comme piquée par une guêpe.

— En revanche, je l'ai entendu dire qu'il a rédigé ses dernières volontés. Mon père en a parlé à un ami avec qui il s'est frité au téléphone. Je dis *ami* parce qu'ils se tutoyaient. Le haut-parleur était au maximum, j'ai entendu une partie de leur engueulade.

— De quand date cette engueulade ?

— D'avant-hier midi, le jour où je vous ai rencontrée.

Charlotte se redressa sur son siège. Cet *ami* était peut-être le charmeur de taïpans. Pour tenter de le savoir, ses questions devaient allier tact et précaution. Sophie ignorait que son père avait été assassiné. Elle l'apprendrait assez tôt.

— Qui était cet homme avec lequel il s'est pris le bec ?

— Pff, il l'a gardé pour lui. J'ai juste capté que ce type parlait de ses oies, ou d'oies en général, je l'ai mal compris.

Des oies, bien sûr, comme celles que Devieilletoile ne lui avait pas livrées. Charlotte cessa du coup de l'interroger. À ce jeu de l'oie, une fadette lui dévoilerait l'identité de cet *ami*.

— Eh bé ! avec un inconnu avec qui il a eu des mots, Peruque qu'il a boxé, votre père avait le sang chaud.

— Oh ! il y en a eu d'autres qu'il a malmenés. Surtout les chasseurs de trésor qu'il ne pouvait pas sentir. Pas plus tard qu'avant-hier, il en a encore viré.

— De trésor, quel trésor ?

— Celui des Templiers. Mon père leur a interdit de mettre les pieds dans le parc, mais ces fous reviennent tout le temps.

— Vous les connaissez ?

— Un peu, à force de les voir ; le nom de leur chef est Zumbrunn. Un savant, paraît-il. Un jour où je faisais des courses avec mon père, je l'ai vu entrer dans une grande maison à Vézac. Il doit y habiter.

Chat

L'étude notariale était sens dessus-dessous. Les gendarmes fouillaient partout. Au premier étage, Bouchenoire ne détachait pas ses yeux de la tête de la victime. On aurait dit un œuf de Pâques à cause du pansement qui entourait son crâne. Malgré sa souffrance, il avait tenu à l'accompagner sur le lieu de son agression.

— C'est ici qu'il m'a assommé, lieutenant.

Me Bechaderque montra l'endroit précis où il était tombé, inanimé, puis dirigea un index vers le coffre-fort.

— Avant de me frapper, il m'a ordonné d'ouvrir ce coffre. Je lui ai répondu qu'il ne contenait que des dossiers, mais il a drôlement insisté.

— Pourquoi drôlement ? l'interrompit Cocault.

Le notaire s'assit dans son fauteuil, étourdi par l'effort qu'il venait de produire.

— Parce qu'à chaque fois que j'ai voulu lui indiquer où était l'argent, il s'en est fiché comme d'une guigne. Attitude drolatique chez un voleur, n'est-il pas ?

Les points de suture tiraient son cuir chevelu. Il grimaça, réaction qui déplut à son toubib et ami :

— C'est bon, Olivier, retourne t'allonger. Tu as échappé au trauma, tant mieux, mais ce n'est pas une raison pour faire ton jeune homme.

Bechaderque lui serra amicalement le bras.

— Ne t'inquiète pas, je retrouverai ma chambre après ce que j'ai à ajouter.

— Je vous écoute, l'encouragea Bouchenoire.

La douleur revenant en force, le pauvre mâcha ses mots.

— Je vous ai dit qu'il était encagoulé et ganté. C'est important, certes, mais moins que la preuve qu'il m'a donnée de sa connaissance des lieux. Il en connaissait les pièges. Même dans ma maison où il s'est joué de l'alarme.

— Vous pensez qu'il s'agit d'un de vos clients ?

— Possible, lieutenant, le problème est que je n'ai pas reconnu sa voix. Sa cagoule la déformait. Le détail qui suit vaut ce qu'il vaut : cet homme est nyctalope.

— C'est grave ? s'apitoya Cocault.

— Non, brigadier, grinça Bouchenoire, ça signifie qu'il voit dans le noir.

— Ah oui ! comme mon chat qui fait le fou la nuit.

Elle ne répliqua pas et le notaire compléta :

— Mon premier clerc vient de me communiquer le résultat de ses recherches. J'avoue qu'il me sidère. Ce type n'a rien volé d'autre qu'une pile de testaments… De testaments… Que diable va-t-il pouvoir en faire ?

Rats

« Une grande maison à Vézac », avait précisé Sophie Modeste. C'était dans une vieille bâtisse que, tout à fait fortuitement, elle avait vu entrer les illuminés. Était-ce au nord, au sud, ailleurs ? La jeune fille ne s'en souvenait pas, elle parlait avec son père et se laissait conduire.

Midi et demi. Rudini, qui sillonnait le village avec méthode, finit par la trouver.

Charlotte lui avait demandé d'acheter deux mobiles prépayés. Elle se méfiait de Subibehere et de sa clique. Pour communiquer entre eux, ils n'utilisaient que ces portables qui échappaient à l'espionnite satellitaire.

— Bingo ! commandant, j'ai logé les universitaires. Ils sont trois, un barbu de 40 balais, un barbu de 30 et une nana dont je ne vous dirai pas l'âge parce que je suis galant.

— Super, ce sont nos rats. Où êtes-vous que je vous retrouve ?

— Au cimetière de Vézac, en direction de la Dordogne. Vous ne pouvez pas me manquer, je suis garé près des grilles.

— Ouais ! Le temps de faire chauffer les pneus de mon tank et j'arrive.

À la gendarmerie, personne ne s'inquiéta de la voir partir à toute vitesse, les départs précipités faisant partie du quotidien.

Du panneau de sortie de Sarlat au panneau d'entrée du village, la durée du parcours est estimée à quinze minutes. Il n'en fallut que dix à Charlotte pour atteindre Vézac où Rudini l'attendait à la pointe du cimetière. À une allure mémère, la Peugeot dépassa sa Renault, mais dut faire demi-tour sans s'arrêter à sa hauteur.

— Revenez, commandant, vos rongeurs sont dans le chemin qui fait face à l'entrée du cimetière, à votre gauche en remontant vers Sarlat.

— OK, et où est-ce que je les cueille ?

— Là où il y a deux monstres devant une porte. Ils roulent en 4X4 noirs.

— Compris. Quoi d'autre ?

— Vous maintenez « rats » comme nom de code ?

La question la surprit :

— Comment faire autrement ? Les universitaires sont des rats de bibliothèques, par conséquent je le garde. Vous avez une drôle de voix, lieutenant. Elle ne vous plaît pas, mon analogie ?

— Si, je la trouve *ra*vissante, *ra*ffinée, *ra*tionnelle.

Les 4X4 noirs n'étaient pas légion dans ce chemin vicinal, et, du reste, charmant. Il n'y en avait précisément que deux garés le long d'une maison ancienne, cette ancienneté remontant à Louis XVI quand il tirait sur les chats.

Charlotte s'arrêta sur une bande d'herbe puis, d'un pas martial, suivie par Rap qui afficha une gueule de chien sérieux, alla toquer à la porte.

Celle-ci s'entrebâilla sur un barbu poivré-salé, la quarantaine musclée, vêtu d'un pantalon de velours et d'un pull à col roulé. Charlotte ne put empêcher son surmoi de lui trouver du charme.

— Bonjour, madame, fit-il sur un ton plus velours que celui de son futal, lui-même troublé par le physique de la visiteuse.

— Monsieur Zumbrunn, je suppose ?

— Gildas Zumbrunn, oui. Que me vaut le plaisir ?

— Police, commandant Auduc, arbora-t-elle sa carte sans l'accoler à un service bidon. Puis-je vous parler un instant ?

— Cela dépend de quoi ?

— Des grottes du domaine du château de Castelbrac. M. Devieilletoile est très fâché contre vous. Il paraît que vous y défiez la mort, vous et vos amis.

— Amis et collègues, commandant. Mais entrez, se courba-t-il, les policiers et les chiens sont les bienvenus dans cette demeure.

Il ouvrit la porte en grand en lui laissant le passage. L'entrée débouchait sur une large pièce qui servait de cuisine, de salle à manger et de salon. Sous ses poutres apparentes, le décor était sommaire. La lumière du jour y pénétrait faiblement.

En homme bien élevé, Zumbrunn lui présenta ses collègues. Ceux-ci étaient à table où ils se partageaient un poulet. Il commença par Laurence Guillaumin *(« Bonjour. »)*, professeure d'histoire, passa à Pierre Brunoit *(« Enchanté. »)*, professeur d'histoire, et termina par lui-même, professeur d'histoire, qui l'avait déjà saluée.

— Vous êtes donc tous professeurs, sourit Charlotte.

— D'histoire qui ne faisons d'histoires à personne, plaisanta Zumbrunn.

— Des profs de quelle fac, s'il-vous-plaît ?

— Sorbonne. Le titre de professeur n'est attribué qu'aux universitaires.

Voilà qui donnait le ton : « Nous sommes des élites, pas des quarts de trous de balle qu'on traite comme des nullards. » D'ailleurs, ces élites se comportèrent comme telles en lui avançant une chaise, en lui proposant un verre de « quelque chose », un bol d'eau pour Rap, avec les manières appropriées aux gens du meilleur monde… qui énervèrent Charlotte. Le trio en faisait trop. Leur tactique était évidente, ils la comblaient d'attentions pour l'endormir. Elle activa ses méninges, prête à renverser la vapeur, quand, tout à coup, Laurence Guillaumin bondit de son siège comme s'il était enduit de fluide glacial :

— Le gratin de légumes ! s'exclama-t-elle, hors sujet. Il faut le sortir du four, il est en train de cramer !

— Attention, le plat est brûlant, la prévint Pierre Brunoit, prends des torchons.

— À condition que tu me dises où ils sont, je n'en vois pas la queue d'un.

Instant de panique, de colère ! où fichtre étaient passés ces « putain de saloperie de torchons, » – langage peu châtié dans la bouche d'une sorbonnarde. En moins de temps qu'il n'en faut pour le dire, Charlotte se leva, enleva son premier gant, de pécari, son second, de protection, fit pianoter *La Chose* à l'éblouissement général, ouvrit le four, saisit le plat et le posa sur la table.

— Voilà ! Et sans manique ! La Police est heureuse d'avoir sauvé votre frichti.

L'historienne pointa *La Chose*, ébaubie, la mâchoire pendante comme un jambon d'Aoste à un croc en acier :

— C'est magique, ce truc.

— Et c'est français, madame, indestructible, garanti par l'État. Ça ne craint ni le chaud ni le froid, ça tord, ça brise, ça broie. Et vous savez la meilleure ?

— Non, dites-moi.

— Je ne suis pas venue pour vous parler de cette merveille, mais pour vous poser des questions.

Charlotte pivota vers Zumbrunn :

— Prêt à me répondre, monsieur ?

— Avec la plus grande joie.

Ses collègues s'immobilisèrent, attentifs et tout ouïe.

— M. Devieilletoile m'a déclaré que vous cherchiez le trésor des Templiers. A-t-il raison de le croire ?

Le trio éclat de rire.

— Nous sommes des universitaires, répondit Zumbrunn, des citoyens sérieux et rationnels. Si nous devions nous lancer dans une chasse au trésor, notre choix se porterait sur celui de Rackham Le Rouge. Pas sur celui du Temple.

— Parce qu'il n'existe pas ?

— Parce qu'il n'existe plus, pour le peu qu'il y en ait eu un.

— Ah bon ? Alors pourquoi tant de gens affirment le contraire ?

— À cause d'une charrette… Je vous résume le film…

Mains jointes, visage fermé, l'historien prit la docte attitude d'un conférencier.

— Le vendredi 13 octobre 1307, quelques heures avant l'arrestation des templiers, des témoins ont vu un chariot quitter le Temple. Lesdits témoins ont subodoré qu'il transportait son trésor, et leur supposition a créé la légende. Point barre, *the end,* mais vous avez le droit de rêver.

— *Ont subodoré*, reprit Charlotte en avocate du diable, mais *quid* si cette légende n'en est pas une ?

— Imaginons que ce soit le cas, où diantre est-il passé ? La réponse est évidente, ce trésor a été dispersé dans les Temples d'Allemagne, d'Italie, d'Angleterre et d'ailleurs. L'ordre ne s'est pas éteint du jour au lendemain. Il n'y a qu'en France où il été persécuté.

Zumbrunn pensa s'en être tiré. Grave erreur, Charlotte n'en avait pas terminé.

— Merci pour ce cours, professeur, lequel ne me dit pas ce que vous fabriquez dans les grottes de Castelbrac.

— Nous y cherchons des cadavres, s'interposa Brunoit.

— De templiers, compléta Guillaumin.

— Expliquez-moi cette drôle de quête, fit Charlotte, elle m'intéresse bigrement : les cadavres sont mon gagne-pain.

— Sans problème, se courba Zumbrunn, d'autant qu'elle justifie notre intérêt pour ces grottes.

Il s'assit en reprenant la docte attitude d'un maître de conférences.

— Nous y cherchons des preuves que des templiers se sont regroupés dans le Périgord, alors terre anglaise où, par définition, les gens d'armes du roi de France ne pouvaient les poursuivre. Pourquoi à Castelbrac ? Parce que le château de Castelbrac existait déjà. Le châtelain de l'époque en a certainement accueillis quelques-uns. Héritière des cathares, la noblesse du Sud-Ouest appréciait peu le pape. Sa condamnation de l'ordre, en 1307, n'était pas du goût de tous.

— Pourtant, soixante-dix templiers ont été emprisonnés à Domme.

— Certes, mais en 1311 et arrêtés à Paris.

Elle ne le contesta pas.

— Si je saisis bien votre propos, des templiers auraient trouvé refuge chez des chrétiens de leur rang qui honnissaient la condamnation papale?

— C'est ce que nous tenons à prouver. Sinon, pourquoi explorons-nous les grottes? Parce que, ne pouvant reposer dans un cimetière, un chevalier était enterré dans un endroit improbable. Le rituel était particulier. Des frères servants faisaient bouillir sa dépouille puis brisaient la matrice de son sceau qu'ils plaçaient près de son squelette. En découvrir un confirmerait nos suppositions.

Charlotte plissa le nez, incrédule:

— J'en reviens à ma question: pourquoi y en aurait-il dans les grottes de Castelbrac?

La sorbonnarde fut la plus rapide:

— Elles font face à l'Orient. Toujours le rite des templiers.

— Absolument, confirma Brunoit, leurs os étaient orientés vers l'est, au soleil levant, le Soleil étant le Christ, la Vérité et le Salut.

— Si nous parvenons à étayer notre thèse, reprit Zumbrunn, une page de l'histoire sera à réécrire. Cela dit, commandant, rassurez M. Devieilletoile: nous avons fait le tour de ses grottes, nous n'y retournerons plus.

— Voilà qui clôt le chapitre, je lui transmettrai le message. *Elle fit une moue.* Et la chapelle de *La Dordonia*, vous avez toujours envie de la dépiauter?

Las, Zumbrunn se défendit mollement.

— Nous ne l'avons jamais touchée et n'en avons jamais eu l'intention.

— M. Poumerol m'a affirmé le contraire.

— N'importe quoi… M. Poumerol aurait mieux fait de m'écouter au lieu de psychoter.

— Qu'est-ce qui vous attire dans cette chapelle?

De plus en las, il expliqua de nouveau, fatigué d'expliquer :

— Nous avons remarqué une inscription à demi effacée dans sa pierre. En dépit de nos efforts pour la déchiffrer, elle n'a rien voulu savoir. Nous n'insisterons donc plus. Transmettez nos excuses à ce monsieur quand vous le reverrez.

Mis à part ses regrets, Charlotte enregistra que Zumbrunn ignorait que Poumerol avait rejoint ses ancêtres.

L'entretien arrivait à son terme. Elle remercia les professeurs de leur accueil, leur souhaita bon appétit, bon courage, bonnes recherches, et les quitta, satisfaite de sa récolte.

Sitôt qu'elle démarra, elle brancha son mobile indétectable.

— Je sors de chez les rats, Rudini. Chouette numéro d'illusion, j'ai failli les applaudir.

— Que vous ont-ils raconté de plaisant?

— Que Napoléon a été battu par les Pygmées à Azincourt.

— Voui, je saisis le contexte. Je fais quoi maintenant?

— Vous me les marquez à la culotte.

Rudini promit de faire de son mieux, Charlotte appuya sur la touche *off*, s'apprêta à dépasser le nombre de kilomètres à parcourir en une heure, et dut freiner avant de passer la troisième. Bouchenoire lui envoyait un texto. Le sujet s'affranchissait d'une quelconque exégèse, le texte était succinct : « Rapport de l'IML. Poumerol également tué par un serpent. Taches d'encre sur les pouces inexpliquées. J'attends vos instructions. »

Charlotte n'eut guère envie de jubiler. Au contraire! L'annonce de ce nouveau crime lui confirmait ce qu'elle avait pressenti : Subibehere s'était fichu de sa poire. Mais sur l'ordre de qui ? Et pour cacher quoi ? Elle fulmina, contrariée. Il y avait trop d'enquêtes dans cette enquête : les meurtres et cette manipulation. Plus le mystère Biderman en guise de bonus.

Par où commencer? Qui voir pour optimiser ses recherches ?

Badigeon, évidemment…

VER

Subibehere ferma les yeux.

— La mort de ce cuisinier contrarie nos affaires.

Léger rire à l'autre bout des ondes :

— Pourquoi dire *la mort* ? Il s'agit d'un meurtre. Quand on met les mots exacts sur les emmerdes, on commence à les résoudre. Ils ne vous l'ont pas appris à l'ENA ?

Décidément, Subibehere détestait son contact. Au fur et à mesure qu'il l'appelait, ce bougre devenait de plus en plus arrogant.

— On m'y a enseigné l'art de l'à-propos, par conséquent votre question restera sans réponse. La situation est trop critique pour que je perde mon temps en futilités.

L'autre se le tint pour dit :

— Je vous accorde qu'elle a pris un tour inattendu. La disparition de Poumerol ne figurait pas au programme. Les médias se déchaîneront quand ils apprendront qu'un taïpan l'a mordu… Comme Sarrazignac.

— Ils ne le sauront pas, affirma le Basque. La consultation des rapports de l'IML est bloquée pour le bien de l'enquête.

— Mais Auduc et les gendarmes les ont lus.

— Croyez-vous qu'ils en parleront à la presse ? Surtout Auduc ?

— Non, ce n'est même pas imaginable.

— En revanche, il est urgent de surveiller Rudini qui est venu la seconder.

— C'est fait, son mobile est géolocalisé.

Le Basque apprécia qu'ils soient sur la même longueur d'ondes.

— Monsieur le préfet n'aurait pas dû me demander d'envoyer cette femme à Sarlat. C'est un jeune crétin gavé de diplômes qui l'a pressé de la nommer. À cause de lui, le ver est dans le fruit.

— Qui sont étrangers à ces meurtres. Elle a perdu son temps et en perdra encore à s'accrocher à eux.

Subibehere l'approuva en silence. Puis en sortit avec une voix de basse-contre.

— Répondez-moi franchement, réattaqua Subibehere, savez-vous qui a tué Sarrazignac et Poumerol ?

L'autre fit attendre sa réponse.

— Bien sûr, mais je ne mettrai pas Auduc sur la piste du coupable. Qu'elle l'arrête, mais pas avant jeudi. D'ici là, qu'elle furette loin de Sarlat. Suite au message que nous avons intercepté, nous balisons un terrain où elle n'est pas la bienvenue.

— Je partage votre point de vue.

Sur cette entente cordiale, ils éteignirent leurs smartphones.

Araignées

Wilfrid Taillefesse n'avait peur de personne. Les caïds du Bronx, les loups turcs, les camorristes, les yazukas, il les attendait tous. Qu'ils se pointent sur son terrain, ces sacs à merde, et de quel bois il se chauffe ils verraient. Fort il frapperait. Jedi impitoyable il serait. Mais dans le Périgord, les caïds du Bronx, les loups turcs, les camorristes, les yazukas n'ont rien à y glaner, rien à y gagner. Le bravache pouvait les défier à volonté, les insulter, les provoquer, il n'en verrait jamais un.

En revanche, Wilfrid était arachnophobe. Le matamore avait une trouille bleue des araignées. Pour décrire sa frousse, il suait comme un oignon dès qu'il en repérait une. Le phénomène poussait le vice à le tétaniser si la huit pattes était une tégénaire domestique, fort imposante, mais inoffensive autant qu'utile.

Aussi, cette nuit-là, dans le Sarladais, dans une forêt profonde, Wilfrid faisait-il preuve de vigilance pour ne pas en déranger une grosse, acariâtre et velue.

Le dos courbé, le gangster de deuxième classe n'y voyait goutte. Les yeux fixés sur le sol à la recherche d'une branche traîtresse, d'un gros caillou perfide ou d'un trou malhonnête, il prenait garde de ne pas à se tordre le pied. En pleine nuit, se donner une entorse dans ce coin isolé n'eut guère été un cadeau.

Au bout de ce petit bout de forêt s'élevaient les rochers. Mais ceux-ci, comme par magie, étaient devenus invisibles. Ou du moins, avaient disparu jusqu'au prochain matin. Bref, les rochers se fondaient dans le noir comme les grottes qu'ils abritaient.

Wilfrid avançait à tâtons, sans cesse alerté par de drôles bruits. Un hululement par-ci, un bruissement par-là, les animaux s'évertuaient à l'effrayer. Mais pour des prunes ! Le trekkeur ne craignait ni les bêtes à plumes ni les petites poilues. *A contrario*, il se méfiait des grosses à poils durs ! Les oreilles aux aguets, il redoutait qu'un sanglier ne le charge. Il y en avait trop dans la région, des mahousses qui entraient chez les gens pour trouver de quoi bouffer. Sinon, croiser un quartanier n'affolait pas sa tension.

Mais les araignées, c'était une autre chanson.

À trois heures du matin, que fichait-il dans la forêt, dans des conditions rocambolesques ?

Rien de plus que respecter la promesse qu'il s'était faite après avoir perdu la trace du poisson-clown. Psycho s'était volatilisé dans ce périmètre. Une route secondaire, une seule, la traversait. Il n'y en avait pas d'autre. Alors, par où était-il passé ? Il conduisait un 4X4, et un 4X4 se faufile partout. Dans un chemin, par exemple, qui mène à une cabane. Mais rien ne disait que ce malade avait une planque dans le secteur. Peut-être s'était-il arrêté dans un coin sombre pour se changer. Se balader en poisson-clown n'est pas ce qu'il y a de plus discret.

En se glissant entre les arbres, Wilfrid recensait les hypothèses. Il devait retrouver ce poisson de merde à tout prix. Il fallait qu'il le vire, qu'il l'éradique, qu'il l'atomise. Depuis la veille, une certitude le tourmentait : Psycho était un concurrent. Il l'avait vu dans le bureau du cuistot. Ce n'était pas pour lui piquer ses recettes qu'il avait fouillé ses tiroirs, mais pour voler le mémoire que lui-même était venu chercher. Ce document – qui ressemblait à il ne savait quoi –, pouvait lui rapporter un joli paquet de fric. Ou en rapporter à l'autre qui chassait sur son territoire. Inadmissible intrusion ! Jedi impitoyable il serait avec cet enfoiré. Il devait le retrouver pour lui tailler les fesses – tailler étant un euphémisme ; fesses un succédané.

Soudain, Wilfrid tressaillit en découvrant qu'un point rouge était braqué sur lui. Un seul œil ! Était-ce une chouette borgne qui l'observait ? Impossible, ce point était lumineux, or le système oculaire d'une chouette ne fonctionne pas avec des piles. Bien que n'ayant que peu fréquenté l'école, Wilfrid avait un minimum de connaissances dans le domaine zoologique.

Il s'en approcha et, sidéré par ce qu'il entrevit dans une pelote de tiges, béa comme une huître avariée.

— Putain !… Une caméra… Ça coûte un bras, ce truc… Qu'est-ce qu'elle fout là ?… Elle surveille quoi ?…

Une lumière crue lui envoya un début de réponse. Elle partait des rochers.

Et, au bas de ces rochers, il distingua un chemin discret qu'il n'avait pas repéré.

Batman, Superman et Jedi courageux il fut en se précipitant vers cet éclairage – quoi qu'il faille modérer cette précipitation en raison des branches traîtresses, des gros cailloux perfides et des trous malhonnêtes.

Néanmoins, Wilfrid se joua des obstacles et parvint sans encombre à l'entrée d'une grotte. La lumière provenait d'un projecteur amovible de chantier. Dirigé vers l'extérieur, il n'éclairait que faiblement l'intérieur d'où sinuait son câble électrique. En toute logique, puisqu'on le déplaçait, Wilfrid en déduisit que ce projecteur était placé dans l'entrée en fonction des besoins de… De quoi ? Il n'en eut pas la moindre idée. Nonobstant, il retint que la réponse se trouvait au fond de cette grotte.

Il s'y avança à petits pas, comme Indiana Jones dans *Les Aventuriers de l'arche perdue*. Un film culte, une aventure palpitante qui débute dans une caverne où le héros est attaqué par des araignées… Des araignées… Des araignées…

Une araignée, certainement venimeuse, se dressa sur son chemin. Wilfrid hurla de peur, courut pour lui échapper, se retourna pour voir si elle le poursuivait, se cogna le dos à une porte métallique qui n'avait rien affaire là, et…

Adieu les caïds du Bronx, les loups turcs, les camorristes, les yazukas.

La porte s'ouvrit.

Ours

Une aimable éclaircie flattait les coupoles de la cathédrale Saint-Front. Périgueux s'activait dans une matinée radieuse. On se serait cru au printemps. L'avenue Montaigne resplendissait. Les colonnes doriques du palais de justice jouissaient d'une blancheur immaculée. Le soleil pénétrait joyeusement dans les bureaux des magistrats. L'un de ces bureaux, grand et moderne, où trônait le portrait officiel du chef de l'État, avait un air de fête. Sauf qu'on n'y riait pas, on y entendait l'orage.

Madame la procureure était furieuse. Or, quand elle était furieuse, elle soignait son langage pour éviter de déraper. Le mot de Cambronne est si vite prononcé…

— Je vous saurais gré, commandant, de m'expliquer ce délire journalistique.

— Ce serait avec plaisir si j'étais psychanalyste. Malheureusement, l'interprétation des délires n'a pas fait partie de mon cursus.

La procureure, petite femme dynamique, élégante, au physique agréable, détestait les asperges, les incultes et les circonlocutions. Avec elle, il était recommandé d'aller droit au but quand elle vous interrogeait. Mais les interrogés, ou interrogée comme l'était Charlotte, avaient souvent de bonnes raisons de noyer le poisson.

La raison, en l'occurrence, visait l'article de Badigeon.

— Vous ne m'ôterez pas de l'esprit que le stylo de ce journaliste a été piloté par un représentant de l'ordre. Connaissez-vous ce M. Badigeon ?

Pourquoi mentir ?

— Je l'ai croisé en débarquant à Sarlat. C'est quelqu'un que l'on remarque durablement.

— Pour quel motif, je vous prie ?

— Il souffre d'une laideur qui fait peur aux chats. Nous avons échangé deux ou trois politesses et je ne l'ai plus jamais revu.

Charlotte n'avait pas menti puisqu'elle avait dit « revu ».

— Bien… A-t-il, selon vous, des accointances dans la police ?

— Je ne suis dans le Périgord que depuis trois jours, madame la procureure, c'est court pour y tisser des liens sociaux profitables à ce genre d'information.

— Évidemment… Ce ne sera donc pas aisé de découvrir qui lui a inspiré cet article. Peut-être saurons-nous un jour d'où vient la fuite.

Sur ce, la procureure déplia le journal posé sur son bureau :

— Épouvantable ce titre qui fait la une : « Un serpent mortel hante le Périgord Noir. ».

— C'est un ours, madame.

— Comment cela, un ours ? Il parle d'un serpent, où voyez-vous un ours ?

— En haut à droite de la première page. L'encadré qui contient ce texte s'appelle un ours. C'est un vieux terme d'imprimerie. En revanche, si ce titre s'étalait en gras sur cette page, là oui, il ferait la une.

La procureure hocha la tête en ouvrant le journal…

— Je vous remercie de me l'apprendre, mais *ours* ou *une*, le mal s'amplifie en page trois. J'y lis ceci : « Deux victimes à vingt-quatre heures d'intervalle ! Après Jocelyn Sarrazignac, c'est à Gerbert Poumerol que s'en est pris un serpent qualifié de gigantesque par les spécialistes. »

Et le referma en libérant un soupir.

— Je vous épargne la prolixité qui suit. Faute de renseignements complémentaires, M. Badigeon étale dans ces lignes une navrante imagination.

Puis elle s'emporta contre cet article et les retombées qu'il allait engendrer :

— La population va trembler, les dingos vont chasser le monstre en tirant sur tout ce qui bouge. Il y a déjà un dément qui organise une chasse à la Vouivre. Et ce n'est qu'un début, la Toile va exploser.

Elle se leva et fit les cent pas pour recouvrer son calme. Le mot de Cambronne est si vite prononcé… qui ne sied pas dans la bouche d'une femme de justice.

— Que comptez-vous faire pour juguler la panique annoncée ?

Charlotte fit un clin d'œil au portait officiel du chef de l'État. Cette convocation, puisqu'elle avait été convoquée toute affaire cessante, l'amusait énormément.

— Attendre, madame la procureure.

— Attendre quoi ?

— Que l'assassin commette une erreur, parce qu'il va en commettre une en lisant ce papier. Un psychopathe n'aime pas qu'on déforme ses exploits.

— Je préférerais que vous disiez *ses malfaisances.* Mais qu'importe, continuez.

— Tout n'est pas faux dans ce que raconte Badigeon. Les victimes ont bel et bien été mordues pas un serpent.

— Par un serpent ! C'est une blague ?

— Non, dirigé sur elles par l'assassin. L'IML a confirmé cette hypothèse.

La procureure s'ébroua, sidérée par ce que Charlotte lui apprenait.

— Un serpent comme arme, c'est… C'est du délire… Et puis on ne meure pas instantanément d'une morsure.

— D'une vipère, je vous l'accorde, mais d'un taïpan, c'est fulgurant.

Le vibreur du smart de Charlotte l'interrompit péremptoirement. Priorité aux communications, leur joute pouvait attendre.

— Excusez-moi, madame la procureure, c'est le lieutenant Bouchenoire, je dois lui répondre. C'est certainement important.

— Je vous en prie, faites.

L'échange fut on ne peut plus rapide. Voire expédié :

— Bonjour, lieutenant, je me doute que c'est urgent, alors allez-y…

Charlotte regarda la procureure en évitant de sourire. Ce que Bouchenoire lui apprenait n'allait pas lui plaire du tout.

— OK, envoyez-moi un plan de route… À tout à l'heure, j'arrive.

Elle ferma l'impérieux appareil, caressa Rap qui ne bougeait pas depuis qu'il s'était allongé sur un tapis, et annonça d'une voix privée d'intonations diverses :

— Et de trois, madame la procureure.

— Trois quoi, s'il vous plaît ?

— Victimes mordues par un serpent.

— Où cela ?

— Dans le cou, cette fois-ci.

— Je parle du lieu.

— Ah ! pardon : près de Castelnaud. Vous comprendrez que ma présence y est jugée indispensable.

Cassée par la nouvelle, la procureure ferma les yeux puis se reprit, directive.

— Cela va de soi, je vous libère. De toute manière, nous avions fait le tour du sujet.

Charlotte la quitta après lui avoir serré la main et, sur le point de sortir, l'entendit bougonner :

— Une femme noyée de force dans un tonneau d'alcool, un homme étranglé avec la queue d'un bœuf, un serpent gigantesque… J'aurai tout vu dans ma carrière.

Lézard

Classé l'un des plus beaux villages de France, Castelnaud-la-Chapelle est moins connu pour sa chapelle que pour son impressionnant château-fort. Plantés sur un piton rocheux, ses donjons, ses tours et ses remparts dominent la Dordogne qui coule le long de ses augustes pierres.

C'était dans ce décor extraordinaire, sur une berge de la rivière (pour l'administration) que Bouchenoire et ses adjoints attendaient Charlotte.

Le tam-tam des fouille-merde avait tôt résonné. Une soixantaine d'inconditionnels du buzz entouraient la scène du drame. Les trop-curieux l'avaient intitulé ainsi, par dépit, en espérant qu'on l'appellerait *du crime* – titre plus valorisant quand on raconte sur la Toile ce que vous n'avez pas vu et ce qu'on ne vous a pas dit. Parmi eux, un quidam d'une laideur de concours ne rapporterait que ce qu'il pourrait vérifier. Ou que ce que Charlotte lui demanderait d'écrire. Badigeon, respectueux de sa parole, ne ferait rien sans son accord.

Les gendarmes avaient caché le cadavre aux yeux du public. Allongé sous une tente, lui aussi attendait que Charlotte daigne arriver. Ensuite, on le conduirait à l'IML où il serait disséqué, éviscéré, analysé jusqu'aux orteils, puis gentiment recousu pour mieux tenir dans un cercueil. Mais sans ses entrailles qui baigneraient dans le formol.

Enfin, Charlotte se pointa ! furibarde comme jamais :

— Accident ! Quinze minutes d'arrêt et pas de réseau pour appeler. J'ai cru avoir franchi la cinquième dimension.

— Vous avez eu un accident ? s'inquiéta Harpillard.

— Pas moi, une Ferrari. Elle a tamponné une vache qui courait sur la route.

— Oh ! la pauvre, elle a dû souffrir.

— Non, la carrosserie n'a rien. En revanche, la vache est morte.

Charlotte était énervée et la présence du public n'était pas faite pour la calmer.

— Ils sont déjà là, les vautours ?

— Hélas ! le déplora Bouchenoire, tous plus joyeux qu'à la kermesse. Regardez-les, ces affreux, impatients de prendre des photos d'un macchabée.

— Montrez-leur sa dépouille, ça les refroidira.

Elle indiqua discrètement une harengère qui semblait passer un bon moment.

— Celle-là, je suis sûre qu'elle en tomberait dans les pommes.

Puis, elle remarqua la présence de Badigeon.

— Je dis cela pour rire, mais il y a des fois où j'aimerais le faire pour de bon. Allez, laissons les ânes avec les ânes, présentez-moi la victime.

Sous la tente, Cocault semblait veiller sur son corps recouvert d'un drap blanc. Charlotte découvrit son visage qui ne lui rappela rien.

— Qui est-ce ? Vous le connaissez ?

— Affirmatif, commandant, c'est un bon client de la maison.

— Magnifique ! Parlez-moi de lui et de son amour pour nos services.

Cocault rassembla ses souvenirs, ses idées, son vocabulaire et se lança :

— Wilfrid Taillefesse, 25 ans, bac moins six, profession poil-dans-la-main, collectionneur d'erreurs judiciaires : un vol qu'il n'a pas commis de son plein gré au motif qu'il est somnambule, une voiture empruntée par mégarde en croyant que c'était celle de son père – mort quand il avait 5 ans –, des portefeuilles trouvés dans la rue qu'il comptait rendre à leurs propriétaires, et je passe sur toutes les fois où il a dû se défendre contre des petits vieux agressifs.

Harpillard s'empressa d'ajouter :

— Il y a un lézard en prime, commandant.

— Ah… Quel lézard, adjudant ?

— Le corps a été déplacé. Taillefesse a été tué ailleurs.

Charlotte s'en était douté. Assassiner un homme le long de ces rives eût été une erreur, non à cause de leur charme qui ne se prêtaient guère à l'horreur, mais parce qu'elles étaient proches de la route d'où on les voyait nettement.

— C'est un pêcheur qui l'a trouvé, conclut l'adjudant en sachant que ce détail n'offrait aucun intérêt.

Cependant, Bouchenoire avait relevé le maillot du défunt et ouvert sa mâchoire.

— Ecchymoses, bleus, côtes cassées, dents cassées, Taillefesse a dégusté avant de mourir. Enfin, paix à son âme envenimée par un serpent. Le même reptile rencontré dans les épisodes précédents.

Elle dégagea son cou orné de deux trous larges comme des têtes de clous, deux trous rouges cernés par une couronne blanche.

— Je ne pense pas que le labo me contredise.

Cocault ironisa :

— Misère de nous autres, le serpentouillard a encore frappé.

— Serpentouillard ? sourcilla Charlotte.

— Mot-valise, de serpent et de brouillard dans lequel on s'enfonce.

La définition du facétieux, admit Charlotte, n'était pas si idiote qu'elle paraissait l'être. Sarrazignac et Poumerol se connaissaient, s'appréciaient, travaillaient même ensemble. Dans leur amitié, il y avait peut-être un lien qui expliquait leurs meurtres. Mais Taillefesse, que fichait-il dans ce pétrin où il n'avait aucune raison d'avoir trouvé la mort ? Rien ne reliait cette petite frappe aux deux mastodontes de l'élite périgourdine. À sa manière, Cocault avait pertinemment mis le doigt dessus : l'enquête s'enfonçait dans le brouillard.

Des brancardiers glissèrent le corps de Taillefesse dans un sac mortuaire, puis coururent vers leur ambulance dans un concert smartphonique. En revanche, ils ne perçurent pas la virulence d'un original qui tenait à parler à Charlotte. Original, il l'était avec ses curieuses médailles accrochées à son manteau. Original, il l'était d'avantage en étant le seul à ne pas prendre de photo. Emporté, monté sur ses ergots, Harpillard peinait à le contenir.

— Je vous en prie, monsieur, calmez-vous.

— Votre barrage est inadmissible, sergent!

— Je ne suis pas sergent, je suis adjudant.

— Seriez-vous amiral que j'exigerais quand même de voir la colonelle Auduc.

— Qui est commandant et a autre chose à faire.

— Je sais qui a tué Sarrazignac et Poumerol. Je suis sûr que ça l'intéressera.

L'oreille de Charlotte traînait du côté des vautours. Elle capta l'affirmation du véhément, se tourna vers lui et détailla sa dégaine. La cinquantaine, mince, émacié, échevelé, le bonhomme gesticulait comme une marionnette actionnée par des fils. Intriguée par sa personnalité, elle demanda à Cocault:

— Il est dans le sommier local, cet excité?

— Oui, commandant, il se nomme Honoré Sèchepine. Dans le genre détraqué du paranormal, ce dingue est champion du monde.

Le cerveau de Charlotte n'eut pas le temps de faire un tour: avant même qu'il ne démarre elle sut ce qu'elle allait faire de ce fou.

— Allez me le chercher, brigadier.

— Vous êtes sérieuse?

— Ne discutez pas, je sais ce que je fais et faites ce que je dis.

Trente secondes plus tard, Cocault le conduisit jusqu'à elle, les salua et, sur l'ordre de Charlotte, les laissa en tête à tête.

— Honoré Sèchepine, médium diplômé, président de l'Académie des chasseurs de revenants, se présenta l'agité.

— Quel honneur de vous rencontrer, cher monsieur.

— L'honneur est pour moi, *commodore*.

— Commandant, pas *commodore.* Je vois, désigna-t-elle ses médailles, que vous avez reçu de multiples récompenses.

Sèchepine ne demandait qu'à en parler et en parla avec orgueil.

— Palme de l'ordre du hibou sacré, commença-t-il à les détailler, médaille d'honneur du cercle des spirites, ruban d'or du cercle Nostradamus…

— Merci, l'interrompit-elle, j'ai compris leur importance qui témoigne de votre grande expertise.

— J'ose affirmer qu'elle est fondée.

— Justement, puisque vous savez qui a tué Sarrazignac et Poumerol, ai-je entendu de loin, j'aimerais que vous me disiez son nom. De préférence tout de suite.

Sèchepine se gonfla comme le cou d'un pigeon amoureux, baissa ses paupières, extatique, les releva et annonça :

— La Coulobrine.

— La Coulobrine !… Qu'est-ce que c'est ?

— La fille de la Coulobre, laquelle est morte depuis des siècles. Il n'y que les ignares et les non-initiés qui persistent à croire qu'elle est vivante.

Charlotte remercia ne sut qui dans le ciel de lui avoir fait rencontrer Sèchepine. Ce cinglé cinq étoiles allait lui être infiniment utile.

— D'accord, je comprends, fit-elle mine d'être émerveillée. Et la Coulobrine, est-elle aussi grosse que sa maman, crache-t-elle du feu, peut-elle voler ?

— Pas vraiment. La Coulobrine est petite et ne crache pas de feu. Du moins, pas encore, elle n'est âgée que de 752 ans.

— Ah oui ! c'est un peu jeune pour ce genre de monstre.

— Je ne le vous fais pas dire. En revanche, elle peut voler et son venin est puissant. Dans le journal d'aujourd'hui, sa description lui correspond à peu près.

Charlotte lui serra le bras, elle en avait assez entendu.

— Merci, monsieur Sèchepine, grâce à vos lumières, l'enquête va avancer à grands pas… Cela étant, surtout ne bougez pas, je reviens dans deux minutes. C'est super- important, nous allons faire de grandes choses.

Sur ce, elle l'abandonna à la garde de Rap, fit signe à Badigeon de la rejoindre discrètement et le retrouva sous des charmes qui bordaient la Dordogne.

— Vous avez vu l'homme avec lequel je discutais?

— Et comment! Honoré Sèchepine est une vedette locale, j'adore les intitulés des médailles qu'il s'est inventé. Je peux même vous raconter ses plus fameux délires.

— Ne me vendez pas sa folie, je viens d'en manger dix kilos.

— Mauvais pour l'estomac! Et pour l'esprit, je subodore que vous avez de quoi me surprendre.

— Oui: j'aimerais que vous pondiez un article sur sa théorie des meurtres. Je vous préviens qu'elle est supercalifragilisticextradémesurée.

Badigeon accusa le coup. Il ne s'attendait pas à une demande aussi Shadock.

— J'en suis persuadé, connaissant le zigomar. Mais or donc! toute chose n'étant pas vraiment égale par ailleurs, si j'accepte de l'écrire, que me donnez-vous en échange?

— Wladimir Taillefesse, voyou récidiviste et présumé troisième victime du *monstre*.

Et en super-cadeau elle ajouta:

— *Modus operandi* identique pour Sarrazignac, Poumerol et Taillefesse, mordus pas un taïpan. Vous pouvez le publier. Pour Taillefesse, oubliez le serpent pour l'instant, bornez votre plume à un règlement de comptes. Ça vous convient?

Ces tuyaux valaient de l'or, Badigeon aurait eu honte de les marchander.

— Marché conclu, je m'occupe de Sèchepine. Avant ce soir, vous pourrez lire l'interview de Sèchepine sur notre site local. Le papier sur le taïpan fera la une dans l'édition de demain. Édition régionale, je le précise.

Charlotte exulta. Cet article mettrait Subibehere en porte-à faux. De même que ceux qui avaient voulu la manipuler. Opération ratée, ces minables stratèges l'avaient mésestimée. *Vae victis*, dans ce milieu feutré, on déteste les échecs, le responsable de ce fiasco serait muté sur la banquise. Et pendant que ces messieurs affûteraient leur défense, ils lui ficheraient la paix.

« Vous avez le chic pour contrôler les médias », lui avait dit le Basque.

Monumentale erreur. Elle ne les contrôlait pas, elle en faisait des alliés.

MAMMOUTH

Le restaurant de David Peruque se blottissait entre Domme et Bergerac, dans un charmant village déclaré l'un des plus fleuris de France.

Pourquoi Peruque se serait-il cassé la tête pour lui donner un nom ? Ses cuisines arboraient un antique tournebroche, aussi l'avait-il baptisé *Le Tournebroche.*

Le bâtiment – séculaire, puisque datant de Louis XV – était une gentilhommière de style chartreuse. On y accédait en traversant un jardin formaté à la Le Nôtre. Dès qu'il, ou elle, franchissait les grilles de la propriété – en fer forgé bleu royal –, le visiteur, ou la visiteuse, savait qu'il, ou elle, pénétrait dans un haut lieu de la gastronomie. Décor subliminal : il, ou elle, salivait sur-le-champ. D'autant qu'après une deuxième étoile dans le guide auvergnat, Peruque redoublait d'inventions pour en décrocher une troisième.

Quand Charlotte franchit le susdit portail, l'horloge de bord de sa Peugeot afficha 15 h.

— L'avantage d'un cadre de ce niveau, confia-t-elle à son chien, est que l'on sait immédiatement qu'on n'y sert pas de frites.

Un parking dédié à la clientèle s'étirait sous des platanes. Elle s'y gara, en descendit et libéra Rap qui se mit en quête d'un endroit pour se vider, mais près de véhicules qu'on ne croise jamais dans les cités profondes.

— Psss, siffla-t-elle, admirative, en les passant en revue. Porsche... Aston Martin... Ferrari. Rolls Royce comme il se doit... Mercedes AMG et encore Mercedes... Bentley... Continental!... Et même une Brabus!

Elle se tourna vers sa Peugeot.

— Tu n'as rien à leur envier, ma belle, tu roules comme elles à quatre-vingt-dix sur une départementale... Sauf, bien sûr, si c'est moi qui conduis.

La plupart de ces merveilles étaient immatriculées à l'étranger. Ce qui ne la surprit guère. Le parc gaulois plafonnant en moyenne à onze chevaux fiscaux.

Le gros du service de midi s'achevait, les clients devaient en être au café, voire au digestif pour ceux qui ne conduisaient pas. David Peruque était donc disponible. Mais avant de le rencontrer, Charlotte décida de faire le tour de la gentilhommière. D'abord pour se dégourdir les jambes – elle en avait besoin. Ensuite pour réviser ce que Rudini avait récolté sur le bonhomme – exercice nécessaire. Quatre ans auparavant, Peruque avait failli déposer le bilan. Il s'en était sorti *in extremis*. Depuis, sa santé financière faisait l'admiration de son banquier. Ne serait-ce que par curiosité, elle tenait à lui demander comment il avait pu redresser la barre.

Soudain, Rap qui trottinait gentiment à côté d'elle, fonça derrière le bâtiment. Son escapade la dérouta. Rap avait été éduqué pour toujours la protéger quelles que soient les circonstances. Avait-il vu un lièvre ? Étrange, c'était la première fois qu'il se comportait comme un chien fou. Elle courut après lui, pressée de comprendre ce qui l'excitait, et le retrouva devant une grosse poubelle. Le corps tendu, Rap grognait contre ladite poubelle d'où se dégageait un fumet singulier.

— Qu'est-ce qui te prend, mon grand, elle ne te plaît pas cette poubelle ? Allez, fiche-lui la paix, elle ne t'a rien fait et tu deviens ridicule.

Mais plutôt que de lui obéir, le chien insista comme pour lui envoyer un message.

— Qu'attends-tu de moi ? Que je voie ce qu'elle contient ?

Rap lâcha un bref « ouah-ouah », qui devait signifier « oui ».

— D'accord, j'y jette un œil et après on s'en va. Je te rappelle que je ne suis pas payée pour faire les poubelles.

Elle s'avança, regarda à l'intérieur de ladite, et fit deux pas en arrière en se bouchant le nez.

— Nom d'un putois, ça pue l'enfer ! Mais qu'est-ce que c'est que ce brouet ? Qu'est-ce qu'on fait cuire ici ? Jamais vu des os aussi gros. C'est du mammouth ou quoi ?

Rap remua la queue, heureux qu'elle comprenne pourquoi il l'avait lâchée.

— Allez, viens, mon chien, on va causer casseroles avec M. Peruque. Je veux la recette de ce rata, je ne repartirai pas sans.

Comme pour tout restaurant qui se respecte, le menu et ses variantes était affichés à l'entrée du *Tournebroche*. Elle l'avait lu sur Face Book mais se plut à le relire.

— Foie gras ceci, foie gras cela, le parcourut Charlotte à haute voix, canard, canard, encore canard, canard, coin-coin, *and finally* oie aux truffes, au foin et à l'armagnac. Mouais, cinq canards contre une oie, c'est le canard qui gagne… Et le mammouth est absent… Ah ! Et sur la carte des vins, ceux de Merlingeas sont en bonne place. Bien, on se serre les coudes dans ce pays.

Elle voulut entrer dans le restau mais la porte résista, bloquée de l'intérieur. La fermer pendant le service était une infraction aux règles de sécurité. En cas d'incendie, cette erreur pouvait coûter des vies. Furibarde, Charlotte toqua fermement jusqu'à ce qu'un serveur en frac, maigre comme un manche à balai dont il copiait l'aspect, daigne enfin lui ouvrir. Ce type lui déplut à la seconde même. Guindé, coulé dans le bronze du style affecté, il la toisa du haut de son dégoût. Que voulait-elle, cette souillon mal coiffée, attifée comme une smicarde ? Il ne chercha pas à le savoir et dit avec dédain :

— Déjeuner privé, nous ne recevons personne, passez un autre jour.

Parler à Charlotte en postillonnant son mépris relevait du *casus belli*. Sans qu'il en ait eu conscience, l'imprudent venait de commettre la bourde de sa vie.

Avant qu'il ne referme la porte, elle sortit sa carte bleu-blanc-rouge.

— Sur cette carte officielle est imprimé *Nationale*, autrement dit *pas privé*. Chez nous, nous recevons tout le monde, en particulier les cons qui nous prennent pour des merdes. La maison étant ouverte sept jours sur sept, vingt-quatre heures sur vingt-quatre, l'accueil est permanent.

Puis, pendant que le bonhomme avalait sa pomme d'Adam, Charlotte se présenta.

— Commandant Auduc, brigade spéciale anticriminalité. Je suis ici pour interroger M. Peruque. Mais vu votre aimable réception, j'ai deux options pour le rencontrer.

Elle avait enlevé ses gants et ramassait un caillou avec *La Chose*.

— Soit je saisis votre col de pingouin et je vous force à me mener jusqu'à lui.

Elle brisa le caillou.

— Soit je lâche mon chien dans le restau pour qu'il aille le chercher.

Le pingouin blêmit en détaillant Rap.

— Je vous en prie, madame, gardez-le près de vous. Nous recevons les membres du club Massialot, ils ne reviendraient plus s'il y avait un scandale.

— Précision demandée : qui est Massialot ?

— Un grand chef cuisinier qui a œuvré pour la culture du goût.

— Inconnu de nos services. Précision demandée : CV du grand chef.

— Euh.... François Massialot, récita-t-il comme à l'école, a vécu entre les XVIIe et XVIIIe siècles. Il est né à Limoges, il a créé la crème brûlée, il a régalé des rois, il a écrit des livres de cuisine. Massialot est une référence de la gastronomie française.

Limoges... Charlotte qui y habitait, n'avait jamais entendu parler de cette star des fourneaux. Elle se promit donc de combler cette lacune au plus vite.

— Si je comprends bien, le club Massialot est une réunion de gourmets.

— Oui, madame.

— Commandant !

— Oui, commandant, de gourmets amateurs d'une cuisine inventive. Ils se réunissent une fois par mois chez nous autour d'un thème qu'ils imposent à M. Peruque.

— J'ai vu des os phénoménaux fumer dans une poubelle. Pour être exacte, c'est mon chien qui les a trouvés derrière le restaurant.

— Et, et alors ? trembla le pingouin.

— Question primaire : sont-ce les restes du thème imposé aujourd'hui ? Ou, autrement exprimé : à quel animal appartenaient ces os ?

Une voix s'éleva dans son dos :

— D'un bison, commandant. Vous me cherchez ? Me voilà.

Elle se retourna. En tenue de cuisinier, ses deux étoiles et son nom cousus sur sa veste, David Peruque les avait rejoints sans faire de bruit. De taille moyenne, l'étoilé avait des cheveux prématurément blancs, un nez rouge et un oeil au beurre noir. En découvrant son cocard, Charlotte réalisa que Poumerol n'avait pas fait semblant de le cogner.

— Marcus, retournez en salle, ordonna-t-il au manche à balai, je m'occupe du commandant.

L'autre s'empressa de disparaître, heureux d'échapper à une pression qui lui filait la colique.

— Comment savez-vous que je suis commandant, monsieur Peruque ?

— Je vous ai entendue préciser votre grade. Je sais même que vous êtes ici pour les oies que j'ai achetées à Devieilletoile. Odilon m'a téléphoné, je m'attendais à votre visite.

— Les oies ne sont plus au programme, sauf celles qui figurent sur votre carte. Aux truffes, au foin et à l'armagnac, la recette ressemble étrangement à celle de Poumerol.

Peruque fit un geste qui la surprit, un geste qu'elle n'attendait pas : il fit le signe de croix.

— Paix à son âme, que Dieu l'accueille, Gerbert était un grand chef.

— Avec qui vous étiez fâché me raconte votre œil.

— La brouille ne pouvait pas durer, haussa-t-il les épaules, notre amitié l'aurait gommée avec le temps. J'espère que vous trouverez rapidement celui qui l'a tué.

— Celui ou *celle*, monsieur. Dans l'absolu, il se peut que ce soit une femme.

Il l'approuva en secouant la tête.

— Évidemment… Quant à ma façon de préparer l'oie, elle est radicalement différente de la sienne. Deux recettes, deux goûts opposés. Son second qui a filé au Brésil ne m'a pas proposé de me la vendre ; je ne l'ai même jamais vu.

Charlotte accepta de le croire, d'autant que ce sujet ne la menait nulle part.

— Juste une question sur les bisons : vous en avez trouvé facilement ?

Peruque agita la tête dans le sens nord-sud et vice-versa :

— Oui, les élevages sont nombreux dans nos régions.

— Et c'est bon à manger ?

— C'est même meilleur que le bœuf. La viande de bison est fine, pauvre en cholestérol et riche en fer. Le défi que j'ai eu à relever était de la décliner de plusieurs façons : terrines, charcuterie, cuissons diverses. Pari gagné, les Massialot sont satisfaits.

Charlotte s'inclina comme pour l'en féliciter, avança sa main pour une poignée d'au revoir et se rétracta soudain.

— Au fait, je suppose que vous vous doutez que j'ai enquêté sur vous.

— Non, mais il y a peu à en dire. Je n'ai pas volé mon prochain et je n'ai tué personne.

— Vous avez eu raison parce c'est très vilain. Néanmoins, j'ai relevé que vous avez eu chaud au tiroir-caisse il y a quatre ans.

— Effectivement, très chaud.

— Comment vous en êtes-vous sorti ?

Le corps de Peruque oscilla comme une barque dans le vent. Revenir sur cette période noire de sa vie n'était pas fait pour lui plaire, et bien que rien ne l'obligeât à en parler, il opta pour la transparence :

— Comment je m'en suis tiré ?.... Avec de la logique, du travail et de la chance. Nouvelles recettes, économies d'échelles, réductions des dépenses, quelques passages télé, des articles élogieux, et l'affaire est repartie.

— Vous avez eu du courage, je vous en félicite.

Fin de l'entretien. Ils échangèrent des politesses, Charlotte lui serra la main pour de bon, puis regagna sa Peugeot.

Mais avant de démarrer, elle glissa dans le creux de l'oreille de Rap :

— J'ai très envie d'emporter un souvenir. Un os de bison manque à ma collection. Tu sais quoi, le chien ? On fait semblant de partir, on s'arrête un peu plus loin et on revient en chiper un.

HUÎTRES

Pris par son travail, Mercier déclinait toutes sortes d'invitations.

Chaque matin, il assistait à une réunion stratégique. Ce rituel l'empêchait de se rendre à un brunch ou à un *breakfast heavenly british*.

Le midi, il avait trop à faire pour accepter d'aller goûter les plats du dernier restau branché-tendance-à-la-mode.

Le soir, comme tout père de famille heureux de retrouver son foyer, il rentrait chez lui dîner avec les siens. Mercier tenait à ce moment privilégié qui lui permettait de garder le contact avec ses enfants.

Il était donc rare que Mercier sacrifiât aux rites de la gastronomie d'affaires. Si quelqu'un avait un secret à lui confier, il pouvait le faire à son bureau plutôt que devant un homard.

Son vieil ami Georges le savait mieux que quiconque. Ils avaient fait leurs études ensemble, suivi les mêmes formations et choisi d'exercer le métier le plus étrange qui soit : la défense du pays. Dans des services différents.

Georges avait besoin de lui parler. Mais ailleurs que dans son bureau, autrement qu'au téléphone, à l'abri des grandes oreilles. Aussi, puisque le matin, le midi et le soir il était indisponible, Georges avait choisi de l'inviter à un moment où, comme tout un chacun, son corps lui commandait de faire une pause.

— 16 h 30, à la brasserie près de ton QG. Il n'y a pas mieux que des marennes d'Oléron pour nous donner un coup de fouet. C'est le meilleur des goûters.

Ah ! les huîtres ! Mercier les adorait. Il en aurait gobé une bourriche s'il n'avait craint d'être malade. Il se contentait sagement d'en déguster une douzaine à la fois… et ne pouvait résister à pareille invitation.

La brasserie était peu fréquentée l'après-midi. L'intérieur était moderne, d'un moderne qui convient à ce genre d'établissement. C'est-à-dire sans audaces, bourgeoisement reposant.

— Françoise va bien ? Les enfants aussi ?

Installé face à Georges, sur une banquette en molesquine, Mercier balança sa fine tête bien peignée :

— Ils sont en pleine forme, je te remercie. Marianne étudie aux Beaux-arts et Jean-Yves a intégré une taupe. Math sup, il en bave mais il s'accroche. Il veut intégrer l'X.

— Beau projet, polytechnique. Je connais deux anciens jeunes qui ont séjourné dans cette école. Je crois savoir qu'ils ne le regrettent pas.

— Non, c'était le bon temps, celui de leurs 20 ans.

Un serveur apporta un grand carafon de vin blanc. Georges remplit leurs verres en expliquant :

— J'ai pris la liberté de commander du Sèvre et Maine sur Lie. Tu l'aimes toujours autant ?

— On ne renie pas ses amours de jeunesse… Et à propos d'amour, tu en es où ?

— Je n'ai pas envie de me remarier, un divorce me suffit.

— Rien de sérieux, en somme.

— Non, juste des rencontres plaisantes.

Le serveur, encore lui, revint avec un plateau d'huîtres qu'il posa sur leur table. Les deux hommes en prirent six chacun pour commencer. Mercier dégusta la première, leva les yeux au ciel de bonheur, reposa la coquille et fixa son ami.

— À part pour partager un excellent moment, pourquoi m'as-tu invité ?

Georges sourit, il avait parié que Mercier lui poserait la question avant sa troisième marenne.

— L'excellence du moment est réelle, cela me fait vraiment plaisir de te revoir.

— Je ne te demande pas où tu étais depuis un an.

— Amnésie professionnelle, je l'ai déjà oublié.

— Pathologie normale, j'en souffre moi-même. Alors : pourquoi ?

Georges roula le manteau d'une deuxième huître, s'assura qu'il pouvait la gober et suspendit son geste.

— Charlotte Auduc, lâcha-t-il avant de l'avaler avec un « slup ! » de sybarite.

— Voyez-vous ça, fit Mercier en l'imitant avec délice. Je suis abasourdi. J'étais loin d'imaginer que vous vous intéressiez à Auduc. Que lui vaut votre honorable attention ?

— En tant que personne, en tant que flic, Crochette nous est égal.

— Crochette ?

— C'est son nom de code chez nous, rapport à sa main gauche.

— Houlà! je m'interdis d'imaginer celui que vous m'avez donné, j'ai l'affreuse intuition que l'on pourrait se fâcher.

Ils prirent une troisième huître.

— Sa vie en général vous importe peu. Soit! Sauf que, quoi que tu affirmes, vous lui reprochez je ne sais quelle erreur.

— Aucune, elle n'est pas responsable du problème. L'ennui vient des cireurs de pompes qui n'auraient jamais dû l'envoyer à Sarlat.

— Confidence pour confidence, elle-même leur en veut. Ce qui ne me dit pas pourquoi, et je te cite: « ils n'auraient jamais dû l'envoyer à Sarlat. »

Rien ne l'y forçait, mais Georges tint à mettre les choses à plat.

— Parce que Crochette est un animal qui a du flair, du métier et un cerveau… et que Sarrazignac était dans notre collimateur.

Les synapses en alerte, Mercier hasarda:

— C'est vous qui l'avez éliminé?

— Non, mais nous avons compris qu'il s'agissait d'un meurtre.

— Depuis Paris et par télépathie? ironisa-t-il.

— Tu te doutes bien que nous avons quelqu'un sur place qui suit ce que je ne te confierai pas. Ce dont je te prie de m'excuser.

— Je ne suis pas vexé puisque c'est toi qui invite.

Quatrième huître, quatrième « slup! » de sybarite, une goutte de blanc, et Georges réattaqua:

— Pour le bien d'une mission, il fallait s'en tenir à la thèse d'une crise cardiaque. Les hautes autorités régionales ont reçu l'ordre d'orienter sa disparition dans ce sens. Parler d'un crime aurait alerté les amis de Sarrazignac. Sa mort devait paraître naturelle.

— Continue, je commence à m'y retrouver.

— L'histoire avait bien démarré. Le toubib n'avait rien constaté d'anormal, les gendarmes étaient prêts à envoyer le corps au cimetière, et tout à coup, patatras, un crétin de courtisan a voulu trop bien faire. La suite, tu la connais.

Mercier se cala dans la banquette, plus pressé de comprendre ce micmac que de finir ses huîtres.

— Il était quoi Sarrazignac ?

— Un pion dans une affaire sur laquelle nous travaillons depuis longtemps. Un infarctus aurait tout arrangé. Pour être franc sans vraiment l'être – je te rappelle que je suis tenu au secret –, l'enquête d'Auduc nous met dans une bouillie merdique.

— Bon. Tu m'as invité pour me demander je ne sais quoi, alors vas-y.

Georges leva son verre de blanc.

— Nous en savons plus que Crochette sur l'histoire qu'elle découvre. L'idée consiste à lui distiller des infos qui l'éloigneront de nos opérations. Nous lui en avons déjà envoyé une par une voie détournée. Ce que j'attends de toi est simple : encourage-la à suivre la piste que nous lui indiquons. Sur la nôtre, il y a des balles à prendre. Elle risque d'y laisser sa peau.

Il but, reposa son verre.

— Dans huit jours, elle arrêtera qui elle voudra, nous n'en aurons plus rien à foutre.

Les deux hommes trinquèrent pour sceller leur accord.

Cependant…

À Sarlat, sitôt de retour à son bureau, Badigeon avait posté l'interview de Sèchepine sur le journal en ligne de son quotidien.

Les réactions avaient été immédiates, rigolotes, scandalisées ou effarantes. Sauf une, plus personnelle, qui l'avait intrigué.

« Je sais qui a tué Taillefesse. Je vous en dirai plus à 15 h 52. N'éteignez pas votre smart. À bientôt. Tonton Bergerac. »

Pourquoi 15 h 52 ? Exactitude singulière s'il en fut.

Enfin bref, comme promis, à 15 h 52, son smart avait joué *Que je t'aime*. C'était sur cette chanson qu'il avait déclaré son amour à Joëlle.

Correspondant inconnu.

— Bonjour, monsieur Badigeon, Tonton Bergerac, je suis à l'heure.

Drôle de voix caverneuse, Tonton devait la déguiser avec un appareil.

— Comment avez-vous eu mon numéro perso. On se connaît ?

— Non, et ne perdez pas de temps, je vais vous dicter un message pour Charlotte Auduc. Prêt à le noter ?

— Dès que j'aurai retrouvé mon crayon.

— Activez, je suis pressé.

L'exploration ne prit que trois secondes.

— OK, je vous écoute.

— Qu'elle se rende chez Jules Vadepied à Bergerac. Vadepied était en affaire avec Wilfrid Taillefesse.

— Quelle genre d'affaire ?

— Auduc est flic, elle saura lui arracher les vers du nez.

— Que pouvez-vous me dire d'autre ?

— Juste ceci : bonsoir.

Et Tonton raccrocha aussi sec.

Écureuil

Rudini avait prévenu Charlotte qu'elle ramerait pour se garer dans la forêt. Elle s'y était attendue comme une canoteuse, mais pas comme une galérienne. La grimpette n'en finissait pas de tourner sans un coin d'herbe pour s'arrêter. Hêtres, charmes et châtaigniers se fédéraient, compacts, pour empêcher les conducteurs de stationner. Troncs contre troncs, les frênes formaient un rempart le long de la route. En bordure de la chaussée, un tapis de branchages repoussait les voitures. Les chênes y laissaient choir leurs derniers glands.

Mais comme même les histoires tristes ont une fin, Charlotte trouva de quoi nicher sa Peugeot entre des feuillus plus accueillants. Rudini l'attendait plus bas. Beaucoup plus bas. Il lui avait fait signe en la voyant passer. Elle le rejoignit à grandes enjambées – la descente la forçant à allonger le pas –, et maugréa en le saluant :

— Drôle d'endroit pour un rencart, j'espère qu'il vaut la peine de s'y casser le cul à se garer.

— Voyons, commandant, sauf votre respect, vous devenez vulgaire, ricana Rudini en grattant la tête de Rap.

— Moi aussi je vous aime bien, lieutenant. À part des compliments, qu'avez-vous de beau à m'offrir ?

Sa main décrivit un demi-cercle.

— Pour commencer, cette forêt magnifique, luxuriante, touffue, ses rochers millénaires et ses grottes préhistoriques.

— Génial, je kiffe votre exposé ! Mais à part un brin de poésie, que me proposez-vous de palpitant ?

— De faire un tour dans cette jungle, un trek très apprécié par M. Zumbrunn et son collègue. Je les ai vus s'y enfoncer deux fois. Je ne pense pas qu'ils y aillent pique-niquer.

Là, Charlotte se dit qu'elle n'en avait pas bavé pour la gloire. Elle regarda sa montre. 16 h 17. Dans moins d'une heure, la nuit envahirait la forêt. Même avec des yeux de chat, on n'y verrait plus rien. Déjà, un voile sombre apparaissait timidement. Mais pas question de reporter l'aventure pour si peu. Elle enleva ses gants de protection, fit actionner *La Chose*, et commanda :

— Bon, on y va, lieutenant, j'ouvre la marche. Avec *La Chose*. Pas d'entrave, pas de barrage, je coupe tout ce qui empêche d'avancer.

— Mieux qu'une machette, je suppose.

— Technologie française, voyons. Sa puissance est incomparable.

Ils contournèrent les premiers arbres pour entamer leur trek, le regard prêt à repérer ils ne savaient trop quoi, mais en se doutant que ce *trop quoi* était quelque chose d'inhabituel.

Tout en marchant, lentement, Charlotte interpella Rudini :

— Comment avez-vous réussi à loger ces gus dans cette grimpette ? On ne peut même pas y poser un vélo. Vous avez utilisé un drone ?

— Non, commandant, j'ai fait avec ma tête. Pour ne rien vous cacher...

— Oui, je préfère.

Rudini rigola.

— Alors que je filais Zumbrunn, son 4X4 s'est arrêté où vous venez de me retrouver. Il était 15 h 50. Je suis allé planquer ma Renault en haut de la route, j'ai vu son 4X4 repasser devant moi, puis revenir à 16 h 50. C'est la femme qui conduisait, les hommes étaient entrés dans la forêt. Elle les a récupérés une heure après.

— Ils n'ont donc pas été bien loin. Une heure de battement, dites-vous. Ce qui signifie, si on fractionne la durée de leur virée...

Prompt à percuter, Rudini fit le calcul à sa place :

— Que ce qu'ils ont fabriqué dans cette jungle est à vingt minutes de la route. Vingt pour l'aller, vingt pour bosser, vingt pour le retour. *Grosso modo*, bien sûr.

— Moralité, on aura peu à crapahuter dans ce compost. Que voulez-vous, c'est l'automne. La nature est une dame, elle renouvelle sa garde-robe.

Sans cesser de parler, ils avancèrent tant bien que mal dans un sous-bois truffé de pièges. Les feuilles mortes couvraient des crevasses idéales pour s'y tordre une cheville. Les troncs foudroyés formaient des obstacles quasi incontournables. Et, détail qu'ils n'avaient pas prévu, la lumière ne passait que faiblement entre les arbres. Faute de torches, ils se fiaient au flair de Rap pour éviter une chute.

— Mais qu'est-ce que des historiens sont venus ficher ici ? ragea Rudini.

— Erreur, lieutenant, ces zozos ne sont ni historiens ni universitaires, et encore moins des rats de bibliothèques.

Il s'arrêta pour souffler.

— OK, je ne vous demande pas comment vous les savez : vous avez appelé la Sorbonne où quelqu'un vous a répondu qu'ils sont inconnus au bataillon.

— Je n'en ai pas eu besoin, Rudini. D'autant qu'on m'aurait affirmé que Zumbrunn et compagnie faisaient partie du personnel. Or, je sais que c'est faux.

— Pourquoi vous aurait-on menti ?

— Personne ne ment, le paquet est bien ficelé. Si vous demandez à parler à M. Zumbrunn, le standard doit transférer votre appel au *service compétent.* Je n'ajoute pas que j'en mets ma main à couper – il ne m'en reste qu'une –, mais c'est tout comme.

Rudini redémarra, la cervelle embrouillée par un chouia de scepticisme.

— Mouais... En tant qu'adjoint dévoué, j'enregistre votre déposition.

— Que vous n'agréez pas d'après le ton de votre voix.

— Comment est-il ce ton ?

— Bémolisé de suspicion.

— Bémolisé ? Ça se dit, bémolisé ?

— Maintenant ça se dira, et vous, dites-moi ce qui vous turlupine.

— Vos affirmations. Puisque nous n'en avez pas la preuve, au nom de quoi êtes-vous certaine que ces historiens n'en sont pas ?

À son tour, Charlotte s'arrêta de marcher. Elle se retourna, cloua son regard dans celui de Rudini, et rétorqua avec un sourire de première communiante :

— Au nom de l'erreur que Zumbrunn a commise sur la disparition des Templiers. Il s'est planté comme un baudet en voulant m'en mettre plein la vue.

— Mouais… Elle ressemble à quoi cette plantade ?

— À une bourde qu'un universitaire de ce niveau ne peut pas commettre. Zumbrunn m'a dit que le pape a dissout l'ordre en 1307 *par condamnation*. Ce qui est faux, archi-faux ! Clément V l'a d'abord dissout *par voie de provision*.

— Est-ce tragiquement différent ?

— Assez pour confondre un menteur. L'abolition réelle de l'ordre date de 1312.

— Et vous, comment avez-vous fait pour relever cette erreur ?

Le sourire de Charlotte s'agrandit.

— J'ai décroché une licence d'histoire avant d'étudier le droit.

Tout à coup, Rap se mit à aboyer. Quelque chose de vivant bougeait sous les feuillages. En cette saison, ce ne pouvait être une vipère. Sans doute était-ce un rat. Ou une fouine. Ou une martre. Ou une belette. La bestiole, en tout cas, filait rapidement. Elle passa entre les jambes de Rudini qui ne paniqua pas, sortit la tête d'une feuille rougeâtre, puis se réfugia sur le tronc d'un chêne.

— Un écureuil ! s'exclama Charlotte. Normal, un écureuil se méfie du jour, il ne sort qu'à la tombée de la nuit.

Elle suivit son ascension, béate comme une gosse de 8 ans. Rudini l'imita, lui-même attendri par la grâce de l'animal. Tous deux levèrent le menton de plus en plus haut et, dans un mouvement synchrone, ouvrirent leurs bouches en grand, stupéfiés, interdits.

— Qu'est-ce que c'est que ce truc ?

— Euh… Il me semble que c'est une caméra.

— Ben, voyez-vous, lieutenant, *il me semble* que je l'avais compris… Mais pas ce qu'elle fiche là.

— Je monte la voir de près, décida-t-il en grimpant sur la première branche.

— Ne vous cassez pas la figure.

— Si c'est un ordre, je m'y conformerai.

Agile comme un gibbon, Rudini parvint au sommet en deux temps trois mouvements.

— Je vous confirme que c'est une cam', reprit-il en scrutant l'appareil sans le toucher. L'œil est au rouge, elle est active.

— Dirigé de quel côté, l'objectif?

Le jour laissait encore assez de lumière pour qu'il distingue ce qu'elle était censée surveiller.

— Droit devant nous, vers la roche et les grottes… Et aussi… aussi…

— Aussi quoi ?

— Quand on prend de la hauteur, fit-il durer le plaisir, on voit ce qu'on ne remarque pas en bas.

— Nous en étions à : *aussi quoi ?* Alors, je réitère : *aussi quoi* ?

Les plaisanteries les plus courtes étant les moins longues, *dixit* un proverbe à la Alphonse Allais, Rudini abrégea :

— Sur un chemin qui s'arrête devant les grottes.

— Un chemin ! Qui vient de votre gauche ou de votre droite ?

— De ma gauche.

— Mouais, c'est-à-dire du sud, de l'aval…

Charlotte observa la déclinaison du terrain, puis trancha :

— Tous les chemins mènent à Rome, mais celui-là conduit au château de Castelbrac. Intéressant, mais intéressant pourquoi ? *Khoroshiy vopros*[1].

1 Bonne question.

Cependant qu'elle cogitait, Rudini observa les cimes des arbres qui conduisaient à ce chemin.

— Nous devons faire demi-tour, je distingue d'autres points rouges. Merci l'écureuil ! Dix pas de plus et on se faisait repérer.

— Et par qui, s'il vous plaît ? Réponse quand nous reviendrons équipés. Allez, lieutenant, descendez, bon boulot, ça mérite un nonos. Je vais vous en filer un.

— Un os ?

— Oui, de mammouth ou de bison, je n'en sais rien. Il vous attend dans mon coffre ; vous le ferez analyser.

Éléphant

Demain serait un autre jour dont elle ne voulait rien savoir. Le présent avait été suffisamment chargé, Charlotte ne demandait qu'à se vider l'esprit.

En franchissant l'entrée de son hôtel, elle se vit déjà au bar, un verre en main, callée dans un fauteuil en attendant Badigeon. Par l'entremise de Cocault, le journaliste l'avait priée de le recevoir. Il s'était réfugié derrière l'urgence d'une interview pour la rencontrer. Étonné qu'il le lui ait pas encore arraché de quoi pondre cinq cents signes, son rédac' chef l'avait prévenu que sa carrière dépendait de sa pugnacité. Le marché était simple : un article sur Auduc ou les chiens écrasés. En ami de toujours, du moins depuis le lycée, Cocault avait informé Charlotte que Badigeon cherchait à lui parler. Si l'affreux insistait, avait-elle spéculé, c'était pour un motif sérieux. Ce garçon n'était pas de ceux qui la dérangeaient pour un pétard mouillé. Un SMS plus tard, elle lui avait donné rendez-vous à son hôtel.

Les pierres de la bâtisse dataient de six siècles. À considérer son grand âge, sa tour avait dû être appréciée par La

Boétie. Toutefois, le noble Étienne n'avait pu estimer son décor intérieur, mi-ancien, mi-moderne, d'un goût exquis et infaillible. Tout en finesse, celui du bar donnait l'envie de s'y détendre en sirotant un cocktail ou, plus sobrement, en buvant un soda.

Charlotte s'y engagea, prête à s'y vider l'esprit pendant un bon quart d'heure. Mais ce projet tourna court. À son grand déplaisir, *il* était là à l'attendre !

— Bah ! qu'est-ce que tu fiches ici ?

— Merci de l'accueil, j'en ai connu de plus chaleureux.

— Houlà ! Tu te trompes de dialogue, je ne t'accueille pas, j'arrive. Et puis comme tu es censé te trouver ailleurs, je me demande si c'est bien toi qui me parle.

— C'est bien moi, belle dame, j'ai voulu te faire une surprise.

— Je hais les surprises, je te l'ai déjà dit.

— Si tu le désires, je peux retourner à Fronsac. Je t'y téléphonerai pour te prévenir de mon arrivée et je reviendrai tout de suite.

Elle s'assit près de Jacques cependant que Rap lui léchait les mains. Charlotte en voulut à son chien d'aimer ce sale menteur.

— Tu ne peux pas te passer de moi plus de cinq jours ?

— C'est vendredi, le week-end démarre.

— Et c'est shabbat puisqu'il fait nuit. Veux-tu que je demande au barman d'allumer des bougies ?

— Tu sais bien que je ne suis pas pratiquant.

— Ah tiens ! Pourtant, il m'a semblé que tu l'étais quand tu as reçu ta cousine à Fronsac. J'ai dans le souvenir ta prière en hébreu.

— Un texte appris par cœur quand j'étais gosse, comme tu as dû apprendre *Notre Père* et *Je vous salue Marie* dans ta jeunesse. Je suis sûr que tu les récites encore, même si tu ne vas plus à la messe. Les cathos ont honte d'avoir la foi.

Jacques marqua un point, mais un point qui ne valait pas tripette au jeu de l'hypocrisie.

— Éva t'a recontacté ?

— Oui, pour me dire au revoir et te saluer ; elle est repartie en Argentine.

— Un beau pays d'après ce qu'elle en a décrit.

Elle soupira, songeuse, et susurra, mielleuse :

— J'aimerais aller lui dire bonjour au Gran Chaco. Avec toi, évidemment. Qu'en penses-tu, beau brun, on prévoit le voyage pour les prochaines vacances ?

Sur ce pli, elle gagna cent points en le mettant mal à l'aise.

— Oui, envisageable. Je la contacterai pour lui en parler.

Le barman les interrompit pour prendre leur commande – intermède qui permit à Jacques de changer de sujet.

— Comment va ton enquête ? J'ai lu dans le journal que Poumerol a été mordu par un serpent comme son ami Sarrazignac.

Charlotte tiqua. Il était un peu plus de midi quand elle avait révélé la cause de son décès à Badigeon. Comment Jacques pouvait-il déjà la connaître ?

— Dans quel canard as-tu appris que Poumerol a été mordu par un serpent ?

— Dans un e-journal… Je ne sais plus le titre, mais je peux le retrouver.

— Laisse tomber, ce n'est pas important.

— Sinon, où en es-tu où dans tes investigations ?

Elle mit un index sur ses lèvres.

— Secret défense… c'est de circonstance.

De plus en plus embarrassé, Jacques plissa les yeux comme pour scruter le fond de son cerveau.

— Pourquoi *secret défense* ?

— C'est un idiome à traduire par *je ne t'en dirai rien*. Et tu n'en sauras rien.

Le barman revint avec leurs boissons, double Perrier menthe pour elle, monbazillac pour lui. Ils trinquèrent, burent, et évitèrent de se regarder en reposant leurs verres.

— Tu as prévu de rester ce week-end ?

— Oui, si tu veux bien de moi dans ta chambre.

— *Dobro pozhalovat*, lui souhaita-t-elle la bienvenue, mais je ne pourrai pas m'occuper de toi.

— Je me doute que tu es prise par ton enquête.

— *Pas que*, il y a aussi un gros souci.

— Qui est ?

— Mes ragnagnas, beau brun. Abstinence de rigueur, tu regarderas la télé.

C'était faux, ses règles ne débarqueraient pas avant huit jours, mais Charlotte n'avait guère envie de faire l'amour avec un homme qui se moquait d'elle.

Sur ces entrefaites, Badigeon débarqua avec un grand sourire qui atténuait sa laideur. Il se mit en retrait, un peu hésitant, et fit un coucou discret à Charlotte qui l'invita à s'avancer.

— Approchez, monsieur Badigeon, mon compagnon ne mord pas. Mon chien non plus qui vous adore.

Le fait est que Rap lui manifesta sa joie de le revoir. Badigeon serra la main de Charlotte, refusa le verre qu'elle lui offrait, caressa Rap et salua Jacques d'un bref mouvement du chef. Curieusement, remarqua Charlotte, Badigeon paraissait contrarié. Le regard fuyant, la voix cassée, il annonça :

— J'ai un message pour vous, commandant. Je vous le livre ici, oralement, ou préférez-vous qu'on se retire pour ne pas ennuyer monsieur.

— Vous ne m'ennuyez pas, fit Jacques.

— Personne n'ennuie personne, beau brun, mais comme ce message doit concerner l'enquête, je préfère que tu ne l'entendes pas. Secret défense, ai-je dit.

Et d'autorité, elle entraîna Badigeon dans un couloir aussi fermé qu'un confessionnal.

— Allez, señor Zorro, je veux tout savoir, même les silences.

Avec son assurance retrouvée, le journaliste lui rapporta les propos de Tonton Bergerac. Il n'omit aucune virgule, aucun silence, et surtout pas son étonnement :

— Je me demande comment ce Tonton a obtenu mon 06.

— Un 06 est plus facile à dégoter que les numéros du Loto. Il n'empêche que son appel en soi m'est plus utile que le tuyau qu'il vous a filé.

— Bwouf! faillit-il s'étrangler. Pour vous, Vce Tonton est plus important que Vadepied ? J'ai du mal à comprendre votre logique.

— Ne vous méprenez pas, señor Zorro, Vadepied aura le plaisir de me rencontrer bientôt. Et je vous confirme que votre 06 est une clé qui vient d'ouvrir une porte.

Elle ne lui laissa pas le loisir de digérer son laïus, pressée de comprendre pourquoi la présence de Jacques l'avait troublé.

— J'aimerais que nous parlions comme des pros, monsieur Badigeon, cash et sans atermoiement.

— Il me semble que c'est déjà notre style.

— Assurément, et j'ouvre cash avec ceci : sur votre e-journal que je n'ai pas encore lu, avez-vous précisé que Sarrazignac et Poumerol ont été tués à l'identique ?

— Non, je réserve cette info pour l'édition régionale du week-end.

— Merci ! Cash numéro deux : quand je vous ai présenté mon compagnon, pour quelle raison vous êtes-vous figé comme un vieux bec de gaz ?

Pas d'atermoiement, avait-elle précisé.

— J'ai ressenti une sorte de gêne.

— Il n'y a pas à se sentir gêné de nous voir ensemble, notre relation est connue de tous.

— À cette gêne, s'est mêlée une surprise. Je suis certain d'avoir vu votre ami dans d'autres circonstances. J'en mets ma tête à couper. Elle n'est pas très jolie, mais j'y tiens énormément.

— Moi, c'est ma main droite, mais bref, quelles sont ces circonstances ?

— Un banquet d'officiers de l'armée française. C'était il y a un an à *La Dordonia*. Poumerol les avait installés dans ses anciennes écuries. J'étais là pour un dîner en amoureux avec Joëlle. L'occasion était belle. Avec la permission de ma fiancée, j'ai voulu écrire un papier sur leur réunion. Refus catégorique. Ces messieurs se sont même assurés que je n'avais pas pris de photos.

— Jacques étaient avec eux ?

— Oui, en uniforme, avec plein de galons et plein de médailles.

Badigeon vit qu'elle pâlissait.

— Il paraît qu'on ne manque pas d'officiers dans la région, mais on ne les voit jamais. Les environs de Domme dissimulent un haut lieu stratégique. Je suppose qu'ils y restent cloîtrés.

Charlotte rétorqua, cinglante :

— Reprenez-vous, Badigeon, vous savez bien que ce site n'existe pas.

Il l'approuva, encore plus cash.

— Au temps pour moi, commandant : ce site n'existe pas.

Samedi matin, jour de marché à Sarlat, marché exceptionnel où les lève-tôt venaient faire le plein du meilleur. Charlotte s'était elle-même levée de bonne heure, mais pour faire le plein de vérités.

Quand elle entra dans le salon de l'hôtel, après avoir promené Rap, son premier geste fut de se jeter sur le journal. L'article de Badigeon figurait sur le ventre de la une de l'édition régionale. Les délires de Sèchepine s'étalaient dans une sous-tribune.

Un crime, deux crimes, un troisième en souffrance, des vampires, des loups-garous, une Coulobre, une Coulobrine, un taïpan, le bilan était copieux pour ce qui devait être un simple infarctus. À cette liste se greffaient les posts des « internaucinoques ». Badigeon s'était régalé à condenser les plus dingues. La théorie du complot avait la cote. Les ufologues accusaient les martiens. Les occultistes, les sorcières. Les grincheux leurs voisins. Mais, dans ce fatras, les vieux démons racistes étaient les mieux placés pour désigner le coupable.

Charlotte jubila. Subibehere s'étoufferait quand il lirait cet article. Le Basque et compagnie l'avaient dépêchée à Sarlat pour qu'elle y joue les potiches. Scénar loupé, casting raté, Charlotte y jouait Lara Croft.

— Pour un super bordel, c'est du haut de gamme, ricana-t-elle. Mais ce n'est qu'un début, mes chéris, les Templiers vont l'enrichir de plein d'autres.

Jacques la rejoignit, douché, rasé, parfumé, prêt à avaler son petit-déjeuner faute de savoir à quoi il devait se tenir prêt. Il s'assit devant elle en regardant sa tasse vide.

— Tu as commandé du café ?

— Non, je t'attendais, c'est du self-service.

— Bon, on va aller se servir. Et après, c'est quoi le programme ?

— Le mien c'est enquête ; le tien, je ne sais pas.

— Évidemment… *Soupir résigné…* Mais tu m'avais prévenu.

Le buffet continental était gargantuesque. Pas sûre de pouvoir manger le midi, Charlotte fit le plein avant de retourner à table. Elle découpa des mouillettes pour son premier œuf coque et se sursauta en entendant :

— Bonjour, commandant. Désolée de vous importuner, mais vous savez ce que c'est…

Bien sûr qu'elle le savait…

— Oui, vous allez me dire que vous avez du neuf.

Un dossier sous le bras, Bouchenoire se tenait debout près de Jacques qu'elle ne voyait que de dos.

— Asseyez-vous, lieutenant… Voulez-vous un café, un thé ?

— Merci, je n'en bois jamais.

— Vraiment ?… Que buvez-vous le matin pour émerger ?

— Une infusion de honeybush et de rooibos. Pour le petit-déj', j'avale du jus de carotte et des gâteaux protéinés. Ça me donne une pèche d'enfer.

— Ah bon !… Moi, je préfère la pèche du paradis, répliqua-t-elle en montrant son jambon.

Tout en conversant, Bouchenoire s'était assise. Elle se tourna vers Jacques qu'elle ne connaissait pas, s'apprêta à se présenter et bugua, en pâmoison subite devant son charme. Un vrai bug de groupie face à la star de son coeur. Jacques était habitué à ces coups de foudre stupides. Il s'en fichait comme de son premier baiser – un supposé *french kiss* de dix secondes et baveux, un exercice de limaces excitées qui s'étaient vite rincé la bouche.

— Lieu… Lieutenant Bouchenoire… Angélique Bouchenoire… heureuse de… Euh… Navrée de vous déranger.

— Jacques Biderman, se plia-t-il légèrement, le compagnon de Charlotte. Vous ne me dérangez nullement. D'ailleurs, je vais vous laisser.

— Déjà ?!

Charlotte se retint de rire en la voyant se liquéfier devant le beau brun. Sans exagérer, elle le bouffait des yeux. Ou, version plus hard, le déshabillait sur place. Quelques semaines plus tôt, Charlotte l'aurait recadrée, mais, à présent, elle s'en moquait presque. Le *presque* étant de la pure convention.

— Tu repars à Fronsac ? lui demanda-t-elle.

— Oui, cela vaut mieux, je t'encombrerais dans ton travail.

— Finis quand même ton petit-déjeuner.

— Avec plaisir, si j'ai le droit d'entendre ce que vous allez vous dire.

— Restez, restez, s'empressa Bouchenoire, il n'y a rien de confidentiel dans les éléments que j'apporte.

— Qu'il me tarde de découvrir, reprit Charlotte, mais en trempant mes mouillettes si vous m'y autorisez.

Manière de parler puisqu'elle se passa de son assentiment.

— Le labo confirme ce que nous pensions, annonça Bouchenoire en posant un rapport de l'IML entre le sel et le sucre. Wilfrid Taillefesse a bien été mordu par un serpent, morsure qui a provoqué sa mort.

— Dont acte. Et que disent les charcutiers sur les coups qu'il a reçus ?

— Qu'il s'est battu ou qu'il a été battu. La seconde proposition a leur faveur.

— Taillefesse aurait donc reçu une raclée avant de monter au ciel.

— Oui, du genre punition.

— L'assassin l'aurait puni de lui avoir joué un sale tour ? Passionnant… Nous quittons la zone meurtres pour celle des règlements de compte.

Charlotte en imita le sourire de la Joconde :

— Décidément, ils sont curieux les infarctus dans le Périgord.

La photocopie d'un document manuscrit remplaça le rapport.

— C'est quoi cette lettre, lieutenant ?

— Les dernières volontés de Poumerol. Ce document dormait dans son secrétaire. Vu la date qui y figure, il l'a rédigé quelques instants avant sa mort.

— Une prémonition ?

— Non, une mise au point. Poumerol confirme que

Sophie est sa fille naturelle et qu'il en fait son unique héritière.

— Une mise au point, dites-vous. Qu'y a-t-il de nouveau dans ce texte ?

— D'après Me Bechaderque, que j'ai contacté, la partie détaillée de l'héritage, laquelle était absente du précédent testament… volé comme vous le savez.

— Vous êtes-vous assurée qu'il s'agit bien de son écriture ?

— J'ai beaucoup mieux que la graphologie. Vous souvenez-vous que les pouces de Poumerol étaient couverts d'encre ?

Elle ne les avait pas vus, mais se rappelait que Bouchenoire lui en avait parlé.

— Oui, ce détail m'a intriguée.

— Eh bien, Poumerol les a noircis pour authentifier sa lettre ! La dactyloscopie est formelle, ce sont leurs empreintes qu'il a apposées sous sa signature.

Happy end, le dossier était clos et Sophie allait devenir riche.

Une sonnerie retentit dans l'une des poches de son pantalon. Dans celle de droite, Charlotte avait mis son smartphone. Dans celle de gauche, son mobile indétectable. C'était ce dernier qui sonnait, Rudini l'appelait. Sa présence à Sarlat devant rester dans l'ombre, elle se leva pour lui répondre.

— Excusez-moi, je reviens tout de suite.

Puis, à l'abri des curieux, elle colla l'appareil sur son oreille.

— Salut, Rudini, qu'avez-vous sur le feu ?

— L'adresse de Vadepied à Bergerac.

— Super, on y fonce !

— À une ou à deux voitures ?

— Avec la mienne. Rendez-vous à 8 h, rue Thiers, devant le cinéma.

Quand Charlotte leur apprit qu'elle devait partir d'urgence, Jacques fit la grimace et Bouchenoire un grand sourire.

Perroquet

Le seul reproche que Rudini faisait à Charlotte concernait sa façon de conduire.

— Je n'ai pas appris à conduire, Rudini.

— C'est ce que je vois, gémit-il, agrippé à sa ceinture.

— Mais j'ai appris à piloter.

— Je peux vous demander une faveur? marmotta-t-il en fixant la route.

— Essayez toujours, je verrai.

— Pensez à ma chère femme et à mes trois enfants, je tiens à les accompagner le plus longtemps possible.

— En toute confidence, Rudini, si je ne pensais pas à eux, j'irais encore plus vite.

Ils longeaient la rive droite de la Dordogne en frôlant le pays du pécharmant.

Peu à peu, Bergerac dévoilait ses contours dans un horizon qui rétrécissait au-dessus de la vitesse admise. La Peugeot n'eut bientôt plus qu'à suivre les lacets de ce qui est une rivière (et non un fleuve) pour atteindre la ville. En y arrivant, Rudini précisa que Vadepied exerçait dans une rue proche de la statue de Cyrano.

— Tiens donc! s'étonna Charlotte, il y a une statue de Cyrano à Bergerac?

— Ben oui, puisqu'il était de Bergerac.

— Ben non, il était Francilien. Le Bergerac du vrai Cyrano se situe dans la vallée de Chevreuse. Son château a disparu, il ne reste rien du lieu ni du bonhomme.

— Si, insista Rudini: son jumeau de théâtre qui mérite sa statue. J'ai vu la pièce vingt fois avec le même enthousiasme. Alors, s'il vous plaît, commandant, ne soyez pas rationnelle, laissez aller le rêve: Cyrano est Gascon.

La plaidoirie du faux voleur de poules l'électrisa. Comme si la Vérité lui tombait sur la tête, Charlotte réalisa qu'elle avait chassé la folie de sa vie. Pis encore, qu'elle était redevenue la femme qui se détestait avant de rencontrer Jacques. Heureuse qu'elle se réveille enfin, sa voix intime lui intima de se reprendre avant ses premiers cheveux blancs. Nonobstant, un soupçon hypocrite, sa petite voix se garda de lui rappeler que les premiers étaient déjà présents.

— Vous pouvez stationner le long des quais, lui indiqua Rudini.

— C'est quoi, ce coin? demanda-t-elle en inclinant la tête en direction d'un ponton.

— L'ancien port. Le bateau amarré est une gabarre de réforme, le bâtiment sur votre droite est le cloître des Récollets, et la boutique de Vadepied se situe derrière ses murs.

— Vindiou! Vous avez lu le *Guide vert* avant de venir?

— Non, j'ai passé mes vacances dans la région.

Événement rarissime, Charlotte se gara dans un endroit autorisé. Elle mit Rap en laisse, puis s'enfonça dans les rues sombres de la vieille ville. Rudini la précéda dans la boutique de Vadepied. Fallait-il encore savoir, ou deviner, où celle-ci se trouvait. Sur la façade de l'immeuble, une plaque en bronze signalait sa présence au bout d'un long couloir, sans autre indication que la mention « antiquités ».

Radoteur, bedonnant, rhumatisant, précieux, vêtu à l'excentrique, blanchi sous le harnais, c'était ainsi que Charlotte avait imaginé Vadepied. Un antiquaire ne pouvait être façonné autrement que l'image qu'elle s'en faisait. Impardonnable cliché ! Vadepied était tout le contraire de cette caricature. Ce fut un play-boy, aux trait réguliers, dans la force de l'âge, habillé avec goût, qui l'accueillit, elle, Rudini et Rap.

Mais avant que le charmeur-très-bel-homme ne leur souhaite la bienvenue, une voix se fit entendre, singulière et roulée : « Bonjourrrr les clients. Brrravo, bonne adrrresse. » Puis la voix s'adressa à Rap : « Chien crrrétin à la niche. »

Tout sourire hollywoodien, Vadepied courut présenter le coupable perché près d'un jardin miniature où coulait une cascade :

— Cyrano, perroquet gris africain, pour vous servir les bêtises que les humains lui apprennent.

Rudini s'approcha de la cage, fasciné par les dons de l'oiseau.

— Il est magnifique… Et naturellement, à Bergerac, vous l'avez appelé Cyrano.

— Eussions-nos vécu à La Bourboule qu'il ne se serait pas appelé autrement : avec lui, on n'a jamais le dernier mot. Il ne permet pas qu'un autre le lui serve.

Charlotte apprécia le vocabulaire du charmeur. Son langage n'était ni celui d'un gâteux ni d'un fourgue des basfonds. Ce type avait de la classe. Mais en dépit de ses qualités, ce gars était un recéleur qu'elle était venue bousculer.

— Jules Vadepied, s'inclina-t-il. Puis-je vous renseigner ?

— Commandant Auduc, fit-elle en sortant sa carte, accompagnée du lieutenant Rudini ici présent près de votre perroquet, et de Rap, auxiliaire de police.

Visiblement, Vadepied ne fut pas impressionné.

— À quelle brigade appartenez-vous ?

— Aux stups, à la crim', à la mondaine, aux jeux, à la financière, aux œuvres d'arts volés, à tout ce que vous voudrez, nous sommes multicartes.

— Follement original ! vos collègues ne me l'avaient pas encore faite.

À l'écouter, ce type n'en était pas à son premier interrogatoire. Son ironie prévenait qu'aucun flic ne l'avait fait craquer. Aussi, considéra Charlotte, puisque les méthodes traditionnelles avaient toutes échoué, autant employer celles que sa hiérarchie faisait mine d'ignorer.

— C'est mieux qu'original, monsieur Vadepied, c'est une réalité. Nos compétences sont aussi étendues que les moyens dont nous disposons, pas toujours dans les clous, mais efficaces.

— Ben voyons, comme si vous étiez au-dessus des lois.

— Nous ne le sommes pas, dormez tranquille, intervint Rudini. Toutefois, il nous arrive de déraper. Auquel cas, nous ouvrons des parapluies spéciaux. Le commandant, par exemple, a le numéro privé du grand manitou national. Un simple appel et hop ! plus de dérapage. Ni vu ni connu, c'est magique.

Cependant qu'il parlait, Charlotte avait enlevé ses deux gants.

— Cette merveille de la technologie gauloise, fit-elle en actionnant *La Chose* sous le nez du charmeur, est l'outil idéal pour décoincer les labiales.

— Vous pratiquez la torture ? balisa Vadepied.

— Pas du tout, je me contente d'être maladroite.

Sur ce, elle saisit un presse-papier multicolore qu'elle regarda longuement avant de le briser d'une simple pression de ses doigts métalliques.

— Vous êtes folle ! s'écria le charmeur, c'était du verre de Murano.

Rap grogna ; il détestait qu'on insulte sa maîtresse.

— Maladroite, ai-je dit.

Et elle doubla le saccage avec une figurine africaine.

— Mais qu'est-ce qui cloche chez vous ?! Vous venez de bousiller une poupée fétiche nigérienne, une rareté de mille euros.

— Profits et pertes ! Votre comptable saura dans quelle colonne inscrire sa disparition.

— Que voulez-vous, à la fin ? De l'argent ?

Charlotte se planta devant lui en faisant claquer *La Chose*.

— Avons-nous l'air de ripous, monsieur Vadepied ?

— Vous avez l'air de fous, je vais appeler *la vraie* police.

— Essayez seulement de saisir votre combiné et je balade ma maladresse dans votre boutique.

Elle bloqua *La Chose*, fit semblant de réfléchir.

— Et puis non, c'est moi qui vais appeler les renforts. Des gens de mon équipe pas réputés délicats. Perquisition sauvage, ils s'en donneront à cœur joie pour répertorier ce que vous n'exposez pas.

— Sans mandat ?

— Mandat, commission rogatoire, procès-verbal, nous sommes au-dessus de ces chicaneries, mon cher. J'ai l'impression que vous n'avez pas compris qui je suis. J'ai le pouvoir de vous pourrir la vie sans que vos avocats puissent intervenir.

— C'est illégal.

— Non, c'est moderne.

— Je ne crains rien, je n'ai rien fait de mal.

— Comme l'agneau qui vient de naître? Archi-faux: vous ne savez pas bêler.

— Alors dites-moi ce qu'on me reproche.

— Requête légitime, monsieur Vadepied: on vous reproche de concourir dans un circuit de trois crimes. Trois crimes épouvantables. D'après nos informations, vous êtes en bonne position dans la découverte du coupable.

— Vous avez même un tour d'avance, lui asséna Rudini. Quand vos *partenaires* l'apprendront, je vous fiche mon billet qu'ils vous éviteront comme la peste.

Le charmeur s'effondra, il s'attendait à ce qu'ils le cuisinent sur ses activités parallèles, mais pas sur des affaires de sang. Un temps désarçonné, il remit ses nerfs en place et demanda d'une voix ferme:

— Qui sont les victimes?

— Très habile, monsieur Vadepied. Votre question tend à me faire croire que vous êtes innocent.

— Je ne suis pas un assassin.

— *To be or not to be*, pour l'instant vous êtes *to be*... Quant aux victimes, il s'agit de Jocelyn Sarrazignac, Gerbert Poumerol et Wilfrid Taillefesse. Vous ne lisez pas les journaux?

— Nationaux seulement. Rarement les régionaux.

Rudini prit le relais:

— Vous connaissez au moins deux de ces victimes: Sarrazignac dont vous avez acheté les bibelots que Taillefesse lui a volés, et Taillefesse lui-même, susmentionné le voleur.

— Sarrazignac, je ne vois pas, reprit-il de l'assurance, Taillefesse non plus.

— Ne jouez pas ce jeu avec moi, se fâcha Charlotte en réactionnant *La Chose*. Je sais que vous étiez le fourgue de Taillefesse. Alors parlez-moi de Taillefesse !

Il n'en eut pas besoin, Cyrano fut plus rapide.

« Taillefesse est un connarrrd ! Connarrrd, Taillefesse, connarrrd ! »

On n'est jamais trahi que par les siens, dit le proverbe qui venait encore d'avoir raison. Non sans jubiler, Charlotte salua Cyrano qui s'agitait dans sa cage sous le regard furieux de son propriétaire.

— Ah, là, là, pas de chance, monsieur Vadepied ! votre perroquet a spontanément collaboré. Allez ! à votre tour, le couvert est mis, passez à table !

Il n'y a pas de honte à perdre quand on est battu par plus fort que soi, se consola le play-boy. D'autant que, après une défaite, un bon traité peut limiter la casse.

— Bon, je tiens d'abord à répéter que je n'ai tué personne.

— Ces trois-là, sûrement, à moins que vous n'éleviez des serpents.

— Des serpents ? Qu'est-ce que des serpents viennent faire dans cette affaire ?

— Rien de plus qu'un *modus operandi* : nos trois victimes ont été mordues par un taïpan lâché sur elles par l'assassin.

— Diable !... mais qui n'est pas moi parce que j'ai horreur des reptiles… Sinon, qu'est-ce que je gagne si la mémoire me revient ?

— De nous voir quitter votre magasin, très joli du reste, et de vous oublier. Mais à la condition que votre mémoire en vaille la peine.

— Et mes… activités secondaires ?

— On s'en bat les narines. Ma proposition est-elle claire ?

— Limpide.

Les conditions du traité lui étant éminemment favorables, Vadepied fut, derechef, intarissable.

— Taillefesse est venu me vendre ses dernières *acquisitions* – c'est le terme employé dans ce milieu.

— Sa visite date de quand ?

— Mercredi.

— Ses *acquisitions* provenaient de chez Sarrazignac ?

— La règle, commandant, est de ne jamais dévoiler l'identité de *l'emprunté*. Je n'avais donc jamais entendu ce nom avant que vous ne le prononciez. Néanmoins, je peux vous décrire les pièces que je lui ai achetées.

Par le plus grand hasard, il s'agissait de figurines en argent d'animaux sauvages et de cinq pistolets anciens estimés à plusieurs milliers d'euros.

— C'est bien ce que Taillefesse a volé chez Sarrazignac. Sauf qu'il manque un objet dans cette liste : un coffret vaguement argenté. Il ne vous l'a pas proposé ?

— Non, je ne l'ai pas vu. Mais je sais qu'il existe.

— Comment cela, *vous le savez* ?

— En rigolant, Taillefesse m'a expliqué que Pépito s'estimait payé avec ce coffret, une sorte de boîte à chaussures qui ne vaut pas grand-chose.

— Vous a-t-il dit pourquoi ce Pépito y tenait ?

— Oui, pour y avoir trouvé des photos de son père.

— Des photos de son père ?

— Qu'il n'a pas revu depuis des années, d'où son amour pour ce coffret.

Charlotte et Rudini échangèrent un regard entendu : ce Pépito allait peut-être booster l'enquête.

— Qui est Pépito ? insista Rudini.

— Un jeune gars que je voyais pour la première fois. Taillefesse me l'a présenté comme son associé dans ce cambriolage.

— Pouvez-vous nous le décrire ?

— Bah… 20 ans ou guère plus, taille normale, type méditerranéen, je pencherais pour espagnol avec ses cheveux d'ébène, mince, pas de signe particulier.

« À la clairrre fontaine ! Ferrrmez le rrrobinet ! »

Soudain, Cyrano rappela sa présence aux bipèdes, rappel qui raviva la mémoire de Vadepied.

— Pépito a beaucoup apprécié mon jardin miniature. Il m'a parlé de mes plantes en les nommant sans se tromper, il m'a même conseillé de poser mon vriesea sur un lit d'argile. Un langage de pro. Je ne serais pas étonné d'apprendre que ce garçon est jardinier.

Tout ce qu'ils voulaient savoir étant su et même davantage, ils quittèrent Vadepied sur une ultime condition : rendre à Aurélie Sarrazignac ce qui avait été volé à son mari ; faute de quoi, leur accord ne tiendrait plus.

En regagnant leur voiture, Rudini, scandalisé, interpella Charlotte :

— Aviez-vous besoin de détruire deux œuvres d'art pour faire craquer ce pitre ?

Elle éclata de rire en pilant sur le trottoir.

— Écoutez-moi bien, Rudini : Vadepied est un escroc. Son presse-papier de Murano était un vulgaire sulfure à trois balles, et sa poupée nigérienne a été fabriquée en Chine. En conséquence de quoi, quand vous voudrez me parler d'art, documentez vous avant.

Loin de se vexer, Rudini fut rassuré : sa patronne ne se croyait pas au-dessus des lois.

Fourmi

De retour de Bergerac, la Peugeot s'arrêta à l'entrée ouest de la ville. Par prudence habituelle, Rudini s'était garé loin du centre de Sarlat. Avant qu'il n'aille récupérer sa voiture, Charlotte tint à faire un dernier point :

— Pas de nouvelles des chéquiers de Sarrazignac ?

— Aucune, Taillefesse ne s'en est pas servi. Pépito pas davantage. Ils doivent dormir dans un tiroir d'où ils ne sortiront jamais.

— C'est aussi mon avis. Il n'y a que les voyous débiles qui payent avec des chèques volés… Sinon, l'os de bison est-il entre de bonnes mains ?

— Je suis attendu à Bordeaux par un copain qui va l'analyser.

— Alors je vous libère… À plus tard et bonne route.

Rudini sortit de la Peugeot, mais à peine fit-il un pas que Charlotte le retint *in extremis*.

— Un instant Rudini, j'ai une autre mission à vous confier.

— Qui consiste en quoi ?

— À vous renseigner sur Merlingeas.

— Merlingeas, le propriétaire du vignoble où le camion d'Étoilus est entré sauvagement ?

— Vous avez vu ça ? Si je n'avais pas eu de bons réflexes, il nous coupait en deux.

Rudini se souvenait au mot près de son coup de gueule : « Encore ces clowns, et en chauffards ! Mais qu'est-ce qu'ils glandent dans ce chai, ces tarés, ils sont abonnés au jaja ? » Ce qui n'expliquait pas le motif de sa demande.

— Si vous me disiez ce que vous cherchez, ça m'aiderait à le trouver.

— Je veux juste balayer une mauvaise intuition.

— D'accord, c'est donc prioritaire.

Sans plus insister, il lui resouhaita bonne journée et disparut pour de bon.

Comme dans toutes les villes, un samedi matin, Sarlat bourdonnait. Marchands et chalands discutaient, qui pour vendre, qui pour acheter. Le public se pressait autour du premier marché aux truffes et au foie gras de la saison. Midi se rapprochait, les négociations allaient bientôt s'achever. Charlotte eût volontiers fait le tour des étals si sa conscience professionnelle ne l'en avait empêchée. Priorité à l'enquête, branle-bas de combat, direction la gendarmerie.

Avec son cachet séculaire, le décor extérieur de celle-ci n'avait pas changé. Pas plus que l'intérieur résolument moderne. Au-delà-des ordinateurs et des tableaux de papier (*flip-chart* en langage tertiaire), Charlotte aperçut Bouche-noire. La fitnesseuse s'entretenait avec Harpillard et Cocault. Heureuse conjonction, c'était au trio réuni qu'elle tenait à s'adresser.

Son retour fut salué avec soulagement par Bouchenoire :

— Heureuse de vous revoir. La pèche a été bonne ?

— Oui, j'ai ferré du gros. Sinon, encore pardon de vous avoir lâchée brusquement à l'hôtel. Mais reconnaissez que je laissée en excellente compagnie, minauda-t-elle avec une pointe d'ironie.

Les joues de la fitnesseuse s'enrobèrent d'un rouge très apprécié sur Mars.

— Absolument, votre ami Jacques est un homme charmant. Nous avons sympathisé avant qu'il ne reparte à Fronsac. J'espère que j'aurai l'occasion de le revoir.

— Il n'y a aucune raison pour que ça ne se fasse pas. Pour parodier Prévert, Sarlat est tout petit pour ceux, qui comme vous, s'estiment énormément.

Sa petite vacherie lâchée, Charlotte passa à Harpillard occupé à caresser Rap.

— Quoi de neuf depuis hier, adjudant ?

La mine dégoûtée, Harpillard lâcha sur un ton morne :

— Un article dans le journal qui nous cause bien du souci. Le téléphone n'arrête pas de sonner. C'est fou le nombre de gens qui ont vu la Coulobrine.

— Et même Dracula, s'ingéra Cocault. Un imbécile m'a conseillé de le piéger au dentifrice.

— Blague de potache, pouffa Charlotte, un pari de jeune comme on en a tous fait. Mais bon, j'ai dit avoir ferré du lourd, je vais donc vous en parler.

Avant tout chose, Charlotte s'écroula dans un fauteuil.

— Je ne vous citerai pas mes sources, elles sont confidentielles.

Bornage intolérable ! Pour Bouchenoire, sentinelle de la loi, tout ce qui sortait du Code était nul et non avenu. Or,

Auduc, à l'entendre, paraissait s'en ficher. Citoyenne elle était, citoyenne elle défendait ses valeurs.

— Cette absence de transparence me gêne, commandant. Sans témoin pour ratifier ce qu'on avance, on ne peut rien prouver devant un tribunal. En matière de justice, la démocratie nous impose des règles que nous devons respecter.

Belle profession de foi partagée par Harpillard et Cocault qui l'approuvèrent d'un signe de tête. Charlotte l'apprécia également, mais à double titre. Bouchenoire venait de lui démontrer, *primo*, qu'elle était légaliste et, *secundo*, le contraire d'une serpillère – ce qui était loin de lui déplaire.

— Vous avez raison, lieutenant, je rephrase donc : ce que je ramène est le résultat d'un travail de fourmi, et si j'ai promis l'anonymat à certains, ce qu'ils m'ont appris est à verser intégralement au dossier. Il n'y a pas de lézard, Tout est propre et vérifiable. Cette version vous convient-elle mieux ?

— Affirmatif. Si c'est transparent, ça me va, c'est légal.

Bouchenoire étant rassurée, elle put enfin commencer.

— Éclairage premier : je sais qui a cambriolé Sarrazignac. C'est quelqu'un que vous connaissez tous.

Puisque son récit démarrait avec une devinette, Cocault ne put se retenir de plaisanter :

— Serait-ce un homme avec des grosses canines qu'on piège au dentifrice ?

— Non, brigadier, mais il dort comme lui dans un cercueil. Ou, plutôt, s'apprête à y dormir la semaine prochaine.

— Je vois qui c'est, fit Harpillard, c'est bac moins six.

— Taillefesse ? reprit Bouchenoire, étonnée. Ce petit voleur de vélos serait passé à la vitesse supérieure ?

— Oui, je crois même que c'est le cambrioleur que vous traquez depuis des mois… et qui ne cambriolera plus les élites comme vous les appelez.

— Je vais faire un tour chez lui, grogna Cocault, il n'a pas dû tout fourguer.

— Quoi qu'il ait vendu ou pas, vous y trouverez au moins des preuves de sa culpabilité.

Parce que taper sur deux clous à la fois foire à tous les coups, Charlotte s'était abstenue d'interroger Vadepied sur les autres cambriolages. Le play-boy se serait réfugié dans un silence qui avait déjà usé les nerfs de ses collègues… et elle avait mieux à faire.

— Par ailleurs, les objets volés à Jocelyn Sarrazignac seront restitués à sa veuve. Aurélie devrait les récupérer lundi.

— Et avec eux un peu de son moral, s'en félicita Harpillard. Bravo ! tout est bien qui finit bien.

— Pas du tout, protesta Bouchenoire, ça ne fait que commencer ! Ce tour de passe-passe manque *fichtrement* de transparence. J'aimerais savoir par quel miracle ces objets lui seront rendus.

Manque de chance pour Bouchenoire, Charlotte était imbattable sur ce terrain :

— J'ai bien retenu que vous associez la transparence à la légalité.

— Affirmatif.

— Alors, puisque la légalité vous guide, mener une enquête sur cette restitution ne serait pas légal.

— Pourquoi cela ?

— Parce qu'il n'y a pas eu de plainte, Sarrazignac s'est refusé à en déposer une. En conclusion de quoi, mener une enquête qui n'a jamais été ouverte, sur un vol qui n'en est plus un, manquerait pour le moins *fichtrement* de transparence.

Cocault fit signe à sa chef de laisser tomber.

— Le commandant a raison ; on se consolera avec ce qu'on trouvera chez Taillefesse.

— D'accord, capitula Bouchenoire, mais je suis déçue.

— De ne pas comprendre un tour de magie ?

— Non, vous dites avoir ferré du lourd et je ne vois que des anchois.

— Vous exagérez, lieutenant, c'est plus gros que des anchois. Mais peu importe, j'ai gardé l'espadon pour le dessert.

Elle se leva, s'empara d'un marqueur et écrivit *Pépito* sur un petit tableau blanc.

— Pépito est le nom, ou le prénom, ou encore le pseudo du complice de Taillefesse dans l'affaire Sarrazignac. Ne me demandez pas comment je le sais, ou je vous tanne avec la transparence.

Une fois suffisait, ils n'insistèrent pas.

— Notez son pedigree, continua-t-elle à écrire, ce garçon a dans les 20 ans, il est de taille moyenne et ses cheveux sont noirs comme ceux d'un Andalou. Il paraît qu'il en a le type. Supplément au programme, il ne voit plus son père depuis longtemps.

— Un divorce ? risqua Harpillard.

— Pouce ! je n'en sais rien. Je vous livre ces infos brutes de décoffrage. J'ai retenu par ailleurs que Pépito était un crac en horticulture. Possible qu'il soit jardinier. Ou pépiniériste en herbe si le ridicule m'autorise à employer cette formule.

Elle reposa le marqueur.

— Pour en terminer, Pépito a gardé un coffret argenté qui ne sera pas rendu à Aurélie Sarrazignac.

— Qui vaut beaucoup d'argent? insista Harpillard.

— Trois cacahuètes maxi. En revanche, il contient des photos auxquelles Sarrazignac tenait énormément. Peut-être aussi des lettres. Il faut le récupérer.

Elle se tourna vers Bouchenoire.

— Je vous passe le relais, lieutenant. C'est votre région, vous la connaissez mieux que moi. Si Pépito il y a, vous le retrouverez.

La fitnesseuse ne perdit pas une seconde.

— Harpillard et Cocault, vous devinez ce que je vais vous demander.

— Oui, lui confirma Harpillard, écumer les pépinières et les jardineries.

— Ainsi que les écoles d'horticulture, compléta Cocault.

— OK, ça marche. Moi, je m'occupe des employés des parcs et des jardins.

La machine était en route, Charlotte pouvait partir. Elle appela Rap et lui mit sa laisse.

— Puis-je savoir où vous allez fouiner? s'inquiéta Bouchenoire.

— Bien sûr: là où mon travail de fourmi me réclame.

Le bourg où Adriel était censé vivre comptait une quinzaine de maisons. Comme dans toute localité du Périgord Noir, la plupart se paraient de pierres de Mauzens et se couvaient de lauzes.

Celle d'Adriel était de cette facture avec, en prime, un petit jardin.

Or, à la stupéfaction, ébahissement et incompréhension de Charlotte, sa maison était pimpante et son petit jardin joliment entretenu. Les arbres étaient taillés, les allées ratissées, la porte avait été repeinte.

— Pour un mort de longue date, le cousin est soigneux. Que penses-tu de ce miracle, mon bon chien ?

Le beauceron s'en moquait, absorbé par sa recherche de chiendent dépuratif. Charlotte le laissa vagabonder, fit quelques pas et tourna autour de la demeure. Bien qu'il fît encore jour, les volets étaient fermés. Pas âme qui vive à l'intérieur. La boîte aux lettres, neuve elle aussi, ne renfermait ni pli ni prospectus.

Son manège alerta un voisin qui sortit de sa demeure, identique à celle d'Adriel. Pour Charlotte, l'homme faisait partie de la secte des barbus à poils blancs, dite secte des copiés-collés, reconnaissables à leurs système pileux et aux vélos qu'ils enfourchent de bon matin. Sauf que celui-là n'avait pas de vélo. En revanche, il était vigilant.

— Madame ! la héla-t-il, je peux vous aider ?

Sa main tendue était suspicieuse. Que fichait cette bonne femme devant une maison inoccupée ? Préparait-elle un mauvais coup ?

— Commandant Auduc, présenta-t-elle sa carte pour la millième fois, sans toutefois délirer sur un service fumeux.

— Ah ! très bien, fut rassuré le vigilant barbu, moi c'est Henri Lucas, retraité.

— Enchantée, monsieur Lucas, et la réponse est non, vous ne pouvez pas m'aider. Mais me renseigner, certainement.

— J'en serai ravi, de quoi s'agit-il ?

Elle s'approcha de la barrière derrière laquelle il se tenait prêt à défendre son bien, le monde étant devenu plus dangereux qu'autrefois…

— D'Adriel Biderman. Le connaissez-vous, l'avez-vous vu récemment ?

— Baaaaah…

Le visage de Lucas, en lame de couteau, s'étira un peu plus avec sa mâchoire grande ouverte.

— Baaaaah… Vous savez, je n'habite ici que depuis trois ans. J'ignore à quoi il ressemble.

— Dois-je comprendre que, en trois ans, vous ne l'avez jamais rencontré ?

— Non, jamais. À ce que mes voisins m'en ont dit, M.

Biderman travaille à l'étranger. En Israël, ai-je retenu.

— Qui leur a dit qu'il travaillait là-bas ?

— Des voisins qui le tenaient d'autres voisins qui le tenaient d'autres voisins.

Autrement dit de l'ours qui avait vu l'ours qui avait vu la bête.

— Pourtant, quelqu'un doit bien s'occuper de sa maison.

Ne serait-ce que de son jardin qui est impeccable.

— Merci, c'est gentil.

— Pourquoi est-ce gentil ?

— Parce que le jardinier, c'est moi.

— Ah bon ?

— Oui, on me l'a demandé, j'ai accepté. Et puis ça m'occupe, ça me change du vélo.

Puisqu'il possédait un vélo, s'en félicita Charlotte, le barbu à poils blancs appartenait bien à la secte des copiés-collés.

— Puis-je savoir qui vous a demandé ce service ?

— C'est important ?

— Monsieur Lucas, je n'ai pas pour vocation de poser des questions inutiles.

— Pardon, je n'avais pas non plus à vous poser la mienne.

— Alors, qui est-ce ?

— Son cousin.

La tête de Charlotte fit un tour de manège, son cœur bondit comme un kangourou fou. Le moral en faillite, elle dut faire un effort pour se préparer au pire.

— Comment s'appelle-t-il, ce cousin ?

— Pareil : Biderman.

C'est bien ce qu'elle craignait... À moins que...

— De quoi a-t-il l'air ? C'est encore plus important, monsieur Lucas.

— Ben... D'un homme en bonne santé, sportif, bien pour son âge.

— Son âge, quel âge ?

— Disons la bonne quarantaine, pas loin de la cinquantaine. Il est très *smart*, comme on disait avant, avec sa barbe blanche taillée moderne. Je crois qu'il est prof d'histoire ou quelque chose de ce genre.

Bénis soient les barbus à poils blancs, exulta Charlotte dans son for intérieur, et vive la secte des copiés-collés !

Sur la route du re retour, elle contacta Badigeon.

— Ça vous brancherait un papier sur le trésor des Templiers ?

Puis ses instructions données, elle appela Rudini.

— Il faut qu'on parle, lieutenant. Venez me voir à mon hôtel quand vous reviendrez de Bordeaux.

Taupe

Même le dimanche, aux premières lueurs, Sarlat résonnait de mille échos. Si New York est la ville qui ne dort jamais, Sarlat est la ville qui se lève tôt.

Charlotte y badaudait avec Rap. Elle s'était accordée un entracte avant de retourner dans la fournaise.

Faute d'avoir pu traîner son nez dans le marché, elle baladait ses yeux sur les vitrines. L'odeur y était absente, mais le spectacle donnait faim. Si la gourmandise est un péché, Sarlat est l'antichambre de l'enfer. Jusqu'à ce matin, Charlotte était persuadée qu'il n'y avait que deux recettes de foie gras. Or, elle en découvrait quantité d'autres, dont une aux figues qui lui fit diablement envie, plus de multiples terrines, des saucisses de canard, des magrets, des cous d'oies farcis, des confits… Appel urgent de Mercier.

Que se passait-il pour qu'il l'appelle un dimanche avant la première messe ? Le grand sachem de la rue du Faubourg-Saint-Honoré avait-il la rougeole ?

— Charlotte Auduc. Bonjour Mercier.

— Bonjour, commandant. Alors, c'était comment Bergerac ?

Cependant… Et même un peu avant…,

En bon petit soldat, Rudini avait pris position à l'aube. Le commandant Auduc l'avait prié de suivre Zumbrunn dès l'aurore. Perfectionniste, le faux voleur de poules s'était garé bien plus tôt au cimetière de Vézac. Or, terrible coup du sort, son amour du métier n'avait pas été récompensé. Ni aube ni aurore, ce ne fut qu'aux environs de 10 h que le pseudo- sorbonnard quitta ses quartiers. Ce feignassou avait dû faire la grasse.

Rudini ne dormait que d'un œil. Dès qu'il aperçut son 4X4, il ouvrit le second et mit le moteur en marche. Expert ès filature, il suivit l'imposteur à distance respectable, ralentit dans les cingles, accéléra pour traverser la rivière qui n'est pas un fleuve, et reralentit de nouveau dans la vallée de la Dordogne. Puis il longea l'interminable rempart de Domme derrière le cul pollueur du 4X4.

Pas longtemps.

Zumbrunn l'entraîna jusqu'au bourg où Adriel était censé habiter. Charlotte lui avait décrit sa maison. Elle lui avait aussi parlé de Lucas, le barbu jardinier qui n'avait jamais vu son voisin. Elle lui avait aussi parlé de Jacques et de tout ce qu'elle s'était juré de ne jamais dévoiler. Adriel, Éva, Badigeon, elle lui avait tout raconté jusqu'à plus de minuit. Information, confidences, l'exercice lui avait été pénible. Mais, avait-elle conclu, ils formaient une équipe qui ne pouvait fonctionner qu'au prix de la sincérité. Même si confier ses désillusions lui en coûtait beaucoup.

Sans surprise, le 4X4 s'arrêta devant chez Lucas. Le problème de Rudini fut de trouver un endroit pour se garer discrètement.

Il en dégota un à la sortie du bourg, en bordure d'un champ de pommiers. Deux kilomètres à pied ne l'effrayaient pas. Judoka assidu, marathonien émérite, ses jambes étaient des rocs. À l'inverse, son corps, dans la froidure de décembre, supportait mal l'immobilisme. Pour surveiller la maison d'Adriel, correctement s'entend, Rudini ne put se dissimuler que derrière un arbre. Longtemps. Très longtemps. À une température proche de 5°C.

C'était dans ces moments qu'il regrettait de ne pas avoir choisi les douanes.

À la même heure, ailleurs…

Dans le parc de *La Dordonia*, Charlotte examinait de près les pierres de la petite chapelle. Dubitative. Perplexe.

Ils se foutent du monde, nos universitaires, il n'y a pas plus d'inscription effacée que d'indigents au Jockey Club… Je sais, mon chien, la comparaison est idiote, mais le vent du Périgord berce mon moi surréaliste.

Rap n'en eut rien à croquer, absorbé par la recherche d'un quelque chose que sa maîtresse ne pouvait entendre. Et cette chose ultrasonique était toute proche.

Pas un client, pas un cuistot, pas un serveur, *La Dordonia* affichait fermé. La gastronomie n'y reprendrait ses droits qu'après les funérailles de son chef.

« Ouah-Ouah ! » se manifesta Rap, le museau dirigé vers le chapiteau d'une colonne en délit, ou, en langage profane : vers le haut d'une colonne décollée du portail.

— Qu'est-ce que tu as vu ? s'inquiéta Charlotte. Un nid d'oiseau ?

Elle s'approcha de la colonne, se hissa sur la pointe des pieds pour regarder ce qu'il y avait entre le chapiteau et le mur, et s'écria en inspectant la niche :

—Waouh!… Les Templiers, mon œil!

Sa religion était faite. *La Dordonia* n'avait plus rien à lui apprendre.

Elle retourna à Sarlat.

Une filature à 5°C est le meilleur moyen de décrocher un rhume.

Ce fut avec une joie indicible que Rudini regagna sa voiture, les os gelés, le nez coulant comme une fontaine. Cloîtré dans la maison d'Adriel, Zumbrunn n'en était reparti qu'une heure après y être entré.

Les ordres étant les ordres, le faux voleur de poules s'apprêta à reprendre sa planque. Mais le contre-ordre tomba avant même qu'il ne démarre:

— Laissez tomber Vézac, ce n'est plus la peine de suivre Zumbrunn.

— Il y a un os, commandant?

— Pas du tout. Je vous attends à mon hôtel pour tout vous expliquer.

Perplexe, quinze kilomètres plus tard, Rudini retrouva Charlotte à une table du bar. Elle souriait, radieuse, et s'était fait servir quelques bulles de champagne.

— Bonjour, lieutenant, lança-t-elle joyeusement en levant sa flute, ne discutez pas, je vous commande la même chose.

— Pendant le service? Ma foi, pourquoi pas si vous me dites ce qu'on fête.

— La sainte bande de fumiers. Des bienheureux que je vais rendre malheureux.

— Pauvres gens… Que Dieu leur vienne en aide, plaisanta-t-il en s'asseyant.

— Je crois que Dieu se fout de ce que je leur réserve.

Jusqu'à ce jour, je les ai asticotés. Changement de programme, je vais les griller. Pour fumer, ça va fumer. Je vous promets un barbecue de légende: un barbecue de cons.

— Vous me donnez la recette?

— Détendez-vous d'abord, ça peut attendre deux minutes.

Charlotte fit signe au barman d'amener une deuxième flute. Rudini profita de cette pause pour lui rapporter ce qu'il avait vu – qui se résumait à presque rien:

— Zumbrunn est resté une heure dans la maison d'Adriel. Il ne l'a pas aérée, il n'a même pas ouvert les volets, à se demander ce qu'il y a fabriqué.

— En une heure, on en fait des choses interdites.

— Oui, mais quoi?

— Un peu de patience, lieutenant, on va bientôt le découvrir.

Le barman apporta la coupe commandée, ils trinquèrent, lampèrent une larmiche de brut, puis Charlotte vida son sac:

— Une conversation *et* une découverte ont achevé de me prouver qu'on se foutait de moi.

— Vous le supposiez déjà.

— Mais maintenant, c'est bétonné. Jugez du peu… Elle reprit sa respiration.

— Mercier est mon contact à Paris. Je ne vous ai jamais parlé de lui. C'est un homme de l'ombre, de pouvoir, dont le nom n'est certainement pas Mercier. Disons que ce personnage me facilite la vie.

— Mercier ou Tartempion, je me doutais bien que vous aviez un joker en haut lieu.

— Oui, j'en ai un, et ce joker m'a appelée pour me reprocher de ne pas avoir arrêté Vadepied. Il m'a même donné des arguments pour l'envoyer en taule.

— Vous lui aviez demandé son avis ?

— Non, je ne lui avais même pas dit que j'allais à Bergerac.

— Comment se fait-il qu'il soit au courant de vos déplacements ?

— Mercier sait tout sur tout, c'est son métier de tout savoir. Sauf que là, c'est trop gros. Mon cher joker se fout de ma gueule.

Elle rebut une larme de champagne pour s'éclaircir la voix.

— Il est indéniable que Mercier a été prié de m'éloigner du Périgord. Pourquoi, demanderez-vous ? Parce que je gêne, lieutenant. Des crétins m'ont envoyé à Sarlat par erreur, et cette erreur doit être réparée, quitte à sacrifier un innocent.

Indigné, Rudini en vida sa flûte d'un trait.

— Voilà pour mon échange gothique avec Mercier. Ma découverte est encore plus gothique, je suis certaine qu'elle va vous plaire.

— Et c'est ?

— Une taupe.

— Une taupe ?

— Une caméra dissimulée dans la chapelle de *La Dordonia*.

— Oh ! Véridique de chez vrai ?

— À cent pour cent. Zumbrunn et associés l'y ont installée pour observer les gens qui s'y promènent.

Le front du faux voleur de poules se plissa.

— À quoi leur sert cet espionnage insensé ?— Probablement à créer un fichier, une *binette-othèque* ou un truc de ce genre.

Charlotte s'assura que personne ne l'écoutait et, rassurée, poursuivit.

— Je ne vous ai pas tout dit, cette nuit.

— C'est moche de cacher des infos à la police.

— Je corrige donc le tir : il y a un an, Badigeon a vu Jacques en compagnie d'officiers supérieurs. Lui-même portait un uniforme. Tous ces grands galonnés dînaient à *La Dordonia.*

— Waouf! il est coquet votre couple, s'étrangla Rudini.

— Il est surtout en péril. Mais qu'importe, revenons à nos moutons : où trouve-t-on des galonnés dans ce secteur ? À Domme, évidemment, où se situe une cellule dont l'existence est niée par les autorités. Et pour cause, la DGSE y a développé *French Echelon* en coopération avec le Royaume-Uni. Si on en croit la rumeur, *French Echelon* est une base de données dédiée à l'espionnage des communications. Il se raconte qu'on y enregistre vos bavardages, qu'on y lit vos courriels et qu'on y capte vos mots de passe, ce qui est illégal et, par conséquent : secret.

Tout devint clair dans l'esprit de Rudini.

— Mouais… Ces officiers doivent être les cibles de malintentionnés..

Et il réalisa :

— On vous a expédiée dans une guerre souterraine.

Anguilles

Ils avaient attendu que les horloges les autorisent à revenir.

À deux heures dix-sept du matin, les membres des copiés-collés dormaient du sommeil du juste. Lucas, comme tout barbu cycliste à poils blancs, devait rêver au Tour de France. Ils ne le dérangeraient pas.

Même quand on est flic, forcer la porte d'une maison, en l'occurrence celle d'Adriel, est un acte répréhensible. Pourtant, c'est le délit qu'ils commettaient.

Pour l'ouvrir légalement, Charlotte aurait pu demander une commission rogatoire. Mais au nom de quoi ? Rien ne justifiait sa démarche. Nonobstant, si la procureure avait accepté de lui en délivrer une, elle aurait quand même opéré en douce. Charlotte avait ses raisons pour jouer les Fantômette, raisons qu'elle expliqua à Rudini occupé à chatouiller la serrure de la porte d'entrée :

— Zumbrunn est protégé par l'Olympe des barbouzes. Si je tentais quoi que ce soit d'officiel contre lui, j'aurais droit à un retour immédiat à Limoges sous un prétexte bidon.

— Il est si protégé que ça ?

— Sorbonne, étude et fantaisie, sa couverture nous le prouve. La bonne nouvelle est qu'il ne pointe pas du côté obscur. Mais j'ai le droit de me tromper.

— Et la mauvaise ?

— Cette maison va sans doute me l'apprendre.

— Eh bien vous n'avez plus qu'à y entrer, se courba-t-il en poussant la porte. Après vous, commandant.

Ils attendirent qu'elle soit refermée pour allumer leurs lampes torches. Leurs faisceaux éclairèrent ce qu'ils ne s'attendaient pas à voir, à savoir des pièces vides. Pas une table, pas une chaise, pas un clou, la nudité totale, angoissante, lugubre, en blanc intégral des plinthes jusqu'au plafond.

— Ce qu'il y a de bien là-dedans, c'est que c'est propre, ironisa Rudini.

— Le ménage est facile à faire, rien n'y retient la poussière. Un seul meuble vous manque et tout est dépeuplé, mais là c'est dévasté.

Ils parcoururent le salon, la salle à manger, inspectèrent la cuisine, la salle de bains, les placards, sans trouver ne serait-ce qu'une punaise.

Dépités, ils revinrent dans l'entrée où démarrait un escalier.

— On aura peut-être plus de chance à l'étage, grommela Charlotte, un pied posé sur la première marche.

— Je croise les doigts pour.

— Et moi ceux de *La Chose*. Zumbrunn ne passe pas des heures dans cette baraque pour admirer les murs. Il y traficote du malsain.

En grimpant derrière Charlotte, Rudini libéra une question qui lui rongeait le crâne :

— Il y un truc que je ne comprends pas. Pourquoi vous en prenez-vous à Zumbrunn ? Sauf si j'ai loupé un épisode, ce gars n'a tué personne.

Parvenue à l'étage, Charlotte se retourna pour lui faire face :

— Vous ne comprenez pas *mais* une idée vous tracasse. Je vous connais, lieutenant, dites-moi ce qui vous démange.

Rudini attendit d'être à sa hauteur pour se vider de ses doutes :

— Votre motivation. Depuis que vous m'avez confié vos *déconvenues*, j'ai l'impression que Zumbrunn vous sert à régler vos comptes.

— Avec Jacques ?

— À qui d'autre pourriez-vous en vouloir ? Et puis reconnaissez que Jacques, Adriel et Zumbrunn n'ont rien en commun avec les trois mordus. Pardonnez ma franchise, commandant, mais j'ai l'impression que vous confondez les trios.

Dans la pénombre, Rudini ne remarqua pas le sourire de Charlotte.

— Je vous dois un aveu, lieutenant : ce n'est pas seulement pour vos talents que j'aime travailler avec vous, c'est aussi pour votre franc-parler.

— Heureux de l'apprendre.

— Cela dit, est-ce que je me venge ? Eh bien non, pas du tout, parce qu'entre ces deux trios il y a forcément un lien tombé de l'Olympe. J'ignore à quoi il ressemble, mais je sais, je dis bien *je sais*, qu'il est la clé de cette enquête. Quand je trouverai ce fichu lien, je saurai qui a tué Sarrazignac, Poumerol et Taillefesse.

Pas vraiment convaincu, Rudini insista :

— Puisque vous appréciez ma franchise, autant que j'en profite : d'où le sortez-vous *ce lien* ?

Charlotte grigna. La réponse, en filigrane, annonçait la fin d'une complicité.

— De la bouche de Mercier. S'il m'a parlé de Bergerac, maladroitement, c'est parce qu'on lui a demandé de me convaincre que Vadepied est la solution de ces affaires. Il est donc là, le lien : dans les hautes sphères.

L'argument ne se discutait pas. Les doutes de Rudini en fondirent comme de la mousse dans un capuccino.

— C'est ballot pour une tête de ce niveau, parvint-il à articuler, navré d'avoir douté de sa chef.

— Je suppose que des dieux barbouzeux lui ont activement *conseillé* de me pousser hors de Sarlat. Je n'y ai que trop traîné pour un simple infarctus.

Elle recouvrit son sourire.

— En conclusion, si Zumbrunn n'avait rien à voir avec ces crimes, ces dieux se ficheraient de mon enquête. Il y a donc un lien. Dois-je ajouter CQFD ?

Non, inutile. Rudini s'inclina sans discuter.

— OK, commandant, prêt à vous suivre. On fait quoi à présent ?

— On pousse les portes.

Il y en avait deux sur le palier.

Derrière la première, ils découvrirent ce qui avait été une chambre. Comme les précédentes pièces, elle était vide et ses murs étaient blancs.

Plus qu'une à visiter. Ils y entrèrent le cœur battant, balayèrent les murs avec leurs torches et soufflèrent, soulagés.

— *Deo gratias !* s'exclama Rudini.

— *Da, etot raz, my derzhim yego*[1]. C'est ici que Zumbrunn traficote.

Ils s'accordèrent une demi-pause libératrice, puis avancèrent vers des tables alignées le long du plus grand mur. S'y côtoyaient des ordinateurs, des grands écrans, des imprimantes, des machines high-tech qu'ils ne connaissaient pas et des appareils compliqués sans marques ni logos. Charlotte les considéra avec une moue incrédule.

— Vous savez à quoi servent ces engins, lieutenant ?

— Négatif, jamais vus ces bouzins.

— Il y a des boutons partout, j'appuie sur les « *on* », on verra bien.

Geste qu'elle joignit à la parole pour un résultat nul. Des loupiotes clignotèrent, les écrans s'allumèrent, mais sans que rien de concret n'apparût.

— Vaut mieux que j'éteigne avant que ça tombe en panne. Nos zozos comprendraient qu'un intrus a touché à leurs jouets.

Rudini lui montra un petit boîtier noir.

— Un instant, commandant, vous n'avez pas allumé celui-là. On ne sait jamais, mettez-le en marche, il faut croire aux miracles.

— C'est demandé avec tant de foi, dit-elle en effleurant une touche. Mais après, on remballe.

S'ensuivit un moment chargé d'espoir et de pré-résignation. Marcherait. Marcherait pas. Marcherait. Marcherait pas. Marcherait. Marcherait pas. Marcherait…

— Ça fonctionne, commandant !

---

1 Oui, cette fois, on le tient.

— Oui, super, mais ne criez pas comme ça, vous allez réveiller le voisin.

Elle-même faillit sauter de joie en découvrant des images sur les écrans, ou plutôt des lieux qu'elle reconnut malgré l'obscurité ambiante.

— Le parc de *La Dordonia*, vu de nuit depuis la chapelle.

— Et là, enchaîna Rudini, les grottes surveillées par les caméras de mon copain l'écureuil… Ce sont elles que Zumbrunn et son collègue ont installées dans les arbres.

Ils restèrent longtemps sans parler devant ces images fixes, comme médusés par leur découverte.

— Allez, se réveilla Charlotte, on se replie. Zumbrunn est un fouille-merde, reste à savoir ce qu'il cherche. Mais avec précaution, ce type et ses amis sont des anguilles. Quand vous croyez les tenir, ils vous glissent entre les mains.

— Je vais refouiller la forêt de l'écureuil. Ces zozos y ont peut-être laissé un truc intéressant, du genre à nous éclairer sur ce qu'ils mijotent.

— Bonne idée. De mon côté, je me concentre sur Pépito.

Elle éteignit les appareils et, soudainement, se figea comme une statue de Praxitèle.

— Vous allez bien ? s'inquiéta Rudini.

— Très bien…Vous avez remarqué qu'il y a trois imprimantes ?

— Oui… Où est le problème ?

— Il est que qui dit imprimantes dit imprimés. Zumbrunn a forcément imprimé des documents dans ce bureau. Or, comme c'est ici qu'il bosse, ces documents sont près de nous. Vous savez quoi, lieutenant ? Il faut trouver où il les range.

Rudini n'attendit pas qu'elle se mette à fouiner pour cogner sur les murs. Il fit le tour de la pièce à toute allure et s'écria, triomphant :

— Celui-là est creux ! *Il fit glisser les portes.* Il est tellement creux que c'est un placard… C'est même une niche aménagée, l'examina-t-il avec sa lampe.

Arrivée près de lui, Charlotte s'extasia :

— Ce n'est pas une niche, c'est la grotte de Monte-Cristo version périgourdine. Regardez ça, Rudini, n'est-ce pas un trésor cette galerie de portraits ?

— Affirmatif, qui valident votre théorie du lien.

Collées les unes près des autres, des photos des acteurs de l'enquête remplissaient un tableau punaisé sur le mur. Sarrazignac, Poumerol, Peruque, Devieilletoile y étaient à l'honneur. Curieusement, remarqua Charlotte, Taillefesse manquait à l'appel. En revanche, un quidam qui n'avait rien à y faire y figurait en bonne place.

— Patrick Merlingeas, vigneron, producteur de bergerac, bienfaiteur des Côteaux du Céou, membre éminent d'une assoce contre le crabe, ami des gens du cirque… Qu'est-ce qu'il fiche sur ce tableau, ce saint homme ?

Circonspect, Rudini suggéra :

— À votre place, je lui rendrais visite.

Gazelle

Les augures avaient prédit que ce jour commencerait par une confirmation...

Elle n'avait que peu dormi, moins de cinq heures, mais Charlotte se sentait en pleine forme.

Après une douche revigorante, elle ouvrit son ordi en prévenant Rap :

— Je lis le papier de Badigeon et je te sors après. Promis, je n'en ai que pour cinq minutes.

Rap bâilla, nonchalant. Il faisait froid dehors, il se prélassait sur le tapis, au chaud, et n'était pas pressé de se geler le poil comme un chien de traîneau.

L'article s'afficha sur l'écran. Gourmande de sensations, Charlotte le lut avec délice.

« *Le trésor des Templiers serait-il enfoui dans le Périgord Noir ?*

Depuis quelques semaines, il n'a pas manqué aux habitant du Sarladais d'apercevoir un trio de curieux arpenter la région. Informations prises, il s'agit d'historiens renommés, spécialistes de l'ordre du Temple. Que nous vaut l'honneur de les accueillir dans le Périgord Noir ? Quel est le but de leurs recherches ? Seraient-ils sur le point de découvrir le trésor des Templiers qui, si on en croit la légende, serait enterré dans les environs ?»

Charlotte éteignit son PC, excitée comme une gamine qui a fait une bonne blague. Si, comme elle l'escomptait, cet article touchait sa cible, les chasseurs de trésor afflueraient dans le canton. Pendules et baguettes de coudrier seraient bientôt de sortie. Les radiesthésistes s'en donneraient à cœur joie. Jumelles pendues au cou, une armée de cinglés traquerait les trois zozos. Ce serait le chaos. Une horreur. Le bordel permanent.

— Quand il lira ce papier, Zumbrunn n'aura plus le choix, il devra se remuer les miches pour échapper à ces cons. Comment s'y prendra-t-il ? J'aurai bientôt la réponse. Élémentaire, mon chien : quand on panique, on se les bouge mal, on commet des erreurs.

Rap fut heureux de l'apprendre, mais en lui faisant comprendre que la situation avait évolué, qu'il devenait urgent de le sortir. Sa maîtresse se hâta de s'habiller, de le brancher et d'achever ses prédictions :

— La tête du Basque doit être verte, mais sa couleur n'est que provisoire, les sachems vont la lui couper. Il faut bien que quelqu'un paye les erreurs des grands chefs.

Il faisait beau pour parachever ce merveilleux début de journée.

Charlotte entraîna, ou plutôt fut entraînée par Rap dans une zone herbeuse où il fit ce que ses boyaux le pressaient de faire. Elle l'en félicita comme l'usage le recommande, puis fit un tour avant de regagner l'hôtel. Une bassine de café serait la bienvenue. Cependant, avant de l'avaler, elle dut réponde à un appel. Elle l'attendait cet appel, mais pas de si bonne heure À croire qu'à Paris les articles de Badigeon étaient lus aux aurores. D'une pichenette, elle actionna son smart.

— Charlotte Auduc. Bonjour, Mercier.

— Salutations matinales, commandant, comment allez-vous ?

Ô le ton mielleux ! se méfia Charlotte. Jamais Mercier ne lui parlait comme un prélat gâteux.

— Pas mal, je vous remercie, je sors mon chien, ça me revigore.

— Ah ! c'est bien que Rap vous aide à vous maintenir en forme.

— Et vous, comment allez-vous ?

— Bah ! je vais avec les os de mon âge et je n'ai pas de chien à sortir. Ça me manque, un animal.

— Je vous conseillerais bien un poisson rouge, mais il paraît que c'est compliqué à promener.

Il y eut un léger rire de l'autre côté du réseau.

— À propos d'animaux, puisque vous en parlez, j'ai une information à vous communiquer.

Mercier avait mis peu de temps à en venir au sujet de son appel – sujet que Charlotte s'était préparée à entendre.

— Vous saviez que le trafic des espèces animales protégées est le plus important avec ceux de la drogue, des armes et des arbres ?

— Non, vous me l'apprenez.

L'Organisation mondiale des douanes l'évalue à six milliards d'euros par an. D'aucuns, bien renseignés l'estiment à trois fois plus. Il serait de vingt milliards.

— Il concerne quoi ce trafic ?

— Les oiseaux, les poissons rares, les reptiles, la viande de brousse, les défenses, les peaux, les écailles, tout ce qui rapporte de l'argent. La France est tristement l'une des premières clientes de ce marché.

Coda. Changement de rythme.

— Les serpents ont la côte chez nous. Leur vente est légalement contrôlée, mais le trafic existe. Et c'est là que je me raccorde à votre enquête.

— Continuez, Mercier, je suis impatiente de découvrir pourquoi.

— Moquez-vous de moi, ce n'est pas grave : le raccord c'est Vadepied.

Eh bien voilà ! se garda-t-elle d'en rire, il y était enfin arrivé !

— Ok, Mercier, j'enregistre, sauf que ce raccord ne me cause pas.

— Alors, suivez-moi bien. Quand il était jeune, Vadepied a travaillé dans un zoo. Il s'y occupait des reptiles.

Autant vous dire que les serpents ne lui font pas peur.

— J'en suis ravie pour lui. Mais *quid* du raccord ?

— D'après mes renseignements, il est devenu accro à ces petites bêtes.

— Vadepied serait un herpétologue amateur ?

— C'est fortement envisageable. Je vous rappelle qu'un taïpan est plus dangereux que vingt-cinq cobras. Seul un homme d'expérience est capable de manier ce tueur.

— Tout cela pour en venir où ?

— À ceci : branchez Vadepied sur les taïpans quand vous l'arrêterez.

Charlotte s'étouffa presque en s'empêchant d'en rire. Espèces protégées. Trafic. Serpents… À l'évidence, Mercier récitait une leçon apprise de fraîche date qui confirmait qu'il obéissait à mieux placé que lui.

— Entendu, Mercier, encore quelques bricoles à verrouiller et je l'embarque.

— Qu'appelez-vous *des bricoles* ?

— Des blancs dans l'instruction. J'ai horreur des dossiers mal ficelés. Les avocats sont champions pour remarquer les failles.

— Ah ! les avocats ! Je ne peux que vous donner raison. Mais parlons d'autre chose. Que ferez-vous après l'arrestation de Vadepied, vous retournerez à Limoges ?

— Oui. Je ne vais pas m'encrouter dans le Périgord, je n'y connais personne.

Rassuré, tranquillisé, Mercier lui souhaita une excellente fin d'enquête et un bon retour sur ses terres.

Charlotte désactiva le smart. La bassine de café l'attendait à l'hôtel.

Avec le café, elle avala de quoi tenir jusqu'au soir, puis elle reprit la route en direction de Bergerac.

Les augures avaient ajouté qu'une sacrée surprise attendait Charlotte…

En traversant Lalinde, Charlotte eut une pensée ambivalente pour Mercier. Il l'accompagnait depuis des années, discret et protecteur. Au nom du soutien qu'il lui avait apporté, elle l'appréciait avec tendresse. *A contrario*, elle lui en voulait de collaborer avec la clique qui chapeautait le Basque. Dieu ! qu'il avait été pitoyable en chargeant Vadepied ! À Rap, assoupi sur la banquette arrière, elle confia, amère :

— Mercier a oublié que j'ai étudié le dossier du *play-boy* avant de le voir. Je ne cuisine jamais un suspect sans savoir qui il est. C'est le B-A BA d'un interrogatoire.

Aucune réponse de Rap. Ce dont elle se ficha puisqu'elle n'en attendait pas.

— Curieux bonhomme, Vadepied. Son père était huissier de justice. C'est par haine du métier paternel qu'il est devenu hors-la-loi. Ces mots son désuets, mais ce sont ceux qu'il a prononcés à sa première arrestation : *aux* âme*s bien nées, la valeur n'attend pas le nombre des années* : il avait 18 ans.

Virage dangereux. Elle ralentit, le négocia et reprit :

— Aux policiers qui l'ont arrêté, Vadepied a déclaré qu'il reprenait aux nantis ce que son père volait aux pauvres. Animé de cet esprit d'équité, le révolté aurait pu devenir communiste, mais il a choisi receleur. On est fils de bourgeois ou on ne l'est pas.

L'entrée qui menait au vignoble de Merlingeas allait bientôt apparaître.

— Tu vas rire, mon chien. Vadepied s'était fait engager dans un zoo pour l'été. Il ne s'y occupait pas de serpents, il bossait à l'accueil. On l'a viré au bout de vingt jours : il y piquait des tickets qu'il revendait en-dessous du prix d'entrée.

Une ligne droite, la dernière.

— Le zoo a porté plainte, le voleur de pauvres a réglé l'addition, la plainte a été retirée et Vadepied est devenu antiquaire hors la loi… En conclusion de quoi, Mercier aurait mieux fait de se taire.

La Peugeot s'engagea dans l'allée bordée de vignes. À voir les terres qu'il possédait, Merlingeas était un propriétaire prospère et certainement heureux.

De la vigne, de la vigne, de la vigne.

Un boqueteau.

Et encore de la vigne.

Et des bâtiments, un chai, un caveau.

Et enfin une maison ancienne, en pierre, longue, à un étage, avec plein de fenêtres et des feuilles de lierre courant sur la façade.

Charlotte se gara devant en faisant chanter le gravier de la cour. Elle sortit de la Peugeot, y laissa Rap, s'assura que quelqu'un était à l'intérieur et sonna plusieurs fois à la porte principale.

De taille moyenne.

Maigrelet.

La quarantaine.

Blafard, les joues creusées, les yeux cernés d'un noir sinistre.

Un homme vint lui ouvrir une bonne minute après.

Très *gentleman farmer*, il portait un pullover de chasse, une chemise à larges carreaux, un pantalon de velours côtelé et des chaussures de randonnée.

— C'est pourquoi ? s'enquit-il sobrement d'une voix de basse profonde.

— Commandant Auduc, se présenta Charlotte en re-exhibant sa carte tricolore, mais sans rien préciser d'autre, êtes-vous Patrick Merlingeas ?

— Oui… Que puis-je pour vous ?

— M'accorder un instant. Est-ce possible ?

— Euh… Bien sûr, entrez.

Merlingeas s'écarta de la porte en proposant, poliment :

— Nous serons plus à l'aise dans le séjour que dans le vestibule. Avec votre permission, je vous y précède.

Charlotte permit et le suivit jusqu'au bout du couloir.

Le salon profitait d'une large baie qui l'illuminait. Au-delà de ses vitres, le vignoble s'étendait à l'infini. Deux tableaux de l'école expressionniste, un vieux plan de la région et une lithographie cassaient le blanc apaisant de ses murs. Les fauteuils étaient modernes mais confortables. Ils s'y installèrent et Charlotte attaqua :

— Je suis en charge de l'enquête concernant les meurtres de Jocelyn Sarrazignac, Gerbert Poumerol et Wilfrid Taillefesse.

Raide comme la Justice, le visage cimenté par le stoïcisme, les yeux ancrés dans l'austérité, Merlingeas répondit, bouddhistement impassible :

— Je le sais, commandant, je lis le journal, j'y ai vu votre nom et je suis vos efforts pour résoudre cette affaire.

— Eh bien, voilà qui m'épargne un préalable épuisant. Alors, puisque vous savez tout, fi des entrelacs : vous connaissiez les victimes, que pouvez-vous m'en dire ?

Paumes ouvertes, le stoïcien corrigea sa question.

— Je ne connaissais que Jocelyn et Gibert. J'ignore qui était Taillefesse.

— Un marlou de troisième zone, vous n'avez rien perdu à ne pas le fréquenter.

— Paix à son âme quand même… Mais que dire sur la mort de mes amis sinon que je pleure leur disparition.

— Ami et client pour Poumerol. Votre vin est sur sa carte.

— Comme sur celle de beaucoup de restaurateurs.

— Dont celle de Peruque, ai-je vu.

— Qui est aussi un ami, confirma-t-il.

— Et fait partie d'un cercle encore plus grand d'amis qui se sont querellés pour des oies. Je suis au courant de la fâcherie, monsieur Merlingeas. Pas vous ?

— Si, par ricochet. Devieilletoile m'a appris ce qui s'est passé. Leur dispute est ridicule, ces imbéciles ont agi comme des gamins.

Charlotte leva le pied, cette entrevue allait plus vite que prévu. Doucement, lui conseilla sa petite voix: «Gaffe, ma grande! Si tu brusques ce témoin, il peut oublier un détail important. Les hommes les plus rigides ne sont pas à l'abri d'une émotion. Celui-là comme les autres.»

— J'ai rencontré Odilon Devieilletoile. Je suis sidérée par son courage. Il faut avoir la foi en Jupiter pour retaper un château sans un sou de l'État.

— Il l'a, commandant. Odilon déborde d'idées pour renflouer ses caisses.

— Je veux bien le croire. Les oies, les châtaignes, il fait feu de tout bois.

— Et ses spectacles de cirque lui rapportent un peu d'argent. Idée géniale qu'il a eue là.

Puisqu'il en parlait, Charlotte embraya sans plus tergiverser:

— Le cirque Étoilus… Tout à fait par hasard, j'ai vu leur camion entrer dans votre domaine. Devieilletoile achète son vin chez vous?

Le mince visage de Merlingeas devint encore plus blanc.

— Ce n'est pas lui qui vient chez moi plusieurs fois par semaine, ce sont ses artistes. Et il n'est pas question de vin entre nous.

— Ah bon?

— Non, leurs numéros permettent au cerveau de ma femme de percevoir l'extérieur. Tant qu'elle le percevra, elle restera en vie. Et tant qu'elle sera en vie, je continuerai à espérer l'arrivée d'un traitement qui la sauvera.

Charlotte sourcilla, comme si elle n'était pas courant du mal qui la frappait.

— Excusez-moi, monsieur, mais de quoi souffre votre femme?

— Cancer. Je vous fais grâce des détails

— J'en suis navrée, sincèrement… Cela dit, je ne comprends pas le rôle de ces artistes dans sa thérapie.

— Je conçois que leur action vous dépasse. C'est pourtant simple…

Il se redressa et, sans se départir de sa froideur, condensa la trame d'un mélo qui ne durait que trop.

— Gazelle, comme je l'appelle, ne s'est pas réveillée après sa dernière opération. Mais comme son cœur battait encore, les médecins l'ont placée sous assistance respiratoire.

— Avec quel diagnostic à la clé ?

— Les toubibs en ont toujours un de secours quand ils sont dépassés. Pour eux, Gazelle oscillait entre deux états, le *Locked-in*, semi conscient, et le végétatif.

— Ce qui confirme qu'ils n'y comprenaient rien. Sinon, cette assistance a eu des résultats ?

— Aucun, la situation s'est même compliquée. Après quelques mois de ce traitement, j'ai entendu des mots qui ne m'ont pas plu.

— Lesquels sont, si vous voulez bien me les répéter ?

Adieu le stoïcisme, ses yeux lancèrent des flammes.

— Acharnement, soins inutiles, débranchement du ventilateur, voilà ce qui s'est dit. Ces barbares voulaient tuer ma femme, commandant, et personne ne s'opposait à leur décision. Sauf moi, qui ne l'ai pas acceptée.

— Ce qui se comprend. Mais eux, l'ont-ils compris ?

— Je ne le leur ai pas demandé. J'ai signé une décharge, j'ai emmené Gazelle, je l'ai installée au premier dans une chambre médicalisée, et depuis plus de quatre ans, je la maintiens en vie.

Il quitta son fauteuil.

— Voilà qui explique le rôle des artistes. Je gagne de l'argent, j'ai les moyens de les employer – et d'acheter ce qu'il y a de mieux pour les soins de ma femme.

D'un geste il invita Charlotte à le suivre.

— Si ce n'est pas trop vous solliciter, j'aimerais que vous vous en rendiez compte par vous-même.

— Je ne vous réponds pas « avec plaisir », dit-elle en se levant, ce serait indécent. Indiquez-moi le chemin.

L'escalier était proche du salon.

Autre niveau, autre ambiance. Si le rez-de-chaussée jouissait d'un minimum de décoration, celle du premier étage souffrait d'une pesanteur monacale. La couleur blanche y était omniprésente, sans tableau pour briser sa monotonie.

Un air d'opéra s'échappait d'une pièce. Charlotte reconnut *Turandot* de Puccini. Merlingeas s'empressa de lui expliquer avant qu'elle ne l'interroge :

— La musique fait partie de la thérapie. Tant que ma femme entendra des voix, son cerveau la maintiendra en vie. Une clé USB diffuse des œuvres en boucle. Celles qu'elle aime. Gazelle est une accro du lyrique.

Il poussa la porte de sa chambre et la laissa y pénétrer avant lui. Le choc fut grand pour Charlotte, d'autant plus grand qu'elle entra alors que Luciano Pavarotti-Calaf chantait *Nessun Dorma.*

Tu pure, o Pincipessa... Toi aussi, ô princesse

Nella tua freda stanza... Dans ta chambre froide

Guardi le stelle... Tu regardes les étoiles

Che tremano d'amore et di speranza... Qui tremblent d'amour et d'espérance

Les paroles s'accordait à ce que Charlotte découvrit : le corps d'une femme étendue dans un lit entouré de bâches de protection transparentes, le teint hâve et les paupières closes. Sur des tables, alignées autour de l'endormie, son mari avait disposé des flacons, des seringues, du matériel médical. Une potence se dressait près d'elle, ainsi qu'un électrocardiographe éteint.

— Vous ne le raccordez pas à son corps ? montra-t-elle l'appareil.

— Jamais en permanence, commandant. Un accident est si vite arrivé.

— D'accord, vous ne l'utilisez pas à distance.

— Non, je ne suis pas équipé en télésurveillance. De toute façon c'est inutile, Gazelle ne risque pas d'avoir un infarctus.

— Qu'est-ce qui vous permet de l'affirmer ?

Il se dirigea vers un réfrigérateur, l'ouvrit et déclara, fier de lui :

— Ces topettes, commandant, pleines d'un sérum qui la maintient en vie et garde son cœur en forme. Je lui en injecte une dose chaque matin.

— Il s'appelle comment, ce merveilleux produit de la pharmacopée française ?

— Son nom latin est compliqué, je l'ai rebaptisé Tonus. Et il n'est pas français, il vient de Suisse en parfaite légalité.

Charlotte se pencha pour examiner le contenu du frigo. Des ampoules étiquetées de différentes couleurs s'y maintenaient au froid à côté de Tonus.

— Et ces ampoules vous servent à quoi ? en prit-elle une au hasard.

— À la nourrir.

— Parfait, vous avez pensé à tout.

Elle fit semblant de la remettre à sa place, fit un demi-tour à croupetons, manqua de trébucher et se rétablit en se tenant de justesse à une grille du frigo.

— Excusez-moi, fit-elle en se redressant, j'ai bien failli tout casser.

— Je vous en prie, commandant, il n'y a pas de mal.

Charlotte respira, Merlingeas ne l'avait pas vue glisser la topette dans sa poche.

— Je... je... je ne vais pas vous importuner plus longtemps, monsieur, merci de votre accueil... et bon courage.

— Je n'en manque pas, commandant, je n'en manque pas.

Sur ce, Charlotte s'éclipsa vite fait avant qu'il ne réalise qu'elle lui avait subtilisé une topette.

Les augures avaient également prédit qu'elle rougirait jusqu'aux oreilles...

La scène à laquelle elle venait d'assister était de loin la plus troublante de toute sa jeune carrière d'OPJ...

De retour à Sarlat, Charlotte se dirigea droit vers un laboratoire d'analyses médicales. L'amour de Merlingeas pour sa femme éraflait son cartésianisme. Immense, immodéré, il dépassait la côte d'alerte du rationnel. À l'hôpital, les toubibs avaient parlé d'acharnement thérapeutique. Elle était près de leur donner raison. Elle aurait déjà sauté le pas si Merlingeas n'avait financé cet acharnement de sa poche. Mais l'argent n'autorise pas tout, même pour tenter de sauver une vie. La petite voix de Charlotte lui conseillait de se méfier. Les topettes de Tonus ne lui disaient rien qui vaille.

Une dame, la cinquantaine joliment entretenue, d'un abord sympathique, la reçut à l'accueil du labo. Sur sa blouse blanche, un badge informait le visiteur qu'elle se prénommait Mathilde.

À politesse, politesse et demie, une carte tricolore apprit à Mathilde que la visiteuse s'appelait Auduc, se prénommait

Charlotte et qu'elle était commandant de police. En matière de courtoisie, outre le badge et la carte, des « bonjour » furent échangés. Plus un « que puis-je pour vous ? » du côté de Mathilde.

— J'ai un travail urgent à vous confier. Pouvez-vous m'appeler un responsable ?

Il va de soi qu'un « s'il vous plaît » couronna la requête de Charlotte.

Mathilde acquiesça, décrocha un combiné, appuya sur une touche, et dit à un asexué invisible puisque éloigné :

— Docteur Blanchard, une officier de police désire vous parler à l'accueil, c'est important... Bien, merci, je l'en informe.

Mathilde raccrocha en souriant.

— Le docteur Blanchard arrive tout de suite.

Homme ou femme, vieux croûton ou vieille bique, qui était ce docteur ? Après tout, Charlotte s'en fichait. L'essentiel était qu'il travaillât vite.

Charlotte put l'espérer puisqu'il se planta devant elle vingt secondes après.

— Bonjour ! Est-ce vous l'officier de police qui désire me voir ?

Le docteur Blanchard n'était ni une vieille bique ni un vieux croûton. Taillé balaize, carré, sportif, c'était un homme mûr, et un homme séduisant. Séducteur, surtout, qui plaisait aux dames et les ensorcelait avec ses grands yeux bleu lagon. Le nirvana était atteint dès qu'il parlait. Au premier mot prononcé, la suavité de sa voix entamait les *Rêves d'amour* de Liszt – *Liebestraum* n° 3 pour les puristes.

En principe autant qu'en général, Charlotte était insensible au charme naturel d'un homme. Mais dans le cas présent, admit-elle, si le physique de Vadepied méritait huit sur dix, celui de Blanchard était hors catégorie.

— Oui, c'est moi l'officier, redescendit-elle sur terre. Commandant Auduc, Services anticriminalité. Pouvons-nous discuter dans un endroit plus discret que l'accueil ?

— Si une cabine affectée aux prises de sang vous convient, suivez-moi. Il y en a une sur votre droite.

La pièce était étroite. Elle comportait un fauteuil pour les patients et une chaise pour les soignants. Ils les négligèrent, préférant rester debout.

— Vous êtes bien biologiste ? s'inquiéta Charlotte, pas sûre de s'adresser au bon spécialiste.

— Oui, commandant, docteur en biologie médicale.

— Ah Je croyais qu'on ne disait pas « docteur » à un biologiste, même s'il est titulaire d'un doctorat.

— C'est vrai, c'est pourquoi je suis également docteur en médecine.

Blanchard n'était pas que très beau, s'inclina-t-elle, c'était aussi une tête.

— Bien ! Alors, docteur, voici pourquoi je fais appel à vos services.

Elle sortit la topette de sa poche.

— J'ai besoin que vous analysiez le contenu de ce flacon.

Étonnement sidéral de l'Adonis, ses grands yeux bleu lagon en clignotèrent comme une lampe Aldis.

— Diable ! Pour quelle raison vous adressez-vous à nous ? À moins que je ne n'aie sauté un chapitre, vous avez de bons labos dans la police.

— Exact, mais cette analyse est urgente, et, chez nous, je n'aurai le résultat ne me parviendra que dans trois jours. Voire d'avantage si le chromato local ne connaît pas le produit.

— Qui est censé être quoi ?

— C'est justement ce que je veux savoir. Jusqu'au prochain épisode, c'est du Tonus de Gazelle. Ne cherchez pas à comprendre, c'est une enquête criminelle.

Il prit la topette, la regarda fixement, comme s'il l'auscultait, réfléchit longuement, très longuement, très, très longuement, puis finit par décider :

— Je lis les journaux, commandant, je sais de quelle enquête il s'agit et je sais qui vous êtes. Vous aurez le résultat demain, je m'en occupe personnellement.

— Merci, docteur, je n'en attendais pas moins de vous.

— En retour, j'ai une faveur à vous demander.

Charlotte se braqua. Blanchard était-il comme les autres, bassement intéressé ?

— Si c'est pour un PV, je n'ai pas le pouvoir de le faire sauter.

— Non, se mit-il à rire, c'est pour une invitation.

— Une invitation à quoi ?

— À dîner. Je suppose que vous mangez le soir ? C'est moi qui vous invite… avec tout le respect que je vous dois.

Badaboum, patatras ! Cette fois, elle fut troublée à en avoir la langue empesée.

— Euh… Êtes-vous sûr de bien aller ?

— Absolument. J'aimerais vous revoir, et comme il y a peu de chance pour que nos chemins se recroisent, force m'est donnée de bousculer les convenances.

— Pourquoi voulez-vous me revoir ? Vous n'avez pas mieux à inviter ?

— Je ne vais pas vous mentir, je connais des blondes, des brunes, des rousses, des cultivée, des rigolotes, mais aucune ne vous ressemble. Vous alliez une force de caractère à une beauté venue d'ailleurs. Vous êtes exceptionnelle, madame. J'aimerais mieux vous connaître.

Comme les augures l'avaient prédit, Charlotte en rougit jusqu'aux oreilles.

— J'en suis flattée, docteur, mais j'ai déjà quelqu'un dans ma vie.

— Ah!... Eh bien, vous lui direz qu'il a de la chance.

Elle ne lui promit pas de faire passer le message, mais de retour dans sa Peugeot, Charlotte leva le nez au ciel, et clama, sur un air victorieux:

— Tant pis pour toi, Jacques! Tu as eu tort de te foutre de moi! Je suis redevenue bancable et je hais les menteurs!

Belette

À force de venir dans la forêt de l'écureuil, Rudini en connaissait les pièges. Les principaux, les petits étant des nouveaux que le vent construisait tous les jours. Au premier chef, Rudini redoutait les trous couverts de feuilles mortes. Il avait abandonné l'idée de se repérer avec les arbres. La nuit, ils se ressemblaient tous. Dans la pénombre, il n'y avait rien de plus ressemblant qu'un tronc de charme et un tronc de hêtre. Un tronc de châtaignier ne se distinguait pas mieux des deux autres. Aussi, pour avancer, pour retrouver son chemin, Rudini se fiait à son flair, son sens de l'orientation, et, parfois à une boussole.

Sa montre afficha 22 h. À 23 h il partirait. Passé cette heure, les ex-rats, reconvertis en zozos, ne se pointeraient plus. D'ailleurs, se mit-il à douter de l'utilité de sa planque, pourquoi viendraient-ils ? S'ils voulaient observer les grottes, leurs caméras les exemptaient d'une surveillance arctique. Car, bon sang ! qu'il faisait froid dans cette fichue forêt ! Son maillot thermique et sa parka banquise suffisaient à peine à le réchauffer.

Assis, le dos appuyé contre un arbre – charme, hêtre, châtaignier ? il n'avait pas cherché à le savoir –, il regardait, envieux, une caméra dissimulée dans un houppier. En ce moment-même, chez Adriel, l'un des zozos devait scruter les roches sur un écran ; mais ce feignant était au chaud.

Un bruit le fit tressaillir. Une bête fuyait devant un danger. Était-ce l'écureuil ? Non. Une petite tête apparut, furtivement, mais assez longtemps pour que Rudini distinguât celle d'une belette. Il sourit, attendri, puis s'interrogea : devant quel danger cet animal fuyait-il ?

Deux voix d'hommes lui livrèrent la réponse. L'une légèrement rocailleuse. L'autre plus mélodieuse.

— Les cam' sont à bout de force, il faut recharger les batteries, dit le rocailleux.

— Pour le peu qu'elles vont encore servir, est-ce vraiment utile ? répondit le mélodieux. Les salopards prévoient d'arriver mercredi avant minuit, je ne pense pas que nous aurons besoin de cam' pour les cueillir.

Rudini rampa au plus près des inconnus, mit en marche le Sony A7S II que lui avait prêté son cousin photographe, et attendit qu'ils se rapprochent pour les photographier.

— C'est bon, reprit le mélodieux, elles peuvent encore tenir quarante-huit heures.

— Ce qui est court et long, Crémieux. Court parce que deux jours c'est peu. Long à cause de l'article de Badigeon. Il ne manquerait plus que des foutraques perturbent notre mission.

— S'il y en a, ils se pointeront le week-end prochain, pas avant. Ils ont beau être foutraques, la plupart de ces gens ont un boulot.

— Oui, il n'y a pas raison de les craindre. Nous serons loin quand ils débarqueront, l'affaire sera pliée.

Il y eut un bref silence avant que le rocailleux ne reprenne en :

— Les salopards viendront par le chemin du bas. Je suggère que le premier groupe bloque leurs véhicules par la gauche pendant que le second pénétrera dans la grotte. Actions simultanées, effet de surprise.

— Quand vous dites par la gauche, vous parlez des gros chênes près du rocher ?

— Ceux-là-mêmes, Crémieux. Vous les cadrez ?

— Un instant, j'ajuste mes jumelles… OK, je les situe… Oui, ça me convient.

— Je conduirai le premier groupe qui se planquera derrière les chênes. Vous, vous commanderez le second.

— Je pense que nous devrons attendre qu'ils aient fini de décharger pour les surprendre. Arriver trop tôt pourrait faire foirer l'opé, ils se défendraient ou ils fuiraient.

— Je suis d'accord…. Par conséquent nous attaquerons à 1 h 15 du matin, c'est le moment idéal. Ils seront en train de manger ou de boire. un verre, détendus, plus sur le qui-vive. Et puis je me méfie de la caméra des clowns. Ils n'en ont qu'une, mais elle fonctionne. S'ils nous repèrent, c'est foutu.

Crémieux ricana :

— Ha, ha ! regardez l'entrée de la grotte, ils l'ont retirée.

Sitôt après, le rocailleux en grogna de plaisir.

— Mm, exact… Eh bien, ce sera chic de leur part s'ils ne la remettent pas mercredi.

Les deux hommes scrutèrent les lieux un long moment encore, puis rebroussèrent chemin.

Au passage, allongé dans des brindilles, soigneusement camouflé, Rudini parvint à les photographier.

Avec une sensibilité Iso 8000, ses photos, pensa-t-il, devraient être aussi nettes que prises en plein jour.

Veau

La gendarmerie, l'apprécia Charlotte, était un lieu civilisé : son café ne tombait pas d'une machine programmée, brûlant et lyophilisé. Certes, il n'était pas de force 7, à quatre-vingts pour cent arabica pour l'arôme et vingt pour cent robusta pour la puissance, et encore moins ristretto, mais il avait un vrai goût de café.

— Rien de comparable avec le jus de slip que boivent les Américains, monologua-t-elle. Quand on avale leur poison, on comprend comment leur est venue l'idée de la chaise électrique : la chaise est moins violente pour tuer un criminel.

Le tableau blanc avait été nettoyé, les marqueurs étaient neufs, les gendarmes avaient pris place face à leur supérieure, le rideau pouvait se lever.

Le briefing avait été prévu à 8 h 00. Et à même pas 00,1, Bouchenoire ouvrit la séance.

— J'espère que vous avez tous bien dormi parce que la journée va être dure. Pour ceux qui savent ce qu'est un rack de musculation, on va passer de dix à cinquante kilos en tirage dos. Comme tous leurs collègues, Harpillard et Cocault firent une moue dubitative. Ils n'étaient pas de ceux qui comprenaient ce jargon, ni qui savaient à quoi ressemblait cet engin de torture. Charlotte l'avait pratiqué autrefois. Mais elle n'en fit pas mention puisque ce discours, adressé à la brigade, ne la concernait pas. Elle se contenta d'écouter ce qui se disait, et ce qui se dit lui plut énormément.

— J'ouvre le feu, décida la fitnesseuse. J'ai contacté les vétos de la Dordogne, aucun d'eux n'a eu à soigner un serpent. J'ai étendu mes recherches à Gordon, Brive et Libourne, sans plus de réussite. Piste fermée, on l'oublie.

Elle écrivit « vétérinaires » sur le tableau et barra le mot d'un trait rageur.

— Et d'un ! À vous, Harpillard. Quoi de neuf de votre côté ?

Le sosie de Croquignol écarta les bras, comme si ce geste lui permettait de mieux s'exprimer.

— Pour ne pas perdre de temps, je me suis adressé à la Société herpétologique française qui m'a mis en contact avec un herpétologue périgourdin.

— Et alors ?

— Ce brave homme connaît tous les passionnés d'Aquitaine, l'ancienne et la nouvelle. Pour lui, il est évident qu'aucun d'eux ne possède un taïpan. Trop dangereux, l'animal, trop agressif. D'ailleurs, leur vente, a-t-il précisé, est interdite en France, comme celle de tous les reptiles à haut risque. Il ne voit qu'un marché parallèle où notre tueur a pu s'en procurer un.

— A-t-il donné une adresse à suivre, une direction à prendre ?

Les lèvres de Harpillard lâchèrent un soupir dégoûté.

— Oui, lieutenant : Internet. Pour à peine vingt euros, vous commandez un cobra à lunettes sur la Toile, et la Poste vous le livre trois jours après.

— C'est une blague ?

— Pas du tout. Il m'a également appris que les morsures mortelles n'ont jamais été aussi élevées en France. Les particuliers sont inconscients, ils caressent des serpents comme on câline des matous.

Après ce constat, Bouchenoire n'eut plus qu'à écrire « herpétologues » et à le barrer d'un même trait rageur.

— À vous, brigadier. Enchantez ma matinée, dites-moi que vous avez dégotté du concret dans les jardineries.

Suivant son habitude, Cocault commença par plaisanter.

— Je rappelle à cette noble assemblée qu'on appelle jardinerie un commerce où l'on vous vend des octodons et des souris.

— Abrégez, brigadier, s'énerva Bouchenoire, on n'a pas toute la journée.

— Pourtant, ce que je dis est important. Le prix d'un octodon est vingt fois supérieur à celui d'une souris blanche. C'est pourquoi les propriétaires de serpents n'achètent que des souris. C'est plus économique et ça a le même goût. Du moins pour un reptile. Malheureusement, les employés des jardineries que j'ai interrogés n'ont rien remarqué de spécial.

Bouchenoire en eut assez. Même Harpillard qui la devança :

— En quelque sorte, tu tergiverses pour annoncer que tu as fait chou blanc.

— Ah que non ! fit Cocault sur un ton guilleret, faire chou blanc dans une boutique qui vend des graines de légumes est impossible. Si je n'ai pas trouvé le charmeur de serpent dans l'une d'elle, j'y ai localisé Pépito.

Il y eut des « hein ! » des « quoi ! », plein de cris étonnés, et par-dessus ces cris, une question de Charlotte :

— Où se trouve-t-elle, cette jardinerie ?

— À quelques kilomètres d'ici.

— Et vous confirmez, dur comme fer, que le jeune que vous avez vu est Pépito ?

— À cent pour cent, commandant. Vous avez mis dans le mille, ce garçon travaille bien dans le beau végétal. Mais comme vendeur-conseil. Il s'appelle Michel Penilla. C'est un nom d'origine espagnole.

— Ouais, ouais, ouais… Et qu'est-ce qui vous permet d'affirmer que Michel Penilla et Pépito ne font qu'un ?

— Son père qu'il ne voit plus depuis longtemps – à ce que vous nous en avez dit.

— Ou plutôt répété, je le tiens d'un témoin.

— Eh bien, ça colle, Anatole ! Le père de Penilla a brutalement disparu il y a deux ans. Il est parti le matin pour aller travailler et il n'est jamais revenu chez lui.

Bouchenoire intervint, plus détendue :

— Je me souviens de cette affaire. On a fouillé les bois, les grottes, les plongeurs ont dragué la Dordogne, on n'a jamais trouvé son corps.

Pas en reste, Harpillard ajouta :

— Je me rappelle avoir parlé à ce garçon. Il m'avait confié vouloir être paysagiste. La disparition de son père a dû mettre fin à ses études. En revanche, j'ignorais qu'on le surnommait Pépito.

Charlotte se leva, Rap avec elle, prêts à partir.

— OK, la cause est entendue, je vais aller lui dire deux mots.

— Voulez-vous que je vienne avec vous ? proposa Bouchenoire.

— Non, lieutenant, je n'ai pas l'intention de l'arrêter, le coffrer serait une erreur. Si ce garçon n'a rien fait de grave, je négocierai son repentir ; c'est plus intelligent.

Elle prit l'adresse de la jardinerie et s'en alla.

Cependant. Ailleurs, près de Sarlat…

Rudini sursauta dans sa chambre d'hôtel, un hôtel simple, normalisé à la sauce chaîne mondiale. Moderne, quoi, pratique et pas cher.

Son expédition dans la forêt de l'écureuil l'avait épuisé. Il s'était accordé une grasse jusqu'à 10 h, et son crétin de smart – le personnel, pas l'officiel réglementaire, ni le sous-marinier périgourdin – tonitruait à 8 h 30.

Il saisit l'appareil en refoulant l'envie de le jeter contre un mur et dit d'une voix pâteuse :

— J'essaye de vous écouter, mais c'est sans garantie. La nuit a été courte.

Un éclat de rire salua sa civilité.

— Ah ! c'est toi, Jean-Yves ! se réveilla-t-il. Je reconnais ton rire de zoologiste distingué. Pourquoi m'appelles-tu à l'aube ? Pour mon os de bison ?

Il y eut un long silence. Puis un « Tu en es sûr ? » Puis un « Merci, je te dois une bouffe. » Puis une prédiction post-téléphonique :

— Eh bé ! Quand Auduc l'apprendra, ça chauffera sous les casseroles.

Sur cette prédiction qu'il était seul à comprendre, Rudini se recoucha. Et se releva aussitôt. Mercredi soir… Et on était mardi… Il dormirait un autre jour.

Le lieu où se situait la jardinerie était bien indiqué le long de la route. Charlotte la trouva facilement, se gara et lut sur un panneau qu'elle n'ouvrait qu'à 9 h. Soit dans vingt minutes. Ce retard n'était pas tragique, bien au contraire. Pépito devait s'occuper de la mise en place, travail qui lui permettrait de le questionner à l'abri des regards des clients.

Elle laissa Rap dans la Peugeot, fit le tour du bâtiment, et avisa une porte de service qui n'était pas fermée. Charlotte n'eut qu'à la pousser pour mettre les pieds à l'intérieur. Chemin faisant, un employé la croisa sans lui demander quoi que soit, certain que sa présence était légitime. Une jeune femme en fit de même, décontractée à souhait. Ce fut un homme en cravate, la trentaine, affichant l'air sérieux d'un cadre submergé par les soucis, qui lui barra le chemin :

— Que faites-vous là, madame ? Puis-je savoir qui vous êtes ?

Charlotte avait l'habitude d'entendre ces questions. Carte tricolore, identité, la réponse était toujours la même.

— Commandant Auduc, brigade spéciale. Je souhaite rencontrer Michel Penilla. Savez-vous s'il est arrivé ?

L'air du cadre submergé passa du sérieux à l'inquiet.

— Oui, pile à l'heure pour arroser les plantes, c'est un employé modèle… Il n'a pas de problème, j'espère ?

— Non, aucun. Je viens lui annoncer quelque chose d'important.

L'air du cadre submergé passa de l'inquiet au rassuré.

— Qui concerne son père, peut-être ?

— Je ne peux rien vous dire, monsieur, secret de l'instruction.

L'air du cadre submergé passa du rassuré au navré.

— Pardon, j'aurais dû y penser… Bon, ben, je vous conduis à lui.

Le cadre la précéda dans le magasin qui sentait bon la campagne universelle. Des parfums de fleurs tropicales se mariaient à des flagrances de fleurs européennes. Après l'espace dédié aux arbres, ils traversèrent le rayon jardinage et parvinrent à celui des plantes exotiques.

— Michel, le héla le cadre submergé, laisse tomber l'arrosage, tu le reprendras plus tard. Le commandant Auduc, que voici, désire te parler.

— Commandant de la Brigade spéciale Nouvelle-Aquitaine, souligna Charlotte en réexhibant sa carte.

— Voilà qui est fait, commandant, je vous laisse avec Michel. Mon bureau est à votre disposition si vous en avez besoin.

Il se retira, Pépito fit la gueule et Charlotte largua ses premières bombes :

— La voyouserie est en deuil, Wilfrid Taillefesse a été assassiné.

— Taillefesse ? Qui est-ce ?

Charlotte ne s'attendait pas à pire réponse ; c'était un classique.

— Ok ! Puisque tu le prends à la mode des ânes, on va jouer à un jeu idiot. Chaque fois que tu me mentiras, je te filerai une mauvaise note qui te vaudra un an de zonzon supplémentaire.

— Zonzon, c'est quoi ?

— Prison qui ne demande qu'à t'accueillir. Mais à l'inverse – alléluia ! – la vérité vaut un an de zonzon en moins, et une super vérité, une super-remise de peine. Voire l'absolution. Allez, on démarre gentiment.

Pépito se sentit dépassé et Charlotte largua un deuxième lot de bombes.

— Question A, de seconde chance, connaissais-tu Wilfrid Taillefesse ?

— Non.

— Mauvais, ça, tu chutes sous zéro, un an de taule. Mais bon, tu peux te rattraper avec la B : as-tu cambriolé la maison de Sarrazignac ?

— Non.

— Horreur ! deux ans de placard. Tu auras le temps d'apprécier les joies de la sodomie sous la douche. Sinon, question C, as-tu tué Sarrazignac, Poumeyrol chef étoilé, et Taillefesse que tu prétends ne pas connaître ?

— Non, je le jure.

Charlotte acquiesça.

— Bonne réponse, tu repasses de deux ans à un an. Mais peut-être vas-tu effacer l'ardoise avec la D : qu'y a-t-il dans le coffret argenté que tu as pris pour part chez Vadepied ?

Pépito, à quia, stupéfait-sonné, articula péniblement :

— Comment savez-vous que j'ai gardé ce coffret ?

Charlotte lui remontra sa carte :

— Tu n'as pris le temps de lire ce qu'il y a écrit là-dessus : brigade spéciale. Spéciale égale des moyens que n'ont pas les autres flics. Égale aussi le pouvoir de te blanchir si on trouve un accord soumis à condition.

— À condition de quoi ?

— De la super-réponse à cette super-question : à combien de cambriolages as-tu participé ? Attention ! pas de mensonges : *beaucoup*, tu plonges ; *peu*, on éponge.

Pépito déposa les armes. Après tout, cette femme paraissait sincère.

— À un seul, celui de Sarrazignac. Wilfrid savait que je ne pouvais pas blairer ce veau.

— Ce veau ? C'est tout plein mignon, un veau, c'est innocent.

— C'est vrai, j'en demande pardon aux veaux… et à tous les animaux que je compare à ce salaud.

— Pourquoi *salaud* ?

— Sarrazignac savait ce qui est arrivé à mon père.

Sujet brûlant. Charlotte comprit qu'il serait stupide d'insister.

— Tu le connaissais d'où, Taillefesse ?

— D'un club de foot où on jouait ensemble. Il m'a proposé le coup. Je l'ai suivi dans un but précis.

— Qui était ?

— Comprendre ce qui s'est passé. En plus de son boulot, mon père travaillait au black pour Sarrazignac. Par peur du fisc ou de je ne sais quoi, ce salaud a affirmé qu'il ne le connaissait pas. Vu son statut social, on lui a foutu la paix, et moi je me suis dit que, en le cambriolant, je trouverais peut-être pourquoi il a menti.

— La réponse était dans ses tiroirs ?

Pépito agita sa tête d'Andalou.

— Presque : dans le coffret argenté.

Cependant, le long des berges de la rivière qui n'est pas un fleuve, Badigeon s'amusait à photographier des chercheurs de trésor. Son article avait déclenché un frémissement de ruée vers l'or dans le Sarladais. Pendules en main, des radiesthésistes sillonnaient les rives de la Dordogne à la recherche d'un trésor qui n'a jamais existé. Absolue vérité pour les tueurs de rêves.

Bonobo

Mardi matin, nuit de mercredi à jeudi. Mardi matin 9 h, jeudi matin 1 h 15… Rudini comptait les heures qui séparaient l'instant présent de celui prévu par les barbouzes pour attaquer il ne savait qui.

Amis ou ennemis ? Au service de quel État travaillaient-ils ? Que fomentaient-ils ? À cause d'un centre qui n'existait pas, le scénario cata était envisageable.

Et le délai fort court.

Rudini s'en voulait presque d'avoir agrandi les photos prises dans la forêt de l'écureuil. Sur l'écran de son portable, les bouilles de ces hommes étaient parfaitement nettes. Iso 8 000 ne les avait pas loupés. L'un des deux était une vieille connaissance qu'Auduc vouerait aux gémonies. Lui non plus ne l'aimait pas. Mais peu importait les ressentiments, il y avait urgence à ce qu'Auduc voie ces clichés. Il y avait urgence à ce qu'il lui parle du projet de ces gus et de l'os de bison. Il y avait urgence à ce qu'elle prenne une décision. Il y avait urgence à échafauder un plan.

Pour la cinquième fois, il lui renvoya le même SMS:

«Appelez-moi, priorité, il y a le feu.»

Mais bon sang de putain de jambe de bois! Où était-elle passée?

À Sarlat, en compagnie de Pépito chez qui elle se rendait. Le coffret argenté dormait dans un placard de son studio. Pas question de remettre à demain ce qui aurait dû être fait hier. Tambour battant, elle devait voir ce qu'il cachait de sulfureux. Charlotte avait donc prié le cadre submergé de libérer son employé modèle:

— La présence de M. Penilla nous est indispensable dans une affaire sensible.

— Ah!... Il n'a rien fait de grave, au moins?

Bis:

— Aucunement, mais vous connaissez la chanson: secret de l'instruction.

Et *bis* de der:

— Pardon, j'aurais dû y penser... Bon, avait soupiré le cadre résigné, emmenez-le, mais rendez-le moi vite. J'ai déjà deux arrêts de travail à l'appel, ça va être compliqué de satisfaire les clients, on risque de prendre des claques sur les réseaux sociaux. Eh oui! commandant, c'est ainsi que fonctionne le commerce d'aujourd'hui, à coups de pouces levés et d'insultes gratuites.

Pépito habitait à La Canéda. Sur la route qui y menait, Charlotte fit une courte halte devant le labo. L'analyse de la topette était prête. L'hôtesse d'accueil, la quinqua sympathique, lui remit les résultats attendus dans une enveloppe kraft. Charlotte sortit son portefeuille pour la régler, mais la quinqua sympathique bloqua son geste:

— Vous ne me devez rien, le docteur Blanchard a dit «cadeau».

— Ah bon ?

— Et il vous a écrit ce mot, ajouta l'aimable femme en lui tendant une petite enveloppe blanche.

— Eh bien… merci docteur Blanchard, la rangea-t-elle dans sa poche, et… à bientôt.

Sur le trottoir, avant de remonter dans sa Peugeot, Charlotte pila en secouant la tête : « Pourquoi lui ai-je dit à bientôt ? Je n'ai pas l'intention de revenir. »

Assis dans l'habitacle, Pépito l'entendit marmonner.

— Vous me parlez, commandant ?

— Euh… Non… Je réfléchis tout haut.

Elle s'installa au volant, regarda les enveloppes, la kraft, la blanche, puis son smartphone éteint. Elle l'alluma et découvrit les SOS de Rudini.

— Redonne-moi ton adresse, demanda-t-elle à Pépito. Je vais la filer à mon adjoint, il va nous rejoindre chez toi.

— Votre adjoint ? reprit-il, inquiet.

— *Cool*, bonhomme, ce n'est pas un piège, fais-moi confiance.

Dès qu'il vit que Charlotte lui demandait de la rejoindre à La Canéda, Rudini éclata de rire. La Canéda ! Il y avait joué un bon tour qui fonctionnait toujours.

Il s'y rendit en s'accordant un petit détour jouissif. Dans une voie sans issue, deux types, vautrés dans une voiture, planquaient devant l'hôtel qu'il avait quitté vendredi. Il y avait caché son mobile de service dans la cave. À voir les deux amorphes s'emmerder comme des rats morts, d'aucuns, dans un QG opérationnel, à huit cents bornes du Périgord, devaient persister à le géolocaliser dans cet hôtel.

Chez Pépito, Charlotte allait de surprises en coups de gueule, furieuse ou révoltée par ce qu'elle découvrait. Le boitier argenté avait déversé un torrent d'immondices. Parmi les saloperies qu'elle avait triées, elle retira une photo. Quatre hommes souriaient à l'objectif, le pied posé sur un animal étendu sur le sol.

— Qu'est-ce que c'est que cette bête ? On dirait un bonobo.

— C'en est un, commandant. Mort.

— Diantre… Pourquoi n'as-tu pas adressé ces documents à la police ?

— Je voulais faire justice moi-même, mais je me suis dégonflé.

— Ben, tu reviens de loin, tu n'y aurais gagné qu'une morsure de taïpan.

Quelqu'un sonna. Trois coups brefs et un long. Le visiteur ne pouvait être que Rudini. Pépito alla lui ouvrir, d'abord en entrebâillant la porte, méfiant, puis en l'ouvrant pour de bon en susurrant « bonjour ». Par réflexe, le faux voleur de poules examina les recoins du studio. Une petite télé, un canapé bon marché, une pile de livres, une table en sapin, quatre fauteuils de jardin et un portrait du Che alimentaient le décor. Pas de danger à l'horizon, il entra en pointant le poster :

— Fan de Guevara ?

— Qui ça ?

— Le Che.

— Ah ! le barbu ? Non, pas spécialement. C'est une copine qui m'a offert son portrait, il paraît que ça fait jeune. Je n'avais rien à coller sur mes murs, il l'égaye gentiment.

Charlotte procéda aux présentations.

— Michel Penilla, dit Pépito – je vous préviens, Rudini, il déteste son surnom.… Lieutenant Rudini, adjoint indispensable.

Le faux voleur de poule s'inclina :

— Vous allez me faire rougir, commandant, et je suis content de vous retrouver, j'ai plein de choses à vous apprendre.

— Nous aussi, lieutenant. Commencez d'ailleurs par jeter un œil sur ce que Michel a... *récupéré* chez Sarrazignac. Elle lui tendit la photo qu'elle commentait à son arrivée.

— C'est quoi le machin à terre qu'ils écrasent en se marrant ? cilla-t-il.

— Un bonobo. Mort.

— Oh ! putain de merde !

— Je comprends votre émotion, lieutenant, mais vous ne me reprendrez plus sur mon vocabulaire.

— Qui sont ces raclures, vous le savez ?

— Oui ! de gauche à droite : Sarrazignac, Devieilletoile, Poumerol et Peruque, les mousquetaires du goût.

Du bout d'un doigt, Charlotte lui désigna un petit manuscrit posé sur la table.

— Je parie *La Chose* contre un canard masqué que c'est ce mémoire que l'agresseur de Me Bechaderque cherchait dans son étude.

— Lequel raconte, pour l'essentiel ?

— Les turpitudes du quatuor *and Co*. L'auteur s'appelle Jocelyn Sarrazignac. On ne l'applaudit pas, son texte mérite le prix de la Gerbe. Son mémoire est une fausse repentance – il en croqué comme les autres – c'est une vengeance *ad patres*... Lisez le début de la page trois, il donne le ton du reste.

Le paragraphe ne comprenait que dix phrases, des courtes, terribles, qui ne s'embarrassaient pas d'oxymores.

— Pouah ! C'est du lourd qui pue, grimaça Rudini. On a tout ce qu'il faut pour boucler l'enquête.

— Non, lieutenant, il nous manque le nom de l'assassin. Dans le genre aberrant, lisez le bas de la dernière page. Le style est exécrable, c'est bourré de fautes, mais c'est instructif, ignoblement instructif.

Rudini s'y employa d'abord en silence, puis en grognant, puis en pestant, en fulminant, et en se redressant, indigné, le visage bouleversé tourné vers Pépito.

— Ils ont tué ton père, ces enfoirés.

Le jeune homme serra les dents.

— Oui, c'est ce qui est écrit. Sarrazignac dit que mon père s'apprêtait à dénoncer leurs magouilles. Il jure qu'il voulait acheter son silence et que ce sont les autres qui l'ont éliminé.

L'index de *La Chose* joua les essuie-glaces.

— Faux, c'est lui qui a tué ton père. Son mémoire est une vengeance d'outre-tombe. Si on lit ce torchon entre les lignes, on comprend que ses associés avaient juré de lui faire la peau. Reste à savoir pourquoi.

— Sauf Poumerol, en tout cas, liquidé lui aussi.

— Rien de moins sûr, jeune homme.

— Ce qui nous laisse deux concurrents en piste : Devieilletoile et Peruque. Conclusion indiscutable jusqu'au prochain épisode

Charlotte sortit un papier de sa poche.

— Sujet suivant!… Analyse du contenu de la topette piquée chez Merlingeas. Verdict du labo : toxines peptidiques, protéines, phospholipases, et j'en passe, c'est du venin de serpent. Leur chromato a failli exploser.

Rudini en resta comme deux ronds de flan.

— Je croyais que Merlingeas aimait sa femme. Il veut la tuer ?

— Non, lieutenant, la sauver. À ce qu'on raconte au *Café du Commerce*, le venin de serpent a des vertus contre le cancer. C'est exact, mais son emploi est soumis à des règles que Merlingeas ne respecte pas. Le désespoir le guide et les raclures exploitent son chagrin.

— Je présume que ce sont ces salauds qui lui fournissent les topettes.

— Vous présumez bien, Merlingeas n'élève pas de crotales chez lui… Et à votre tour, Rudini, qu'avez-vous de beau ?

Le faux voleur de poule répondit par une grimace :

— Du dégoûtant.

— Au point où nous en sommes, *exit* le raffinement, c'est quoi le dégoûtant ?

— Le verdict d'un copain zoologiste.

— Et ?…

— Il a examiné votre tibia, ce n'est pas du bison, c'est de l'hippopotame. Peruque fait cuire de l'hippopotame, ses clients bouffent de l'hippopotame, et lui gagne du fric avec de l'hippopotame.

Mortifié par ce qu'il venait d'entendre, Pépito s'emporta, déchaîné contre tout ce qui bouge comme on l'est à 20 ans :

— Bonobo, hippopotame, cuistot pourri ! Société de merde ! On est où, là, on vit sur quelle planète ?!

— La bonne question, reprit Charlotte, est de savoir qui ne devrait pas y vivre. J'ai un début de réponse avec le club Massialot. Mais bon, mon travail est de faire respecter la loi, pas de construire des chambres à gaz.

— Dommage.

— Non, bonhomme, parce que si c'était légal, je refuserais d'en construire… Fin de l'intermède, à vous lieutenant, quoi d'autre ?

Rudini sortit son smartphone, l'ouvrit, caressa la commande « photos », puis tourna l'appareil vers Charlotte.

— Je les ais prises hier soir dans la forêt de l'écureuil. Ces hommes observaient les grottes. Ce sont eux qui ont installé les caméras en haut des arbres. J'ignore pour le compte de qui ils bossent, mais j'en ai une grosse idée.

Il fit glisser les clichés sans qu'elle ne réagisse, impassible, bloc de marbre, et Rudini poursuivit :

— Ces enfoirés prévoient d'attaquer des visiteurs dont je ne sais rien. Ils en ont parlé sans les citer. L'opération est prévue pour demain soir.

— Certain de chez certain ?

— Affirmatif, commandant, je les ai entendus clairement préparer leur coup.

Alors contre toute attente, Charlotte bondit, furieuse :

— Mais c'est qu'ils vont bananer notre enquête, ces cons-là ! Pas question de nous laisser faire ! Nos raclures sont prioritaires, les leurs viendront après !

— On ne risque pas d'avoir des ennuis, commandant ?

— Quelqu'un vous a tenu au courant d'on ne sait quelle opération, Rudini ? Quelqu'un vous a demandé de vous éloigner des grottes ?… Moi pas.

Corbeaux

La salle de réunions le disputait à une corbeautière.

Peu d'animaux sont aussi curieux que les corbeaux. Intelligents, malins, les corbeaux sont néophiles, c'est-à-dire amoureux de la nouveauté. Ils ne fuient pas devant elle, ils cherchent à savoir comment elle est faite, si elle est amicale et ce qu'il peuvent en tirer. Mais avant de s'approcher, ils l'examinent avec soin et lucidité.

« C'est un faux maigre. Ce type est un tas de muscles. »

« Au premier abord, il a l'air placide, au second, c'est un nerveux. »

« Traits réguliers, regard franc, paraît intelligent. »

« Il semble sympa, il écoute les autres. »

« On dirait un gitan. Il doit y en avoir dans sa famille ».

Les gendarmes n'avaient d'yeux que pour Rudini. Bouchenoire évaluait sa sportivité, Harpillard son sérieux, Cocault sa convivialité.

Tout de go, Charlotte le leur avait présenté sans prétérition, épanorthose ou chleuasme. Du brut, du flic, du carré, de l'efficace :

— Lieutenant Rudini, mon adjoint. Le lieutenant Rudini enquête à Sarlat depuis cinq jours. Son rôle est de recueillir ce que vous ne pouvez recueillir sans vous faire remarquer. Il passe inaperçu. Personne ne s'en plaint.

Bouchenoire, en gardienne du droit, avait hasardé :

— Enquêter en sous-main, est-ce légal ?

Plus rapide que Charlotte, Rudini lui avait montré sa carte :

— Regardez là, lieutenant, c'est écrit « spéciale », « brigade spéciale ». Nos méthodes sont spéciales, mais nous respectons la loi.

— Et nos méthodes donnent d'excellents résultats, avait renchérit Charlotte. D'ailleurs, vous allez en juger, voici ce que nous avons récolté.

Elle avait pris un marqueur, tracé deux colonnes sur le tableau blanc, puis, tout en parlant, avait écrit dans celle de gauche : Mémoire. Louis Penilla. Pépito. Bonobo. Peruque. Hippopotame. Devieilletoile. Topettes. Merlingeas… Dans celle de droite : Forêt de l'écureuil. Chapelle de *La Dordonia*. Caméras. Historiens bidon. Barbouzes. Attaque programmée, et avait souligné « Vadepied » et « Pressions ».

— En point d'orgue, j'aimerais savoir pourquoi, après m'avoir ordonné de crier à l'infarctus, on me pousse à arrêter Vadepied, qui n'a tué personne, et a retrouvé les objets volés à Sarrazignac qu'il a restitué à sa veuve. Si le mystère de la foi est grand, celui-là est gratiné.

Sur cette question pataphysique, Charlotte avait reposé le marqueur sur le bord du tableau noirci de noms et de dessins.

Fin de la mise à niveau. *Erase* le point d'orgue.

À quelques secondes d'écart, les aiguilles de leurs montres *respectives* affichaient 20 h. Bouchenoire, Harpillard et Cocault étaient sonnés. « Pas de brusquerie, de la diplomatie conseilla la voix intime de Charlotte, parle-leur doucement ».

— Voilà, vous en savez autant que nous. J'en ai terminé, je vous écoute.

Harpillard fut le premier à émerger.

— En quelque sorte, sans le mémoire de Sarrazignac, on en serait encore à chasser la Coulobre et la Vouivre.

— Ce n'est pas un mémoire, adjudant, c'est une vengeance *post mortem* et une assurance-vie. Dans son mémoire, Sarrazignac y précise que l'un de ses associés fait du fric dans son dos et celui d'un ami – Poumerol –, que cet ami et lui-même réclament leur part, et que ledit associé menace de les descendre. Je suppose que Sarrazignac lui a fait part de l'existence de ce manuscrit.

— Pour lui ôter ses mauvaises intentions ? hasarda Cocault.

— Parfaitement, brigadier.

— Ben, Sarrazignac a donc manqué de conviction parce que l'associé ne l'a pas cru.

Ce n'était pas de l'humour, juste une erreur d'appréciation.

— Pas vraiment, le corrigea Charlotte. Avant de le tuer, l'associé a payé Taillefesse pour qu'il récupère ce mémoire, sans savoir que Pépito participerait au cambriolage. Tout comme il a ignoré, et qu'il ignore encore, que Pépito l'a en sa possession.

Sortie de sa torpeur, Bouchenoire souligna :

— Taillefesse l'a également ignoré. Coupable ignorance, il en est mort.

— Et pour cause ! s'enflamma Charlotte. Ce minus cherchait un gros dossier, alors que ce brûlot était plié à la sauvage dans un coffret. Pépito m'a rapporté qu'il n'a même pas jeté un œil à son contenu.

Après une courte pause, Cocault revint à la charge :

— Bon, tout bien pesé, commandant, vous maintenez que Sarrazignac a dit au charmeur de serpent que son voleur lui avait piqué son mémoire ?

— Sans hésiter, brigadier.

— Vous croyez qu'il en a eu la force avant de mourir ?

— Oh oui ! Sarrazignac n'a pas dû se priver du plaisir de lui apprendre qu'il s'était fait doubler.

Jusque-là muet comme un moine, Rudini compléta :

— Le charmeur de serpent en a déduit que Taillefesse l'avait en sa possession et qu'il allait le faire chanter. Il l'a donc tué pour rien.

— En revanche, fit valoir Harpillard, il est allé au bout de sa logique en supprimant Poumerol. La question est de savoir s'il avait vraiment besoin de le supprimer.

— Quand il y a de l'argent en jeu, les avides ne philosophent guère. Poumerol et Sarrazignac n'étaient pas des tendres. Le charmeur de serpent la leur faisait à l'envers. Ce sont eux qui l'auraient descendu s'ils avaient su qui il était. Parce que la bonne question est : qui est ce fou ? L'un des associés ? Un proche ? Un collaborateur ? Pour l'instant, nous n'en savons rien

Cocault murmura, amer :

— David Peruque… Gerbert Poumerol… De si bons cuisiniers… Je ne les croyais pas capables de tremper dans ces combines.

Le tour d'horizon, et même au-delà, étant fait, Charlotte se leva :

— Bon, une dernière fois je précise que le Serpentouillard, comme aime à l'appeler le brigadier Cocault, a un tas de cocasseries à nous raconter. Dans la mesure du possible, je souhaite que nous le ramenions vivant.

« Tu vas top vite, l'avertit sa voix intime, tu ne t'es pas assurée qu'ils approuvent ton initiative. » Sa voix ayant raison, elle rectifia le tir :

— Je me dois d'être honnête avec vous. Je n'ai pas de mandat, je n'ai pas reçu l'ordre d'intervenir et je m'en passe. En un mot comme en cent, je traverse en-dehors des clous. Par conséquent, vu le caractère hors norme de cette mission, je comprendrai que vous ne souhaitez pas vous y joindre.

Bouchenoire se redressa, le rouge aux joues, atteinte dans son honneur :

— Pour qui me prenez-vous ? Pas question de vous abandonner en si bon chemin.

— Je m'en voudrais, grogna Harpillard.

— Pour une fois qu'on rigole, se marra Cocault.

— Alors, je vous remercie, fit Charlotte, une main sur le cœur.

Puisque tout était dit, compris et accepté, Rudini boucla la présentation :

— Pour la forme, je vous rappelle que l'opération sera dangereuse. En vertu de quoi : tenue de combat de rigueur, gilet pare-balles obligatoire.

Charlotte insista :

— Et pas un mot à la brigade avant le briefing.

Bouchenoire alla plus loin :

— Les coups de fil persos et les SMS seront interdits.

Charlotte ouvrit la porte :

— Partons nous reposer. Demain est un autre jour.

Zèbre

À 22 h 50, on grelotait dans la forêt de l'écureuil. À une jeune gendarme qui s'en plaignait, Charlotte rétorqua :

— Profitez bien du froid, ma grande, dans une heure ça chauffera dur.

En accord avec Bouchenoire et Rudini, Charlotte avait prévu de répartir la troupe en deux sections d'assaut. Leur plan n'avait rien de génial, pure copie conforme de celui des barbouzes. Pourquoi réinventer le fil à couper le beurre quand on veut la motte ?

Le peloton se gelait en retrait des caméras espion. 23 h ! C'était le bon moment pour agir, Charlotte ordonna aux gendarmes de les neutraliser.

— Les zozos ont dit qu'elles étaient en bout de course. Ils ne s'étonneront donc pas qu'elles soient *out*.

— Et quand bien même s'en inquièteraient-ils ricana Rudini, que tout ce qu'ils pourraient faire serait de ne pas venir.

— Alors, qu'ils balisent, on ne les regrettera pas.

Cette précaution prise, Charlotte fit signe à la petite troupe d'avancer. Très vite, sans faire de bruit, chacun se mit en position entre les arbres, assis, agenouillé ou tapi derrière un buisson.

— Regardez Rudini, lui dit-elle en lui indiquant l'entrée de la grotte, les clowns n'ont pas sorti leur caméra. Les dieux de l'Olympe sont avec nous, mais ne me demandez pas lesquels, je n'en fréquente aucun. En tant que baptisée, j'ai déjà de quoi faire avec un Dieu unique.

Le silence s'imposa autour du périmètre qu'ils encerclaient. L'entrée de la grotte s'ouvrait de plain-pied sur un espace en demi-cercle. Ce bout de terrain s'étalait, nu, devant ses anfractuosités. Sur sa droite, dissimulée par les arbres, débouchait un chemin bordé de rochers.

Et de ce petit chemin, surgit, imprévue, la camionnette Étoilus.

Changement de programme ! Charlotte regarda sa montre. 23 h 14. Ces clowns n'étaient pas les visiteurs attendus. Alors que faire ? Toujours prête à servir, sa petite voix intime lui fila la réponse : les clients attendus à minuit n'étaient pas les siens. En revanche, les deux gus d'Étoilus figuraient en bonne place dans son enquête. Et ce qu'ils fichaient-là, à l'évidence, n'étant pas franchement légal, une impro policière s'imposait *manu militari*.

Boris et Matthias descendirent du véhicule. Cependant que Matthias partait se soulager devant un fourré – où Bouchenoire, désespérée, se planquait –, Boris baissa le hayon arrière.

Charlotte évalua sa marge de manœuvre : dans trois quarts d'heure, les visiteurs mystérieux rappliqueraient. Alors, quinze minutes pour arrêter les deux clowns, quinze minutes pour nettoyer le périmètres, quinze minutes pour attendre les mystérieux, elle avait le temps de tout faire.

Parfait. Elle sortit de sa cachette, pistolet au poing :

— Police nationale ! Mains en l'air ! cria-t-elle.

— Gendarmerie nationale ! Mains en l'air ! fit échos Bouchenoire.

Éberlué, Matthias ne sut où donner de la tête. Police ! Gendarmerie ! Deux mains d'un côté, deux de l'autre, cela faisait quatre mains et il n'en avait que deux. Comme ses pieds qu'il actionna aussitôt pour piquer un sprint dans la forêt.

Un tiers de seconde surpris, Boris décida de le suivre. Mais ce tiers de seconde était de trop, les gendarmes s'avançaient déjà vers lui. De rage, il libéra deux poignards de sa ceinture, prit la lame du premier et visa Harpillard.

— Merde ! hurla ce dernier en se tenant l'épaule, il m'a eu !

Entre-temps, Charlotte, qui avait anticipé son geste, avait ordonné à Rap un « Fais la fête » en désignant le bègue. Le beauceron, heureux de l'entendre – enfin de l'action ! – ne se l'était pas fait répéter. Alors que Boris s'apprêtait à viser un second gendarme, il lâcha son poignard en beuglant comme un veau pris de coliques :

— Pu, pu, putain ! Mon, mon, de, de, mon derrière ! Re, reprenez ce chien !

Rap, qui l'avait contourné, lui croquait allègrement les fesses.

Charlotte se rapprocha du jongleur, dégaina *La Chose* et lui maintint le bras.

— C'est bon Rap, lâche-le. S'il bouge un cil, je lui broie l'humérus.

— Je pro, proteste con, contre ces nou, nouvelles vio, violences policières.

— Que voulez-vous, mon bon, la police évolue. Aujourd'hui, nos brutalités sont high-tech et canines.

Cependant, Bouchenoire avait rattrapé Matthias et le plaquait à terre. Le bougre se débattait, pas du tout désireux de finir en prison. Solidaire, Rudini courut lui prêter main forte.

— Bravo, lieutenant, vous l'avez eu.

— Il se tortille cet enfant de pute, il me fait chier à bouger comme un con. *Agressive.* Continue, enfoiré, et je te bouzille la gueule !

Le faux voleur de poule tomba des nues Dans l'action, la délicate Bouchenoire relâchait son vocabulaire comme une harenguière des faubourgs.

Première opération terminée. On se regroupa, on menotta les prisonniers qui réclamèrent leur avocat, et Charlotte s'inquiéta de la santé de Harpillard. Le sosie de Croquignol était assis sur un tronc et se frottait l'épaule.

— Comment allez-vous, adjudant ?

— Bah, plus de peur que de mal, montra-t-il un trou dans son gilet, c'est le Kevlar qui a souffert.

— Tant mieux, j'ai eu peur pour vous. Et maintenant, ça va ?

— Ne vous en faites pas, commandant, j'en ai vu des plus dures.

Le peloton s'était amassé au cul du camion. Que contenait-il de si précieux pour que les clowns le dissimule aux yeux du monde ?

Rudini débloqua la porte. Les deux battants se déployèrent et les gendarmes, horrifiés, découvrirent son chargement.

— Purée de purée, quelle horreur ! s'épouvanta Cocault.

Mais c'est un zèbre découpé que je vois là !

— Regardez ça ! cria la jeune gendarme frileuse : des pangolins congelés ! Un pied d'éléphant ! Des têtes de singes !

— Et un petit crocodile ! s'épouvanta Bouchenoire.

Jamais la forêt n'avait résonné d'un tel tumulte. Chacun y alla de son indignation, le sang glacé par ce massacre ignoble.

Charlotte, imperturbable, interrogea Matthias. D'avance, elle savait qu'il lui donnerait la même réponse que Boris, mais l'avantage avec le magicien était qu'il ne bégayait pas.

— Qui est votre fournisseur ?

Je veux mon avocat.

— C'est Devieilletoile, le patron de ce trafic ?

— Je veux mon avocat.

— Qui sont vos clients ?

— Je veux mon avocat.

Et avant même qu'elle n'ouvre la bouche, Boris s'interposa :

— Je, je, je veux mon, mon, mon…

— Votre avocat, je sais. Ne vous inquiétez pas, vous allez bientôt le voir. En revanche, nous, on ne se reverra pas avant des années. Avec les charges qui pèsent dans vos baskets, vous n'êtes pas près de gambader dans la campagne.

— Vous, vous, vous n'avez pas dit, dit, dit, mes, mes droits.

— S'il n'y a que cela pour vous obliger : non seulement vous avez le droit de garder le silence, mais je vous somme de la boucler. Votre bégaiement est une torture, mettez-le en réserve pour votre interrogatoire.

— Je, je, je veux mon, mon, mon avocat.

Puisqu'ils persisteraient à ânonner, Charlotte revint vers la troupe. La fièvre n'était pas retombée dans le peloton.

— Les massacreurs d'animaux méritent vingt ans de prison, fulminait Bouchenoire. Qu'en dites-vous, commandant ?

— J'en dis que Sarrazignac ne racontait pas de blague dans son mémoire. Le trafic de viande de brousse est bien réel. Marché interdit, marché considérable.

— Considérable combien ? s'inquiète Cocault.

Charlotte souffla, écœurée :

— De quinze à vingt milliards d'euros par an.

— Ah oui ! s'enflamma Harpillard, eh bien, bravo la maffia ! La drogue ne lui suffit plus, après la jeunesse, c'est la faune qu'elle détruit.

— Ce trafic n'enrichit pas les mafieux, adjudant, c'est plus grave que cela : il remplit les caisses des terroristes. Boko Haram, Al-Qaïda, groupuscules asiatiques, ce sont eux qui en croquent. On dit que nous creusons nos tombes avec une fourchette. Malheureusement, ce dicton n'a jamais été aussi vrai.

Bouchenoire, qui ne décolérait pas, voulut en savoir plus :

— À propos de fourchette, commandant, vous connaissez le profil des salopards qui mangent de la viande de brousse ?

— Monsieur et madame Tout-le-Monde, lieutenant, des gens basiques, ou friqués comme les clients de Peruque. Peut-être même votre voisin, une cousine ou votre plombier. Il n'y a pas de profil type.

23 h 29. Trêve de blablas indignés, il était temps de passer au chapitre suivant.

— Bon, on se récupère, commanda Charlotte, suite du programme ! Cachez la camionnette, remettez tout en ordre et emmenez les prévenus. Dans cinq minutes, je veux que la place soit nickel et que chacun soit à son poste.

Coup de baguette magique !

La camionnette Étoilus disparut.

Des gendarmes embarquèrent Boris et Matthias.

Les gendarmes du premier groupe regagnèrent leur position.

Et ceux du second suivirent Charlotte dans la grotte. L'intérieur était protégé par une porte en acier. Pas de serrure, pas moyen de l'enfoncer. Mais pour une ancienne du RAID, aucune porte ne pouvait résister à un bélier moderne.

— Amenez le Door-Raider, ordonna-t-elle.

Un brigadier apporta une sorte de bras articulé, à mouvement hydraulique. Elle le déploya, posa la tête sur la porte, actionna les vérins, et, une minute plus tard, entra la première dans les entrailles de la grotte. Rap, qui l'accompagnait, grogna pour la prévenir d'un danger. Elle en tint compte et avertit les suivants :

— Faites attention où vous mettez les pieds ! Mon chien m'avertit que nous sommes attendus.

Une deuxième porte métallique séparait le sas du reste de la grotte. Charlotte l'ouvrit et découvrit une pièce éclairée par une lumière rouge. Rap, en tête, recula en grognant encore plus fort. Charlotte avança, bras gauche et *La Chose* dégainée en avant.

Excellente précaution !

Surgi d'un renfoncement, vêtu de son déguisement anti morsures, stupide mais efficace, le poisson clown se rua vers elle, la tête de son taïpan dirigée dans sa direction. Il le jeta sur son épaule, mais, plus rapide que le reptile, elle le saisit par le cou qu'elles sectionna d'un coup sec avec *La Chose*.

Atterré, le poisson-clown hurla :

— Salope ! tu as tué Médor ! Le diable te fera crever !

— Pourquoi le diable ? Médor était-il le serpent de la pomme ?

Elle lui arracha sa cagoule :

— Pour une surprise, c'est méga-colossal. Je n'avais pas parié sur vous.

Tandis que la troupe investissait la place et que Bouchenoire menottait le poisson-clown qui l'insultait, Charlotte inspecta l'antre du fou. Une vingtaine de terrariums étaient alignés sur des tables. Tous abritaient des mambas noirs, des vipères du Gabon, des crotales, des najas à lunettes et des serpents qu'elle ne connaissait pas. Un peu plus loin, dans un local contigu, elle découvrit un arsenal impressionnant de laboratoire.

Et comme tout ce bazar était destiné à faire de l'argent sale, Rudini eut un mot de fin approprié.

— Eh bé, mes aïeux, il y en a pour des sous.

Caméléon

Il était plus de 1h du matin quand l'un de ses éclaireurs apprit le désastre au chef du commando :

— Nos caméras ont été bouzillées, mon colonel, elles ne sont pas tombée en panne, c'est un sabotage.

Le colonel fit une grimace que personne ne vit. Normal. Comme tous ses hommes, il était encagoulé.

— Qu'en pensez-vous, Crémieux ? demanda-t-il à son second.

Crémieux n'hésita pas :

— Qu'ils nous préparent une jolie réception. Puisque nous ne pouvons pas reculer, allons-y doucement.

— Je suis de cet avis, Crémieux. Allez ! exécution, en route !

Aussitôt dit, aussitôt commandé, en avant marche, *pas peur la mort*, on se soutient et on progresse suivant les règles du genre.

Souples comme des fauves, ils dégringolèrent la pente qui menait à la grotte.

Suivant les règles du genre, un homme avança seul dans l'entrée de ladite grotte, mitraillette pointée sur un ennemi invisible, constata que la porte était ouverte, et revint faire son rapport.

— La porte est ouverte, mon colonel, ou, pour être exact, défoncée.

— Défoncée ? Comprends pas.

Suivant les règles du genre, l'homme expliqua :

— Porte en acier sans poignée extérieure. J'ai constaté qu'elle était pliée. Vu les dégâts, je penche pour un acte volontaire commis pour pénétrer de force à l'intérieur.

Le colonel s'ébroua, désappointé.

— Mouais… À part nous, qui peut bien s'intéresser à cette grotte. Qu'en pensez-vous, Crémieux ?

— Que nous devons progresser de plus en encore plus doucement.

— Je suis encore de votre avis. Bon, je passe le premier, couvrez-moi.

Ordre fut donné d'avancer prudemment et surtout en silence.

Ils franchirent le sas.

Puis poussèrent la deuxième porte métallique.

Et se figèrent en statue de sel, pétrifiés, ravagés, surpris, médusés, les cellules grises en déroute, les cordes vocales incapables de leur fournir un *Oh!* de stupéfaction.

— Vous en avez mis du temps, on vous attendait plus tôt.

Au centre d'une pièce éclairée par des lampes rouges, Charlotte, Rudini, Bouchenoire Harpillard et Cocault sabraient le champagne.

— Que faites-vous là ? parvint à grommeler le colonel.

— Nous fêtons notre réussite, répondit Charlotte en se resservant à boire. Le tueur est coffré, le gang des clowns est démantelé, mission accomplie. Une petite coupe pour partager notre joie ? lui tendit-elle un verre. C'est du bon, récupéré au château. Soixante euros la bouteille, Devieilletoile ne se mouche pas du pied.

Pendant que le commando entrait lentement dans la pièce, Rap se précipita sur Crémieux en remuant la queue.

— Attention, Crémieux, ce chien est peut-être méchant, le mit en garde le colonel.

Charlotte explosa d'un vilain rire :

— Alors, maintenant tu t'appelles Crémieux ? Ce n'est pas vraiment juif, ça change de Biderman. À ce sujet, tu t'es fait circoncire pour le rôle ? Ne me dis pas que ton prépuce est intact, je connais ta bite par cœur.

— Je vous en prie, commandant, soyez polie, la reprit le colonel.

— Que se passe-t-il, vous avez été élevé chez les bonnes sœurs ? Je croyais que vous aviez fait vos classes dans un institut hébraïque. Décidément, vous m'étonnez, cousin. Adriel juif, Zumbrunn chrétien, vous êtes un caméléon religieux.

Plus la peine de tricher, Jacques et Zumbrunn ôtèrent leurs cagoules. Charlotte leur tendit deux coupes. Jacques prit la sienne, but une gorgée, et dit sombrement :

— Crémieux est un nom de juif du pape. C'est réellement le mien.

— Eh bien, au moins une vérité. Sinon, je ne te demande pas ce que tu fichais dans la Creuse en patron de discothèque.

— Renseignement. Couverture. La routine.

Il ne lui fallut que deux secondes pour trouver le lien.

— OK, je capte : La Courtine est à côté.

Puis elle vida son verre.

Il y eut comme un instant de gêne avant que Zumbrunn ne reprenne :

— Vous avez arrêté un assassin, démantelé un gang, c'est très bien, commandant. Mais vous avez fait échouer une opération de la plus haute importance.

— Qui consistait en quoi ?

— À saisir trois individus venus d'ailleurs.

— Ah oui ! les fournisseurs de viande brousse encartés chez Daesh.

— Parce que vous êtes au courant ? verdit Zumbrunn.

— Oui, Devieilletoile a craché le morceau, il devait les héberger à partir de ce soir. Mais puisque nous en parlons, celui-là on se le bichonne, on vous le rendra plus tard, il a du gore à avouer. Ensuite, vous pourrez l'écarteler, on s'en bat les narines.

Appogiature. Demi-pause. Elle réfléchit.

— *Idem* pour les deux baudets : Boris Sagaz et Matthias Trolley. Ce ne sont que des livreurs, mais qui dit livreurs dit livrés. Nous voulons les noms et adresses des livrés et ceux des fournisseurs.

Sur ce, Charlotte passa le relais à Bouchenoire qui se leva, un peu pompette, pour se planter face à Jacques, un sourire de vamp sur les lèvres, des airs de *gogo girl* dans les manières.

— Il va de soi que notre bonne volonté réclame une récompense.

Jacques recula.

— Et c'est ? »

— Une réponse franche : pourquoi vouliez-vous arrêter ces visiteurs venus d'ailleurs ?

La réponses revenait à Zumbrunn qui s'était approché des terrariums.

— Ces terroristes projetaient de s'en prendre au Centre de Domme. Fin de message.

Passage d'un ange, blanc dans le réseau, chacun-chacune comprit que Zumbrunn était tenu au secret.

À ce stade des explications, Rudini lui indiqua une porte métallique mal éclairée par les lampes rouges.

— Vous ne repartirez pas bredouille, Zumbrunn.

— Colonel Zumbrunn, s'il vous plait, mon grade est lieutenant-colonel, rectifia-t-il.

— Pardon, mon colonel. Je disais que vous ne repartirez pas bredouille : vos trois pendards vous attendent dans la pièce à côté.

— Avant l'heure, c'est pas l'heure, après l'heure, c'est plus l'heure, ricana Cocault. Nous les avons cueillis au château à 23 h 55.

— On ne peut pas dire qu'ils ont apprécié notre accueil, ajouta Harpillard : il leur manque quelques dents.

Et Charlotte compléta :

— En revanche, le poisson-clown est à nous, on ne vous le donnera pas.

— Le poisson-clown… Qui est-il, finalement ? sourcilla Jacques.

— Merlingeas.

— Merlingeas, le vigneron ?

— Oui, et cerveau de l'association de salopards qu'il a créée. Merlingeas se déguisait en poisson-clown pour tuer ceux qui le gênaient.

— Il est dingue.

— Dingue et prudent. Son déguisement le protège des morsures.

Il revint à Rudini l'honneur de raconter son histoire :

— Quand il a lu que leur venin détruisait les membranes des cellules cancéreuses, Merlingeas s'est passionné pour les serpents. Il en a cherché pour soigner sa femme qui souffre d'un cancer. Le problème est que la moindre goutte de venin coûte un bras. Voire deux jambes : jusqu'à huit mille euros et plus le gramme, soit huit millions d'euros le kilo.

Zumbrunn le coupa :

— Nous sommes au courant des prix. Ce qui m'étonne, c'est de trouver Merlingeas à la tête de ce trafic. Pour nous, il en était un client.

— Devieilletoile n'avait pas notre préférence, précisa Jacques.

— La mienne non plus, avoua Charlotte.

Un soupir, elle enchaîna à la place de Rudini :

— Vu les tarifs du venin et les difficultés pour s'en procurer, Merlingeas a décidé d'élever ses propres serpents. Il s'est rendu en Afrique où des vendeurs lui en ont facilement fourni. Dans le même temps, des trafiquants de viande de brousse lui ont proposé un deal : écouler leur *production* en France contre des serpents vivants gratuits. Merlingeas a vite compris le principal bénéfice qu'il pouvait tirer de ce trafic : l'assurance de pouvoir soigner sa femme. Restait à financer son démarrage.

Rudini poursuivit :

— Devieilletoile a pris des parts dans l'affaire en prêtant son domaine. Sarrazignac et Poumerol, s'y sont associés. Tout aurait fonctionné dans le meilleur des mondes s'il n'y avait eu le venin.

— Pourquoi le venin ? fit Jacques.

Charlotte compléta :

— Merlingeas et Devieilletoile en ont vendu dans le dos des deux autres. J'ignore combien ce business leur a rapporté – certainement beaucoup. Quand Sarrazignac et Poumerol ont découvert le pot aux roses, ils ont réclamé leurs parts. Sauf que dans l'esprit de Merlingeas, la vente de viande de brousse et le commerce de venin étaient dissociés. Par conséquent, il ne leur devait rien. Il les a donc supprimés.

Tous se regardèrent en cherchant ce qu'ils pouvaient ajouter. Rien, finalement, sauf un regret qui taraudait Zumbrunn :

— Ces Harpagons sont morts sans réaliser qu'ils renflouaient les caisses du terrorisme. Merlingeas, lui, ne l'a jamais compris. Il est vivant et fou à lier. Il injecte du venin dans le bras d'une momie : sa femme est morte depuis trois ans.

— Vous l'avez vérifié ?

— Oui, commandant, mais sans le dénoncer pour ne pas nuire à notre mission.

Tout ce qui devait être dit sur Merlingeas étant dit, Charlotte posa une enveloppe sur la table. Elle en tira un tas de feuillets et des photos.

— Les aveux post-mortem de Sarrazignac. Il balance tout sans état d'âme. À commencer par le meurtre de Louis Penilla, père de Michel surnommé Pépito. Penilla bossait au black pour Sarrazignac. Il y a deux ans, il a compris qu'il travaillait pour ce trafic. Sarrazignac a craint qu'il ne le dénonce. Merlingeas s'est chargé de le faire taire.

Elle mit un doigt sur un portrait de groupe.

— C'est lui sur ce cliché.

Sur ce, Charlotte sortit une dernière photo de son blouson qu'elle plaqua devant Jacques.

— Prise avant-hier par le lieutenant Rudini. Comme tu le vois, tu discutes avec Zumbrunn-Adriel. Et, dans le même temps tu m'envoies un message depuis Fronsac. Quel étonnant don d'ubiquité.

Elle se leva et prit la direction de la porte.

— Salut Jacques, je rentre chez moi. Tu peux jeter ma brosse à dents, j'ai la même à Limoges.

Renard

Le restaurant affichait complet. Rien de plus normal un samedi soir. Sa carte et son décor attiraient une clientèle qui venait de loin.

Assis, seul, à une table nappée de blanc, le docteur Blanchard s'amusait à faire des boulettes de pain.

Viendrait-elle ou ne viendrait-elle pas ?

Le petit mot qu'il avait fait remettre à Charlotte était une invitation à dîner. Le texte était correct, poli, privé de déclaration fumeuse : « Votre visite a piqué ma curiosité. Je serais ravi de pouvoir échanger nos expériences. Et, bien sûr, de parler d'autres choses. »

— Docteur Blanchard ?

Il releva la tête. Une créature sculpturale, maquillée comme une star, le corps moulé dans une robe noire en fourreau, lui tendait l'enveloppe qui contenait le mot.

— Oui, se retint-il de bégayer, c'est moi. À qui ai-je l'honneur ?

— Lieutenant Angélique Bouchenoire. La commandante Auduc a regagné ses quartiers. Elle m'a priée de vous demander de bien vouloir l'excuser de son absence. Cela dit, puisque nos métiers vous intéressent, je suis disposée à vous répondre.

Le biologiste faillit se frotter les yeux. Cette femme était un cadeau du ciel.

— Eh bien… Bonsoir et bienvenue, lieutenant. Si vous le voulez bien, nous pouvons commencer tout de suite. Avez-vous faim ?

— Terriblement, une vraie faim de loup.

— Alors, si vous êtes disponible, vous êtes mon invitée.

À Fronsac, ratatiné dans un fauteuil, Jacques ne cessait de triturer la brosse à dents de Charlotte. Il fixa son combiné.

À Limoges, Charlotte, songeuse, caressait Rap en regardant la télé.

La sonnerie de son smartphone vibra.

Répondra.

Répondra pas.

Rap aboya. Elle le calma.

« Tu sais, le chien, on raconte que quand il perd sa compagne, un renard n'en cherche pas une autre. Mais c'est parce qu'il l'aimait qu'il est malheureux. Un homme est-il capable d'être aussi amoureux qu'un renard ? Le temps nous le dira, laissons vibrer, on verra bien si Jacques en est un. »

MOISSONS NOIRES
www.gesteditions.com

Par ce logo, nous témoignons d'une volonté de réduire les impacts environnementaux liés aux activités de l'imprimerie. Nous choisissons un imprimeur impliqué dans la réduction des gaz à effet de serre. Le choix de nos papiers assure que la production a été faite à partir d'un produit à base de bois et a suivi le cahier des charges d'une gestion durable des forêts européennes.

Achevé d'imprimer chez CPI Firmin Didot (169397) en France
en 2022 pour le titre « Meurtres en cuisine ».

Suivi éditorial : Céline Garcia
Conception graphique : Guillaume Bertineau
Composition : Mélody Coupey

Dépôt légal : premier semestre 2022

11, rue Norman-Borlaug
79260 La Crèche
05 49 05 37 22
contact@gesteditions.com